KB230530

이세계약국
5
Takayama Liz
타카야마 리즈 지음

줄리아나
Julianna

로테
Charlotte Soller

레베카
Rébecca Dutoit

셀레스트
Céleste Baillard

로제
Roger de Bakker

팔마
Falma de Médicis
엘렌
Eléonore Bonnefoi
조에
Zoë de Dunois
Character
등장인물

조세핀
Joséphine Barrier
"여기서 만나게 되어
영광입니다,
드 메디시스 교수님!"
"교수님께 신술 시합으로
지도를 받을 수 있겠습니까?"
에머리히
Emmerich Bauer

Contents

# 1화 필두 궁정약사 교체와
제2의 테르마이로의 초대

진기원 1147년 5월. 이계의 연구실에서 돌아온 팔마는 이세계 약국과 신학기를 준비 중인 산 플루브 제국 의약 대학, 그리고 집을 왕복하는 바쁜 나날을 보내고 있었다.

현재 그는 이계의 연구실에서 가져온 지식과 기술을 이 세계에 전파하고 운용하기 위해 물질 창조로는 생산할 수 없는 바이오 의약품 제조를 염두에 두고 있었다.

이계의 연구실에서 가져온 시약류는 이쪽 세계로 온 시점에서 비보화된 듯하지만, 문제없이 쓸 수 있다는 게 판명될 때까지 사용하지 않을 생각이기에, 드 메디시스 가문의 냉동창고에 엄중히 보관해둔 채 바쁜 업무를 틈타 조금씩 성능 시험을 하고 있다.

한편 마세일 제약 공장에서는 방선균에서 정제된 항균약의 대량 생산 체제가 정비되어 합성 의약품 생산이 가능해져 가고 있었다. 이세계 약국에서는 물질 창조로 더 다양한 약을 생산, 비축하고 있고, 팔마가 없을 때에도 엘렌과 세 명의 아르바이트 약사들이 다양하게 조제할 수 있도록 질환 감별법과 약 처방에 대해 열심히 지도하고 있다.

그러던 어느 날, 여느 때와 다름 없는 드 메디시스가의 저녁 식사 자리에서 브루노가 팔레와 팔마에게 무거운 어조로 말했다.

"너희 두 사람에게 할 말이 있다. 조금 시간을 내줄 수 있겠느냐?”

“예. 무슨 이야기이신지?”

팔레가 긴장하며 묻자 브루노는 자식들을 바라보며 엄숙하게 말했다.

“위고 드 라 트레무아유 존작의 사임으로 궁정 약사의 숫자가 줄어든 터라 폐하께 궁정 약사들의 인사 재편을 제안했다.”

“그게 아버님과 팔마의 진퇴에도 영향이 있습니까?”

팔레가 브루노에게 물었다.

“필두 약사 자리에서 물러나겠다고 진언했다. 궁정 약사가 줄어든 만큼 궁정에서 일할 일반 약사를 더 증원할 예정인데, 그 개편의 일환으로 봄 논공행상 자리에서 폐하께서 내 후임으로 팔마를 지명하실 거다.”

“그게 무슨 말씀이시죠?! 어째서 사임을!”

팔마는 갑작스러운 이야기에 놀라 브루노에게 물었다.

“팔마가 폐하의 백사병을 치료했을 때부터 나는 이미 필두 궁정 약사가 아니었다. 필두 궁정 약사는 폐하의 주치 약사여야만 하니 말야. 지금까지는 네 나이와 사회적 입장을 고려해서 본의 아니게 내가 계속 필두 궁정 약사를 맡고 있었지만, 이제 팔마도 자신의 언동과 처방에 책임을 질 수 있는 나이가 되었어. 법적인 서류도 쓸 수 있을 테고 말이지. 그래서 때가 되었다 싶어 사임한 거다.”

팔마는 말문이 막혔고 팔레는 눈을 부릅떴다.

“하지만 앞으로도 궁정 약사로는 계속 근무할 생각이야.”

“아버님, 생각을 바꾸십시오. 아버님이 계신데 제가 필두 궁정 약사를 맡는 건 말도 안 됩니다. 제국 의약대의 총장이자 약사로서,

그리고 약학자로서 국내외에 명성이 자자한 아버님이 필두 궁정 약사이셨기에 황제 폐하의 치세가 반석으로 평가받고 있는 겁니다. 저처럼 나이도 어리고 공적도 충분치 않은 애송이가 필두 궁정 약사로 임명된다면 국내외에 이런저런 억측이 난무하게 된다고요.”

“약사는 정치가가 아니다, 팔마. 쓸데없는 억측을 하고 있는 것은 오히려 너 같구나.”

“하지만… 아버님이 건재하신데 제가 필두 궁정 약사로 임명되는 것은 아무리 생각해도 이상합니다.”

팔마가 이런저런 이유를 대며 만류하려 했지만 브루노에게는 통하지 않았다.

“폐하의 주치 약사는 연공서열이 아니라 제국 최고의 학식과 기능을 가진 약사여야만 해. 인습은 바로잡아야 하는 거다. 팔레, 너는 어떻게 생각하느냐?”

팔레는 믿기지 않는다는 얼굴을 하고 있었지만 이윽고 입을 열었다.

“제국 최고의 약사여야 한다는 아버님의 영단을 지지합니다. 그리고 지금 제국에서 가장 학식 있고 신술에도 뛰어난 약사가 제 동생 팔마라는 것은 몸소 체험해 잘 알고 있습니다. 형으로서 좀 한심하지만 별다른 불만은 없군요. 다만 팔마도 말했다시피 전례 없는 필두 궁정 약사의 교체를 세간에서 어떻게 받아들일지….”

어째서 지금 시기에 교체하는 건가 하는 의문은 팔레에게도 있는 듯하다. 그리고 한번 필두 궁정 약사, 시의장 등에 임명되면 황제가 파면하지 않는 한, 그 지위는 평생 약속되는 법이다. 즉 필두 궁정 약사의 교체는 황제 엘리자베트가 브루노를 파면한 것으로 시정에

서는 받아들이게 될 텐데, 그것은 몹시 불명예스러운 일 아니냐고
팔레는 완곡하게 말하고 있었다.

"유한한 인생을 보람차게 잘 살기 위해서는 움직여야 할 때 움직
여야 하는 법이다. 그것은 나나 너희들이나 똑같아. 사람은 같은 지
위와 같은 장소에 계속 머물러 있어선 안 된다. 팔마도 나의 존재
때문에 폐하께 맘대로 상소를 올리지 못하고 있지 않았느냐. 앞으
로는 네가 하고 싶은 대로 하거라."

하지만 팔마는 여전히 브루노의 제안을 받아들이지 못하고 곤혹
스러운 상태였다.

"그리고 팔레."

"예."

충격을 감추지 못하고 있는 듯한 표정의 팔레에게 브루노는 시선
을 던졌다.

"너에게는 내가 맡고 있는 환자들중 존작 이외의 환자를 순차적
으로 인계할 생각이다. 난치병과 중증 환자, 공작위도 포함해서 말
야. 엘레오노르에게도 맡긴 적 없는 중요한 고객들이지."

팔레는 눈을 부릅떴다. 고명한 약사인 브루노는 산 플루브 제국
내외에 많은 환자를 보유하고 있다. 제국에서 존작위와 황족은 궁
정 약사 외엔 진료가 불가능하지만, 공작위의 귀족 환자라고 해도
팔레에게는 상당한 중책이었다. 진료와 치료에 대한 보수는 막대하
지만 자칫 실패하면 엄청난 배상금을 물어야 한다.

"팔마가 필두 궁정 약사가 되더라도, 네가 다음 드 메디시스의
가장이고 내 후계자라는 방침에는 변함이 없다. 나 이상의 의료를
환자에게 제공할 수 있도록 성심성의껏 진료하고 치료 사례를 늘려

그 공적으로 궁정 약사가 되도록 하여라.”

“…알겠습니다. 하지만 필두 궁정 약사를 사임하고 중요한 환자를 저에게 모두 넘기신다면 아버님은 다음에 무엇을 하실 생각이십니까?”

팔레가 핵심적인 것을 물었다.

“나는 나머지 인생을 학문에 바칠 생각이다.”

브루노의 결의는 이미 굳은 듯했다. 하지만 궁정에서 손을 뗀 후 대학 개혁에 주력하겠다고 말하고 있는 듯했기에, 충동적으로 내린 판단이 아니라 이성적인 판단으로 움직이고 있는 것 같다고 팔마는 생각했다.

◆

“이상의 이유로 궁정 약사 팔마 드 메디시스를 궁정 약사단 필두로 임명한다.”

여제의 지팡이가 사상 최연소로 궁정 약사가 된 팔마의 어깨를 두드렸다.

산 플루브 제국 궁정의 대형 홀. 봄 논공행사 자리에서 축복의 박수와 악단의 연주가 화려하게 울려 퍼졌다.

논공행상이 끝나고 대기실에서 돌아갈 채비를 하고 있던 팔마는 브루노의 격려를 받았다.

“앞으로는 나를 포함한 궁정에 소속된 약사 전원이 네 부하이다. 그만큼 필두 약사의 책임은 무겁다고 생각해라.”

"송구스럽습니다. 정진하겠습니다."

결국 받아들이고 말았지만 필두 궁정 약사 배지의 무게는 팔마를 무겁게 짓누르고 있었다.

"필두 궁정 약사의 배지 자체도 무겁지만 말야."

"그러고보니 무겁게 느껴지는데 기분 탓일까요?"

"실제로도 무겁단다. 배지 뒷면을 확인해 보거라."

자신의 이름이 기입된 배지 뒷면을 새삼 확인해보니 그곳에는 작은 병이 끼워져 있었다.

그것을 쳐다보고 있자니 브루노가 팔마의 의문에 답했다.

"폐하께서 붕어하셨을 때 자결하기 위한 독이다. 나한테도 있었고 시의장의 표창에도 있었지. 황제의 존부는 국가의 존망과 동일하다는 것을 모쪼록 잊지 말거라."

"명심하겠습니다."

시의장과 필두 궁정 약사에 취임한다는 것은 영예임과 동시에 황제의 생명에 책임을 진다는 의미이기도 하다.

황제를 치료함에 있어서 명백한 실수가 있다면 자결, 그리고 황제를 병사하게 해도 자결한다는 결사의 자세가 요구되는 것이다.

과거에는 자결을 선택 못 한 필두 궁정 약사도 있었다고 하지만 작위를 박탈당하고 추방당했다.

팔마는 브루노가 맡고 있던 책무가 얼마나 큰 것이었는지 몸소 깨달았다.

"음? 그런데 자세히 보니 병이 텅 비어 있네요. 그 관습은 흔적만 남은 건가요?"

브루노는 잠시 의아한 표정을 지었지만, 이윽고 납득했다는 듯 미소지었다.

"하하하, 그렇군. 너를 신뢰해주신 폐하의 배려에 감사하도록 해라."

브루노는 유쾌하다는 듯 웃으며 가벼운 걸음걸이로 방을 나섰다. 그 어딘지 쓸쓸해 보이는 뒷모습을 보니 팔마는 순수하게 기뻐할 수 없었다.

"신뢰라….."

방에 홀로 남겨진 팔마는 필두 궁정 약사 배지를 만져보았다.

필두 궁정 약사라는 칭호는 결코 자신이 원하던 것이 아니었다.

위고가 빠짐으로써 궁정 약사는 브루노, 프랑수와즈, 팔마만이 남았지만, 그들을 중심으로 한 제국 약사단은 여전히 다수의 일반 약사들을 거느리고 있다. 자신이 필두 약사 자리에 앉음으로써 그 구심력을 잃는 건 아닌지 팔마는 우려했다.

◆

"팔마 님, 휴일인데도 일하고 계시네요."

로테가 차를 타온 것도 눈치채지 못할 만큼 그는 자신의 방에서 일에 몰두하고 있었다.

"응. 대학 강의 준비로 바빠서 말야. 그래도 오늘 할 일은 이것으로 끝났어."

"차를 다시 타올게요. 식어버린 것 같으니 바로 가져오겠습니다"

"미안, 모처럼 타왔는데 타온 것도 몰랐네. 음, 목이 좀 뻐근한걸? 우웅."

차를 마신 후 뭉친 목 근육을 풀어주고 있자니,

"아, 그렇다면 기분 전환과 몸 보양에 딱 좋은 게 있어요!"

그렇게 말하고 기쁜 표정으로 로테는 다른 방에서 전단지를 가지고 돌아왔다. 받아서 확인해보니 새로운 제도 목욕탕이 개장한다는 광고였다.

"아, 이거 말이지? 고마워, 로테."

"예!"

하지만 그 직후 여제로부터 새로 개장하는 목욕탕의 선행 초대장이 도착했다. 흑사병을 막은 팔마에 대한 포상으로 여제가 건조를 명한 두 번째 제도 목욕탕이, 첫번째 목욕탕이 개장한 지 반 년만에 개장한 것이다.

초대된 곳은 제도 변두리 언덕 위에 있는 노천탕이었다.

시야 가득 펼쳐진 것은 석회질이 오랜 세월에 걸쳐 침강되어 만들어진 순백의 석회화 단구(주1). 풍부하게 샘솟은 온천 물이 햇빛을 받아 파랗게 빛나며 우아하고 장대한 광경을 만들어내고 있다.

우천시를 대비하여 계단식 지형의 일부를 덮는 형태로 대형 돔이 병설되어 있는데, 내부에는 각양각색의 욕탕이 있어서 흡사 전천후 스파와 같은 양상이었다.

'히에라폴리스 파묵칼레(주2) 같네.'

지구에서 본 적 있는 것도 같은 그 아름다운 광경에 압도되면서도 팔마는 완전히 보양 모드에 돌입해 있었다.

"어떠냐? 팔마. 훌륭한 보양지 아닌가."

주1) 석회화 단구: 石灰華段丘. 석회암 지역에서 탄산칼슘이 다량 함유된 물이 흐르는 도중에 탄산칼슘을 침전시켜, 접시 모양의 지형을 만든 것.
주2) 히에라폴리스 파묵칼레: Hierapolis Pamukkale. 튀르키예 데니즐리에 있는 작은 시골마을. 탄산칼슘이 함유된 온천수가 단층 고지대에서 산을 타고 흘러내려 석회질의 퇴적층을 만들어냈다. 유네스코 세계유산에 등재됨.

그런 그의 옆에서 목욕 중인 산 플루브 제국의 여제는, 오늘도 그 훌륭한 몸매를 과시하면서 새로 만든 테르마이를 자랑하기 시작했다. 이번에도 실오라기 하나 걸치지 않은 모습이다.

'우우, 눈보신도 되는 건가…? 물론 직시는 할 수 없지만 말야!'

"예, 이것 또한 자연미 넘치는 훌륭한 테르마이로군요."

여제 뒤에는 시녀들이 빙 둘러싸는 형태로 대기하고 있고, 수많은 시선들이 팔마 일행의 일거수일투족에 집중하고 있다. 이곳에서 유일한 남성인 팔마는 바늘방석도 이런 바늘방석이 없었다.

'어째서 폐하와 함께 목욕해야 하는 거지? 그리고 어째서 매번 혼욕인 거야? 설마 나머지 세 개의 테르마이도 혼욕…?'

팔마는 꿀꺽 침을 삼켰다. 어디로 시선을 돌려야 될지 모르겠다.

지난번과 똑같으면 재미가 없다며 여제가 이번에는 좀더 과격한 일을 벌인 탓이다.

"아아, 새파란 물과 새하얀 석회질의 대비가 참으로 아름답군요! 절경입니다, 폐하!"

'정말 어째서 이렇게 된 거야? 난 어떻게 해야 하냐고!'

그렇다. 팔마뿐 아니라 엘렌도 여제의 초대를 받은 것이었다. 지난번에 팔마의 테르마이에 대한 반응이 별로였기에 테르마이 칭찬 요원으로 동원된 듯하다.

'어째서 함께 초대한 거지? 좀 봐주면 안 될까? 그렇게까지 나를 괴롭히고 싶어?'

"이크, 안경이 김 때문에 금방금방 흐려지고 마네요!"

'그야 그렇겠지!'

엘렌은 안경에 서린 김을 연신 훔쳐냈다.

"그대는 참으로 유쾌하구나, 엘레오노르."

여제는 엘렌에게 흥미를 품은 듯했다.

"어머, 영광이에요. 폐하께서 칭찬해주시다니…."

'유쾌하다는 건 칭찬에 들어가는 건가?'

팔마는 고개를 갸웃했다. 엘렌은 팔마의 존재가 별로 신경 쓰이지 않는지 완전히 테르마이를 만끽하고 있었다.

"하지만 그렇게 말하는 것치고는, 엘레오노르 그대의 가슴은 겸손이라는 것을 모르는 것 같군."

"꺅, 폐하! 어디를 보시고 계신 건가요!"

"어디, 안은 꽉 차 있는지, 감촉은 어떤지 조금 만져보기로 할까?"

여제는 여신의 축복을 받은 듯한 엘렌의 풍만한 가슴과 자신의 가슴을 비교해 보더니 작은 불만이 생겨난 모양이다.

여제의 양손은 명백히 가슴을 주무르려는 손놀림이었고 농담으로 끝낼 낌새도 없었다.

"꺅! 폐하, 이러시면 아니되옵니다!"

"닿는 것도 아닌데 뭐 어떠한가."

"닿는 것은 아니지만요!"

신변의 위험을 느낀 엘렌이 자리에서 벌떡 일어났기에, 팔마는 곧바로 다른 곳으로 시선을 돌렸지만 이번엔 다른 한 명의 소녀와 눈길이 마주쳤다. 그러고 보니 로테도 혼욕 중이었다.

'아아, 이쪽도!'

로테는 여제와 함께 목욕하고 있다는 황송함과 수치심 때문인지 구석진 곳에서 경직돼 있었다.

자신의 미숙한 체형에 자신이 없는 그녀는 누가 보기라도 할까 봐 몸을 잔뜩 웅크리고 있다. 하지만 목욕을 위해 머리카락을 위로 올린 탓에, 노출된 목덜미로부터 비일상적인 요염함이 뿜어져 나오고 있다.

"로테, 아까부터 왜 그렇게 구석진 곳에 있는 거야? 여기 넓은 곳으로 오라고."

"음, 그러는 게 팔마도 기뻐할 거다."

여제도 재밌어하며 동의했다.

"폐, 폐하! 그런…, 용서해주세요! 저는 여기로도 충분합니다!"

로테의 그런 모습이 너무도 가련해서 평상심으로 있으라고 해도 팔마에게는 무리다.

그런 팔마의 마음을 아는지 모르는지 여제는 여전히 배려라고는 요만큼도 없이 로테를 상대했다.

"어디, 샤를로트의 가슴 발육 쪽은 어떻지? 음? 확인해볼까?"

"머머머, 먼저 실례하겠습니다!"

로테는 혼란에 빠져 허둥지둥 욕탕 밖으로 나갔다.

'아~, 정말! 이 사람들 대체 뭐 하는 거야?! 눈과 귀에 안 좋다고!'

어느 방향도 직시할 수 없게 되어버린 팔마는 얼른 이곳을 떠나고 싶은 심정이었다.

"팔마, 어째서 눈길을 돌린 채 빨개져 있는 건가. 응? 말해보아라."

여제는 팔마를 놀리는데 재미를 붙인 듯하다.

"뭐랄까, 좀 곤란하군요. 다음에 개장하는 목욕탕부터는 초대객

이 아니라 일반객으로 남탕에 들어가겠습니다.”

꽤 무례하지만 만감을 담아 팔마는 상소했다.

“평소에는 냉정함을 잃지 않는 그대를 놀리는 건 참으로 유쾌하군, 앗핫핫.”

“온천에서 혼욕은 익숙치 않으니까요.”

“…온천이라고 하니 생각나는데, 그러고보니 성천은 어떠한 샘이었나?”

여제는 문득 떠올랐다는 듯 목소리를 낮추고 팔마에게 물었다. 장난은 이제 끝난 모양이다.

장소는 밝히지 않았지만 성천을 발견한 것 자체는 이미 여제, 살로몬, 엘렌에게 보고한 바 있다. 갈 수 없는 장소는 아니지만 보통 사람은 가봤자 소용없을 거라 생각했기 때문이다.

“성천 너머에는 갈 수 있었나?”

“예, 일단은요.”

“그곳에는 어떠한 광경이 펼쳐져 있었지? 짐도 천상계를 볼 수 있을까?”

“송구스럽지만 폐하께선 그곳으로 들어가실 수 없을 거라 생각합니다.”

“음, 어찌 그런 섭섭한 말을….”

매정하게 거절당하자 여제는 뺨을 부풀리며 삐친 척했다.

“저도 들어가기는 했지만 곧바로 이쪽 세계로 돌려보내졌습니다.”

여제가 낙담하지 않도록 팔마는 대충 얼버무렸다. 자신이 생전에 다니던 직장이라고 해도 이해하지 못할 것이다.

"사진으로 찍어오면 되지 않나. 어째서 문명의 이기를 안 쓰는 거지?"

"아, 저기, 다음에 기회가 있으면 그렇게 하도록 하죠."

이계의 연구실을 사진으로 찍어올 수 있을 것으로는 생각되지 않지만 여제의 제안은 지당한 것이었다.

'그러고보니 사진은 둘째치고 PC와 스마트폰은 가져올 걸 그랬어.'

가져오는 과정에서 물에 침수될 우려가 있지만 비닐봉지 안에 넣어오면 될 것이다.

"팔마."

이번엔 농담기 없는 얼굴로 여제가 팔마를 주시했다. 팔마는 고개를 숙이고 자세를 바로잡았다.

"예, 폐하!"

"완전히 그쪽으로 가버릴 생각은 없는 거지?"

'…핵심을 찔러오는군.'

그 이계에 팔마가 있을 곳은 없었다. 만약 야쿠타니를 과로사에서 구한다면 지금 팔마 안에 있는 자아가 환생을 할 이유가 사라진다.

'그렇다면 나는 어떻게 되는 거지? 그 시간 직후로 돌아갈 수 있는 건가? 아니면 야쿠타니 칸지의 생존에 의해 과거가 분기해서 완전히 다른 세계를 살게 되나?'

그것이 두 세계에 어떤 영향을 미칠지 몰라 대답 못 하고 있는 팔마를, 여제는 아쉬운 얼굴로 쳐다보았다.

"뭐, 그대의 결정을 짐이 막을 수 있을 거라고는 생각하지 않는다만, 되도록 현세에서는 느긋하게 있다가 가도록 해라.”

“폐하의 희망은 잘 알겠습니다.”

팔마는 대답하기 곤란했다. 그녀를 만난 후로 지금까지 여러 차례 들어온 희망이었다.

“칙칙한 이야기는 이쯤 해두기로 하지. 그보다 그대의 결혼 상대는 어떻게 되어가고 있는 건가? 도통 보고가 없는데.”

“무, 무슨 말씀이신지?”

팔마의 얼굴이 경직되었다. 여제가 참견하지 않았으면 하는 문제였다.

“브루노는 아직도 그대의 결혼 상대를 정하지 못하고 있는 건가? 너무 느긋하군. 그대에 대한 혼담이 산더미처럼 쌓여 있다고 들었는데.”

‘혼담이 산더미처럼 쌓여 있다고? 이건 못 들은 척 넘어갈 수 없다고. 대체 누구 이야기야?’

그런 이야기가 전혀 없었다고 생각한 것은 팔마뿐이었던 것 같다.

“약사 일에 매진하라는 것 같습니다. 결혼은 아직 시기상조라고 생각해서요.”

이 시대는 가문 상속 문제가 항상 따라다니기에 귀족 자제의 결혼문제는 보통 부모들 사이에서 결정되고 연애결혼은 있을 수 없다. 브루노의 경우, 지금의 팔마에게 신부는 필요없다고 생각해서 차단하고 있는 거겠지만 여제는 팔마를 직접 타일렀다.

“그대도 어엿한 결혼적령기다.”

‘그런 건가? 너무 이르지 않나?’

"귀족의 결혼적령기는 13세부터니까 말이야."

"형도 아직 결혼하지 않았는데 형보다 먼저 결혼하는 건…."

"형은 형이고 동생은 동생이다. 변변한 상대가 없다면 내가 아끼는 재색겸비의 미녀를 소개해주도록 하지! 감사하도록 해라!"

"하하하…, 언젠가 폐하의 도움을 기쁜 마음으로 받도록 하겠습니다."

팔마가 위기를 넘기기 위해 억지웃음으로 대충 얼버무리려 하자 여제는 한층 더 몰아붙였다.

"웃을 일이 아니야. 얼른 아내를 맞이하여 자식을 갖도록 해라. 그대의 자식이라면 파격적인 신력을 가진 제국의 보물이 될 터이니, 되도록 많은 아이를 남기도록."

'아아…, 정략적인 의미였나? 애초에 12살은 결혼 상대를 책임질 수 있는 나이가 아니니 말야.'

팔마는 아직 결혼을 생각할 상황이 아니었다. 아직 착수하고 있지 못한 현안이 수북이 쌓여 있고, 언제까지 이 팔마 소년에 대한 빙의 상태를 유지할 수 있을지도 알 수 없다. 평균수명이 짧은 세계 특유의 사정도 있겠지만 아이가 아이를 갖는다는 것은 전생에 일본인이었던 팔마로선 위화감이 있는 일이었다. 그런 것은 여러 가지 일들을 어느 정도 끝마친 후에 생각하고 싶었지만, 그렇다고 여제의 말을 단칼에 거절하는 것 또한 어불성설이었다.

"제국법에서는 일부일처가 원칙이지만 그대는 특별히 두세 명 정도 정처를 맞이하도록 해라. 짐이 허락하고 가족의 허락도 보장해줄 테니 최소한 한 명 이상과 결혼하도록. 분명히 명령했다."

이번엔 권유가 아니라 칙명이었다. 성가시게 된 듯하다.

성천에 출입할 수 있게 된 팔마가 예측치 못한 사태로 소멸해버리기 전에 약신의 피를 잇는 자손을 한 명이라도 많이 남기라고 여제는 친히 말하고 있는 것이다.

'애초에 자손을 남기라고 해도 나는 그림자도 안 생기는 몸인데 말야!'

팔마가 침울해하고 있자니, 그런 그의 심정을 파악했는지 여제는 엄명했다.

"제국 귀족이 자손을 남기는 것은 자유의지가 아니라 의무야."

"폐하의 명령은 잘 알겠습니다. 하지만 미래의 아내가 제 아이를 갖게 된다고 해도, 완전한 약신문을 두 개 가지고 있는 것이 아이에게 어떤 영향을 줄지는 미지수입니다. 어쩌면 모체에도 위험이 미칠 수 있지요. 출산으로 목숨을 위태롭게 하는 것은 저의 신조상 불가능합니다."

위험을 생각하지 않고 자손을 남기려는 것은 무책임하다고 생각한다.

상대 여성을 상처 입히고 아이의 생명도 우롱하는 처사다.

연애감정과 상대를 존중하는 마음으로 가족이 되어야 한다고 생각한다.

"지금은 혈통이 끊겼지만 완전한 성문을 가진 수호신 빙의자가 과거에 자손을 남긴 사례는 있다."

'그런 건가…? 아이가 생간다는 건 처음 들었어.'

"신력은 유전되는 겁니까?"

"유전이라는 게 뭔지 모르겠지만, 핏줄이 자손에게 이어진다면 자식에게 신력은 전해지는 법이야. 그래서 이렇게 말하고 있는 거다.”

양친 모두가 우수한 신술사인 아이는 마찬가지로 우수하다고 한다.

“뭐, 그렇다고 짐이 조급하게 짝을 맺어줘봤자 별로 내키지 않겠지. 엘레오노르와는 어떤가? 친한 상대이기도 하고 짐의 눈에도 상당한 신술사로 보이는데.”

여제는 팔마의 얼굴을 가까이서 들여보았다. 엘렌은 신력이 강하고 가문의 격도 그럭저럭 높기에 여제의 눈높이에 맞는 듯하다.

“본푸아 양은 인기도 많을 테고, 연하의 저와는 어울리지 않을 겁니다.”

바로 뒤에 있는 상대의 이름이 갑자기 튀어나와 당황한 팔마는 갈팡질팡하며 작은 목소리로 대답했다.

‘엘렌에게 들리지는 않았겠지? 어째서 이런 곳에서!’

“그렇군. 그대는 나이가 가까운 샤를로트와도 사이가 좋다고 들었는데, 그녀는 평민이었던가…. 평민이라면 신력의 계승이 좀 불안하군.”

여제는 로테와의 사이도 캐물었지만 평민이라는 것을 떠올리고 대상에서 제외한 듯하다.

“외람된 말씀입니다만 폐하, 그녀는….”

“후우, 뭐 좋아. 아무튼 기대하고 있겠다. 내년, 늦어도 내후년을 목표로 아내를 맞이하도록. 그럼 난 먼저 나가도록 하지. 목이 마르군.”

여제는 싱글벙글 웃으며 아내를 맞이하고 제국에 머무른다면 팔마가 성천에 출입하는 것을 딱히 제한하지 않겠다는 말을 남기고 욕조를 뒤로했다.

"팔마 군!"

여제와의 이야기를 엿듣지 않기 위해 거리를 두고 있던 엘렌이 온천수를 헤엄치는 형태로 팔마에게 다가왔다. 아까까지 상기되어 있던 엘렌의 얼굴은 완전히 창백해져 있었다.

방금 전까지 결혼 이야기를 하고 있었기에 팔마는 엘렌의 존재를 묘하게 의식하고 말았다.

"무슨 일이야, 엘렌. 온천에 몸을 담그고 있는데도 안색이 안 좋아. 열중독이라면 그만 나가는 편이 좋겠어."

"그게 아니라! 저기, 네 몸 말인데, 전보다 투명해져 있어. 성천에 다녀와서 그런 거야?"

엘렌은 자기 일처럼 걱정스러운 듯했다.

"어느 정도나 투명해져 있는데? 인간으로서 곤란할 정도? 눈치 보지 말고 솔직히 대답해줘."

"방 안이라면 모를까 밖으로 나가면 분명 눈치챌 사람이 있을 거라 생각해."

'객관적으로 보더라도 눈치챌 수준인가…? 곤란하게 됐네.'

특히 햇볕 밑에서 반투명화가 현저하다고 엘렌은 가르쳐 주었다. 앞으로 몇 번 더 이계에 드나든다면 존재 자체가 소멸하는 것 아닐까 하는 우려가 팔마의 머리를 스쳤다.

그것 이전에 인간으로서 생활하는 것에도 지장이 생기기에 이건 생각보다 절실한 문제였다.

"신력이 너무 강해진 거야. 하지만 팔마 군의 경우 어지간한 일로는 신력이 줄지 않는데 어떡하지?”

신맥을 막는 비술은 일반적인 신술사에게는 잘 통하지만 팔마에게는 별로 효과가 있을 것 같지 않았다.

 ## 2화 셀프 생식기능 검사의 전말

테르마이를 그럭저럭 만끽하고 약국으로 돌아온 팔마는 햇볕 밑에서 투명해 보인다는 문제를 심각하게 받아들이고 있었다. 내년이나 내후년을 목표로 아내를 맞이하라는 여제의 명령도 상당히 부담스럽다. 이러지도 저러지도 못하고 고민하고 있자니,

“무언가 걱정되는 게 있나요?”

사정을 모르는 로테가 슬며시 다가와 천진난만하게 물었다. 팔마는 벌떡 몸을 일으켰다.

“아무것도 아니야!”

‘그보다 이런 상태에서 아이를 만들어도 괜찮은 건가? 너무 위험하잖아.’

아이는 물론이고 모체에도 악영향을 주지 않을까 하는 것도 결혼을 꺼리는 이유다.

“일단 남성 생식기능의 일부라도 조사해두는 게 좋으려나?”

설령 결혼할 생각이 없다고 해도 최소한 자신의 몸에 대해서는 파악해두고 싶다.

전생에서도 자신의 생식기능 검사는 직접 했었다. 약국 연구실 설비만으로는 조금 불충분하지만 최소한의 조사는 해두고 싶다.

“아, 검사를 위해 채정(주3)도 직접 해야 하나?”

주3) 채정: 採精. 정액을 채취하는 일

자신의 정소에 주삿바늘을 찌르는 것은 여러 가지 의미에서 고통스러운 일이지만, 다행히 사정을 할 수 있는 나이가 된 터라 굳이 주삿바늘을 찌르지 않더라도 자연스러운 방법으로 채취가 가능하다. 엘렌이나 로테의 도움을 받는다면 더 쉬워질 테지만 그런 것을 부탁했다간 무슨 말을 들을지 알 수 없다.

‘내가 지금 무슨 생각을 하는 거지? 애초에 그런 것을 부탁할 수 있을 리 없잖아. 무슨 변태도 아니고.’

결국 일반적인 방법을 쓰기 위해 이틀간의 금욕 후 실행하기로 했다.

◆

그날 저녁, 약국 문을 닫고 나서 4층 연구실에서 채정을 했다. 굳이 폐점 후에 한 것은 역시 엘렌과 로테, 그리고 아르바이트 약사들이 아래층에 있는 상태에서는 여러모로 불안했기 때문이다.

“후우…. 12세 소년이 혼자서 몰래 뭘 하고 있는 건지.”

일이 끝난 후.

허탈감에 약간 현자 모드에 빠지면서도 자신의 검체를 신속히 처리했다.

일단은 현미경으로 할 수 있는 검사부터다. 생리식염수로 희석하고 나서 수동으로 원심분리 후 세정한다.

“정액 검사부터 해볼까?”

정액량, 정자 농도, 총 정자수, 전진운동률, 총 운동률 등을 현미경으로 조사해간다.

"총 정자수는 뭐 이 정도겠지."

팔마는 아직 어리기에 정액량이 어른보다 적다.

"정자 생존율은…."

에오신이라는 색소로 염색한 후 정자의 생존율을 계산해 본다.

"생존율과 운동량에 문제는 없어 보이네. 가능하면 유전자 검사도 해두고 싶은데…."

이것저것 검사해보고 싶지만 설비 문제로 간이적인 검사법을 쓸 수밖에 없다.

"코멧 시험(주4)의 겔 전기영동법은 쓸 수 없으니 말야. 어떻게 하지?"

그래서 선택한 것이 헤일로 정액 검사(주5)였다. 염색액으로 정자를 염색하면 정자 머리 부분 주위에 자청색 고리가 나타나는데, DNA에 손상이 있는 정자는 이 고리가 나타나지 않게 된다. 팔마는 결과를 현미경으로 확인했다.

"거의 전부 염색되어 있네. DNA 단편화도 없는 것 같고 크로마틴(주6) 구조도 무사해."

자신의 몸에 무언가 이상이 일어나고 있는 것 같긴 하지만 일단 검사할 수 있는 범위에서는 정상인 듯해서 팔마는 안도했다.

"그리고… 인간 동물 교잡배아를 만들어보면 다른 것들도 어느 정도 알 수 있겠지만 그것은 다음에 해도 되려나? 실험용 쥐도 없으니 오늘은 이만 돌아가기로 하자."

다시 채정하는 것도 성가신 일이기에 남아 있는 정자 현탁액은

주4) 코멧 시험: Comet Assay. 변이원성 시험의 일종. 전기영동의 원리를 이용해서 진핵생물의 세포, 세포핵의 DNA 절단을 검출하는 방법.
주5) 헤일로 정액 검사: Halo Sperm Test. 정자의 DNA 손상을 조사하는 검사. 정자를 염색하여 정자 머리 부분의 상태로 DNA 손상 정도를 시각적으로 판정한다.
주6) 크로마틴: Chromatin. 히스톤과 DNA로 구성되며, DNA 체인이 8개의 히스톤 주변을 감싸고 있는 것을 뉴클레오솜이라고 부른다. 주요한 기능으로는 DNA가 체세포 분열과 감수 분열을 할 수 있도록 돕고, 염색체가 부서지는 것을 막으며, 유전자 발현을 조절하고, DNA 복제를 조절한다.

유리관에 넣고 불로 밀봉한 후 액체질소 안에 넣어 동결한다. 이로써 다른 실험을 여러 번 실시할 수 있을 만한 양은 확보되었다.

작업을 끝마친 팔마는 기세 좋게 연구실 문을 열어젖히고, 걸치고 있던 흰 가운을 단숨에 벗어던졌다. 그리고 거기서 비극은 일어났다.

계단을 갓 올라온 참이던 로테가 팔마를 보고 비명을 질렀다.

"꺅! 팔마 님, 팬티를 입으세요!"

"우왓, 로테! 어째서?! 미안해!!"

채정을 한 후 샘플 처리에 몰두한 나머지 속옷을 입는 것을 깜빡한 모양이다.

"그, 그런 차림으로 뭘 하고 계셨던 건가요?!"

흰 가운을 벗어던지고 하반신을 고스란히 드러낸 팔마와, 깜빡한 물건을 찾으러 온 로테가 이렇게 계단에서 만난 것은 무엇을 어떻게 변명해도 최악의 상황이었다.

"아니, 저기, 이건 오해야! 그저 내 정자를…."

아무도 없다고 생각해서 검사에만 집중했다가 큰 실수를 저지른 것 같다.

아래까지 덮는 긴 흰 가운을 입고 있었던 탓에 팬티를 입지 않은 것을 깨닫지 못했던 것이다.

'아니, 정자가 뭐 어쨌다는 거야. 이 상태에선 무슨 말을 해도 소용없다고.'

지금은 완전히 여자 앞에서 코트를 벗어 던지고 하체를 노출시킨 변태 모습 그 자체이다. 헌병 아저씨, 이 사람이에요! 라고 신고를 해도 이상하지 않을 상황이기에 팔마는 얼굴을 붉혔다.

“저, 저는 아무것도 안 봤어요!”

순진한 로테의 심적 대미지는 컸는지, 뒤도 돌아보지 않고 그대로 저택으로 도망가 버렸다.

그로부터 얼마 동안 어색한 마음에 팔마는 로테의 얼굴을 직시할 수 없었다. 그 무렵부터 드 메디시스가에 있는 팔마의 방과 이세계 약국 연구실 문 안쪽에는 ‘나가기 전에 반드시 복장을 체크’라는 팔마가 직접 쓴 표어가 붙게 되었다.

왜 그런 것이 붙었는지 이유는 본인과 로테만이 알고 있다.

 # 3화 오리새와 7일간의 신염(神炎)

1147년 6월. 팔마는 바쁜 나날을 보내며 아내를 맞이하라는 여제의 숙제를 한 달도 지나지 않아 까맣게 잊어가고 있었다. 그러던 어느 날 여느 때처럼 장 제독이 이세계 약국을 찾았다.

“점주에게 긴히 부탁할 일이 있네만 들어줄 수 있겠나?”

사탕을 구입하며 그렇게 말한 장 제독은 카운셀링 코너에 자리를 잡았다. 로테가 차를 내온다.

“예. 무엇이죠? 병에 대한 상담인가요?”

팔마는 환자의 대응이 일단락되자 장 제독과 마주했다.

“이번엔 그게 아니고, 원양 항해의 진수를 전수받을 수 있을까 해서 말야.”

“예? …항해에 대해 잘 모르는 일반인에게 어째서 그런 것을 물으시는지?”

'아무리 그래도 이건 좀 무리지 않나? 항해술은 내 전문이 아닌데 말야.'

뭐든 다 알고 있는 것처럼 생각하지 말아 주었으면 한다며 팔마는 내심 투덜댔다.

"저는 일개 약사일 뿐이라 항해에 관해서는 당신의 견식에 전혀 미치지 못합니다만…, 영양학적인 거나 위생에 대한 조언이라면 조금은 가능할지 모르겠군요. 얼마나 오래 하는 항해인가요?"

"이번엔 조금 길다네. 엘리자베트 황제 폐하의 직할 선단을 이끌고 호송과 식민지 경비, 항해도 작성 등을 해야 하거든. 몇 달 정도 걸리지 않을까?"

"무기항 항해는 아니겠죠? 식량과 음료수 보급은 가능한가요?"

"보급은 받을 예정이네만 식민지 농장에서 흉작이 계속되고 있어서 상황에 따라서는 보급을 충분히 받을 수 없는 가능성도 있네. 그 경우엔 선원들이 무사하지 못하겠지."

"그렇군요. 구체적인 질문사항은 있습니까?"

"물과 식량을 장기간 보존하는 방법은 없나? 항해 중의 아사를 막는 방법이라든지."

"그거라면 몇 가지 방법이 있어요. 가령 음료수에 관해서는 물 속성 신술사가 만든 물을 적재하면 물이 잘 안 썩습니다. 그리고 항해에도 신술사를 데려가면 안심이겠죠."

"호오, 그러고보니 점주가 만든 물은 잘 안 썩는다고 했던가? 하지만 그 물이 다 떨어질 경우, 수백 명이나 되는 선원이 매일 마시는 물을 동행시킨 물 속성 술사만으로 확보할 수 있겠나? 저기, 그 무슨 신력인지 뭔지가 소진된다고 들었는데. 나는 평민이라 잘 모르네만."

'아, 그렇지. 신력은 유한한 것이었어.'

팔마는 신력을 무진장 가지고 있기에 신력량에 대해 딱히 고민한 적 없지만 보통은 하루에 쓸 수 있는 신력량과 평생 쓸 수 있는 신력량은 정해져 있는 것이다. 일반적인 신술사들의 사정도 고려해야 했다. 그냥 팔마가 동행할까도 생각했지만 역시나 지금은 너무 바쁘다.

"마실 물을 모두 신술로 생성하지 않으셔도 됩니다. 빗물을 탱크에 저장해두고 과망간산칼슘이라는 약을 넣으면 물이 오래 가거든요."

"비가 잘 안 오는 해역이라 말일세…. 난처하구먼."

"여차하면 바닷물도 마실 수 있고요."

"점주, 자네 무슨 말을 하는 건가? 바닷물을 마셨다간 금방 죽고 말잖나."

"바닷물을 퍼담아서 신술로 얼리는 겁니다. 단순히 물을 얼리는 신술이라면 그렇게 많은 신력은 필요없어요. 얼음에는 염분이 거의 포함되지 않으니 그 얼음을 녹여 마시면 됩니다."

"으음, 이렇게 듣고 있으니 이것저것 방법이 있었군."

팔마는 물 확보 방법과 식량을 오래 보존하는 방법을 종이에 일일이 적어 지침서를 만들어 갔다. 이 지침으로 많은 선원들의 목숨을 구할 수 있다면 그로서도 가르치는 보람이 있다.

그리고 바람 속성 신술사를 고용하면 범선에 안정된 바람을 불게 할 수 있기에 가속에 도움이 된다고도 조언했다. 항해가 단축되면 선원들의 생존율도 높아지는 것이다.

"남은 건 항로 선택에 최선을 다하는 거겠죠."

"그것은 나한테 맡기게. 괜히 경험을 쌓은 건 아니니 말야."

행운에 기대는 건 불안요소를 모두 없애고 나서 마지막 해야 한다고 팔마는 장 제독에게 말했다.

◆

어느 휴일. 그 날은 날씨가 좋아서 팔마와 로테는 마차를 이용하지 않고 사이좋게 하천변을 걷고 있었다. 산 플루브 강의 강변은 많은 사람들이 드러누워 쉬거나 산책을 즐기는 휴식 공간으로 이용되고 있다. 지금은 강변 양쪽을 꽃과 풀이 울긋불긋 수놓는 계절이기도 하다.

'제국은 장마가 없어서 지내기 좋네. 유럽과 비슷한 기후려나?'

애당초 습도가 낮은 제국은 일년 내내 온화하고 건조한 기후이다. 팔마는 끈적끈적한 습기를 싫어했기에 일본과 비교해서 살기 좋다고 느꼈다.

"와, 꽃이 예쁘네요~. 조금 따올게요."

로테는 들꽃으로 꽃다발을 만들어 팔마에게 보여주며 기쁜 얼굴로 미소지었다.

"약국 접수처에 장식하면 좋을 것 같아요. 좋은 그림 소재가 될 것 같기도 하고."

"괜찮은 생각이네. 로테의 그림은 약국에 화사함을 더해주니 말야."

팔마는 로테의 그림 몇 장을 약국에 걸어두고 있었다. 선명하고 온화한 색채가 방문한 환자들의 눈을 즐겁게 해주기에 언제나 신작을 기대하고 있다.

"오늘은 이대로 걸어서 궁정 공방에 갈게요. 물감을 챙겨와야 하거든요."

궁정 화가로서의 활동과 멜로디 존작이 의뢰한 유리 세공 디자인 제작은 모두 순조로웠다. 멜로디와의 합동 전시전도 기획되고 있다. 로테가 주로 작품 제작을 하는 곳은 드 메디시스가에 있는 자신의 방이었지만 약국 근무를 마치고나서 궁정 공방에 얼굴을 내미는 일도 많았다.

"아, 궁전에 갈 거면 나도 같이 갈게."

"정말요?! 그럼 함께 가요."

이렇게 로테가 팔마 옆에 바싹 붙어 걷고 있으면 그녀의 몸이 때때로 팔마와 닿는다. 예전의 로테는 팔마 세 발짝 뒤에서 걷고 있었기에 거리감이 많이 줄어들었다고 생각했다.

로테와 함께 궁전에 온 것은 살로몬을 만나기 위해서였다.

살로몬은 신술 고문으로서 궁정인들에게 고도의 신술을 가르치는 일을 맡고 있었다. 팔마가 살로몬을 방문했을 때 그는 마침 회의실에서 강의를 끝마친 참이었다. 궁정인들이 모두 퇴실한 것을 확인하고나서 팔마는 방문 목적을 말했다.

"햇볕 아래서 몸이 비쳐 보이는 걸 안 비쳐 보이게 하고 싶으시다고요? 농담이시죠? 아무리 그래도 비쳐 보일 리가."

"정말이고, 절실한 문제예요."

지금까지 팔마는 신력을 차단하는 부적을 살로몬에게서 받아, 그것을 가슴 주머니에 넣어두는 것으로 그림자가 안 생기는 상황을 완화하고 있었다.

"전에 받은 신력 억제 부적으로는 더 이상 억누를 수 없게 된 것 같아요."

"난처하게 됐군요. 그 이상으로 강한 것은 대신관이 쓰는 봉신술 정도인데, 다소 간이화된 것이라면 저도 쓸 수 있긴 합니다만 팔마 님 상대로 그걸 쓸 수는 없는 노릇이라…."

"봉신술이라는 것은 어떤 것이죠?"

팔마의 물음에 살로몬은 설명하기 거북한 표정으로 입을 열었다.

"수호신을 봉인하는 금술 체계입니다. 팔마 님에게는 엄청난 효과가 있을 겁니다만 아무리 그래도 그걸 쓰는 건 좀…."

"다행이네요. 그럼 그걸 써주실래요?"

팔마의 말에 살로몬은 눈을 부릅떴다.

"아아아, 안 됩니다, 안 돼요. 신앙에 반하는 행위입니다. 제가 봉인하는 것은 어디까지나 악령이지, 수호신인 팔마 님을 봉인하는 것은 터무니없는 일입니다!"

"저는 상관없어요. 몸이 투명해져서 약국에 온 사람들과 마을 사람들을 겁먹게 하는 것보다는 낫거든요. 사정이 사정이니까 부탁드립니다."

팔마가 양손을 모으며 호소하자 그 필사적인 모습에 살로몬은 마지못해 승낙했다.

"우우… 팔마 님의 부탁이라면 어쩔 수 없습니다만 아픈 것은 각오하시길."

내키지 않는 표정으로 살로몬은 금단의 부적을 작성해서 팔마에게 건넸다.

"이것을 피부에 붙이십시오. 팔에 있는 약신문에 직접 붙이는 게 좋겠죠. 약신문을 봉인하면 상당한 신력을 억누를 수 있을 겁니다. 하지만 참을 수 없다면 떼어내는 것이 좋을 거예요. 아무튼 간이적인 것이라고 해도 수호신에게 엄청난 통증을 주고 약체화시키는 것으로 알려진 금기의 부적, 파계부라 불리는 것이니까요. 아아, 그런 것을 팔마 님에게 건네야하다니…."

"오, 감사합니다!"

전율하는 살로몬의 모습에는 아랑곳 않고 가벼운 마음으로 소매를 걷어붙인 후 양팔의 약신문에 부적을 붙이고 붕대로 감는다.

"히익?! 그렇게 단숨에!"

살로몬이 비명을 삼키면서 펄쩍 뛰었다.

"아…, 짜릿짜릿하네요. 멘톨처럼 시원하고 기분 좋아요."

살로몬은 팔마가 황홀한 표정을 짓는 것을 보고 난처한 표정을 지었다.

"그, 극심한 통증이라 들었는데…, 후우, 뭐 괜찮으시다면야."

팔마는 여러 가지 의미에서 소피에게 단련된 탓인지 별 통증을 느끼지 못했고, 신력 경감으로 투명화도 해소되어 문제는 일단 해결을 보았다.

"어쩌면 대신전의 봉신 비술도 팔마 님에게는 안 통할지 모르겠군요. 봉신술에 걸린 상태에서도 신술을 쓸 수 있는지 나중에 확인해보십시오."

"예, 확인해두기로 하죠."

부적 때문에 물질 창조와 소거 능력을 쓸 수 없게 되면 여러모로 곤란해지므로 꼭 확인해봐야겠다고 생각하면서 궁정 공방으로 로테를 마중하러 가보니 그림을 그리고 있던 로테가 몸을 웅크린 채 작게 코를 풀고 있었다.

"이만 돌아갈 생각인데 로테도 같이 갈래? 아니면 나만 먼저 돌아가고."

"아, 같이 갈게요. 오늘은 몸 상태가 좀 안 좋은 것 같거든요. 좀 더 작업하고 싶었지만 집중이 안 되니 오늘은 여기서 끝내기로 할게요."

코를 너무 많이 풀어서 그런지 코밑이 빨개져 있다.

"몸 상태가 안 좋다고? 콧물 증상?"

"예, 콧물이 멈추지 않네요. 감기 같아요….."

팔마와 이야기를 하는 도중에도 다시 콧물이 흐르기 시작했는지 몸을 빙글 돌리고 몰래 코를 푼다.

"오늘은 일찍 돌아가서 푹 쉬도록 해."

로테의 몸을 염려하면서도 증상이 그리 심하지는 않아 보였기에 약은 처방하지 않았다.

이럴 때는 안정하는 게 제일이다.

"예, 고맙습니다. 그러고 보니 폐하께서도 감기시래요."

"헤에, 유행 중인 건가? 내일 진찰하러 가볼게."

귀가 후 살로몬의 충고에 따라 자신의 능력을 대충 체크해본 결과, 물질 창조 능력, 물질 소거 능력은 지금까지와 마찬가지로 발동했다.

'능력에 문제는 없는 것 같네. 다행이다.'

일단은 안도한 팔마였다.

◆

“음? 레베카 씨도 감기인가요?”

다음날 팔마가 약국에 출근해보니 로테와 마찬가지로 레베카도 코밑이 붉어져 있었다.

“레베카 씨와 로테는 감기가 악화되면 안 되니까 일찍 퇴근해도 좋아요.”

팔마는 두 사람을 배려해서 말했다.

“예, 하지만 아직 팔팔하답니다! 점주님!”

레베카는 쑥스러운 듯 대답했다.

“그러고 보니 팔마 군과 가까운 곳에 있는 두 사람이 모두 감기에 걸리다니 별일도 다 있네.”

저울을 조정하고 있던 엘렌은 “성역이 있는데 말야” 라며 손가락으로 허공에 커다란 원을 그리는 제스처를 취하면서 팔마에게 웃어 보였다.

“여러분 다 감기입니까? 저는 아무렇지도 않은데요. 아프면 얼른 집에 돌아가서 누워 있지 그래요?”

“아픈 사람에게 그런 식으로 말하지 마! 로제 너도 옮았을지 모르잖아.”

로제가 히죽대며 로테와 레베카를 놀리다가 셀레스트에게 야단맞았다.

“음? 그러고 보니… 어째서 감기가? 듣고 보니 이상하네?”

엘렌은 감기에 걸리지 않았다. 세드릭, 셀레스트, 로제도다. 성역이라는 것은 팔마가 존재하는 것만으로도 주위 몇 킬로미터에 걸쳐 발동하는 패시브 스킬 같은 것이다. 범위 내에 있는 사람은 감염증과 병에 잘 안 걸리게 된다. 하지만 그런 것치고는 이상하다고 팔마는 생각했다.

'두 사람 모두 정말 감기 맞나?'

팔마는 왠지 마음에 걸렸다. 자신의 능력에 절대적인 신뢰를 가지고 있는 것은 아니지만 오랫동안 약국 종업원들이 감기에 걸리지 않았다는 것을 생각하면 어딘지 부자연스러웠다.

'봉신술 때문에 성역이 작동하고 있지 않은 건가? 아니, 하지만 파계부를 붙인 건 바로 어제의 일인데.'

일말의 불안을 느낀 그는 주저없이 두 사람에게 진안을 써서 병명을 나열해갔다.

"'세균 감염.'"

"'바이러스 감염.'"

그런 팔마와 눈이 마주친 로테가 "에취" 하고 작게 재채기를 했다. 재채기도 감기 증상의 일부이기는 하지만 팔마는 그것을 보고 확 감이 왔다.

'아아, 알았다!'

"'계절성 알러지 비염.'"

파란색 빛이 하얗게 변했다. 계절성 알러지 비염이란 화분증을 말한다. 본 김에 알러지 원인도 조사해보기로 했다.

"요즘 제도에 많은 식물이라고 하면….."

지구에서 세계 3대 화분증이라고 하면 삼나무, 벼과, 돼지풀이다.

　제도의 경관을 돌이켜 보건데 삼나무 중에 측백나무가 있긴 하지만 제도에는 거의 심어져 있지 않다.

　"'자작나무, 떡갈나무, 개암나무….'"

　생각나는 대로 나열해가다 보니 그것들중에서 몇 개의 식물이 강하게 반응했다. 가장 의심스러웠던 식물 이름을 열거하자 흰색 빛은 더 강해졌다.

　"오리새(주7). 음, 오리새였구나."

　'아~, 그러고 보니 강변에 잔뜩 자라나 있었지…. 그렇게나 많이 우거져 있으면 알러지도 유발할 수 있으려나?'

　딱 짚이는 게 있었다. 며칠 전에 본 참이고, 로테는 들꽃을 따오기도 했었다.

　"두 사람 모두 콧물이 나오나요?"

　"예."

　"그래요."

　"재채기도 나오고?"

　"예."

　"예."

　"코막힘도?"

　"예."

　"예."

　팔마의 물음에 두 사람이 경쟁하듯 대답했다.

　"저는 눈도 가려워요."

　로테 쪽 증상이 더 심한 것 같다.

주7) 오리새: 벼과의 여러해살이 풀. 학명은 Dactylis glomerata.

"음, 일단 두 사람한테 묻고 싶은데요, 증상은 오늘부터인가요?"

"아, 아뇨, 오늘부터는 아니에요. 그러고 보니 매년 봄만 되면……."

레베카가 쑥스러운 듯 어깨를 움츠러들었다.

'성역이 어쩌니 하는 문제는 아니었군. 알러지에는 간섭을 안 하나 보네.'

팔마는 일단 가슴을 쓸어내렸다.

"두 사람 모두 화분증입니다."

"화분증이라는 게 뭔가요? 처음 듣는 말이네요!"

"음, 뭐 아주 간단히 말하면 꽃가루를 병원체로 잘못 인식한 몸이 항체를 만들어 몸에서 배제하려 하고 있는 겁니다."

"배제? 전 그런 적 없는데요?"

"자신의 의사와는 상관없이 몸이 알아서 하고 있는 거에요. 재채기로 발산하고, 눈물과 콧물로 배출하고, 콧속 혈관을 팽창시켜 코 막힘으로 침입을 막으려 하고 있는 거죠. 이치에 맞지 않나요?"

"레베카, 알러지에 대해선 팔마 군의 교과서에도 나와 있잖아. 제대로 안 읽었구나?"

엘렌이 로테 뒤에서 쓰게 웃으며 덧붙이자 레베카는 움찔했다.

"그, 그랬던가요? 죄송해요, 교과서 진도를 별로 나가지 못해서."

"어떻게 하면 낫나요? 코를 너무 풀어서 코밑이 아프고 얼얼해요."

로테는 코밑을 양손으로 가리고 있었다. 빨개져 있는 게 창피한 모양이다.

"으음, 한 번 시작되면 쉽게 낫지 않아서 말이지. 매년 약을 먹는 게 좋을 거야."

팔마의 무자비한 선고를 받아들일 수 없었는지 로테는 뒷걸음질 쳤다.

"매년요?! 무리예요!!"

"꽃가루 비산량에 의존하니까 오리새가 없는 나라로 가면 좀 나아지겠지만 그럴 수는 없는 노릇이잖아. 약을 처방해줄까?"

팔마는 두 사람의 카르테와 약력을 꺼내서 적기 시작했다.

"와, 팔마 님의 약, 기대되네요!"

로테가 무심코 기뻐한 것을 보면 알 수 있듯 팔마가 세드릭 이외의 종업원에게 약을 처방하는 것은 오랜만이었다. 엘렌이 난처한 듯 웃었다.

"로테도 참. 약을 기대하면 어떡해."

"히스타민을 억제하기 위해 펙소페나딘을 처방할게."

"스테로이드 내복약은 처방 안 하는구나. 감염증과 부신 기능 저항을 막기 위해서야?"

엘렌이 물었다. 교과서에는 증상이 심한 어른의 경우, 스테로이드를 처방하도록 되어 있다.

"15세 이하인 로테는 소아에 속하니까 심각하지 않다면 스테로이드는 내복약으로 처방하지 않아."

"점안, 점비약이라면 괜찮은 거지?"

치료약으로는 히스타민 수용체 길항제인 펙소페나딘을 선택했고, 로테에게는 한 번에 30밀리그램씩 하루 두 번을, 레베카에게는 60밀리그램을 한 번에 모두 복용하게 했다. 스테로이드인 모메타

손 점비약은 레베카에게만 처방한다. 직원들에게 이렇게 복약 지도를 하고 있으니 왠지 신선한 느낌이었다.

"화분증 약은 사람에 따라 맞고 안 맞고가 있으니까 이게 안 들으면 다른 약을 검토해볼게."

"약을 처방받을 때 체중도 재야 하나요?"

로테와 레베카가 꽁무니를 뺐다. 두 사람의 반응이 비슷하다는 게 재미있다.

"아니, 체중은 체형을 보면 알 수 있으니까 됐어."

"에엣?! 체중이 얼마나 된다고 생각하시나요?"

"정말요? 팔마 님!"

"그건 농담이고, 나이에 따른 계산법이 있으니까 이번엔 안 재도 돼. 그리고 두 사람은 오리새가 나는 시기에는 밀가루, 멜론, 수박, 키위는 너무 많이 안 먹는 게 좋아."

조제실에서 팔마가 충고했다. 벼과 식물의 화분증이 발증하면 먹는 것만으로도 면역계가 꽃가루로 오인하여 알러지를 일으키는 음식이 있다고 팔마는 설명했다.

"키위가 뭐지?"

엘렌이 꼼꼼히 메모를 적으면서 질문했다.

"아, 이곳에는 키위가 없었던가? 그러고 보니 품종개량 식물이었지."

"그런…. 팔마 님, 다른 과일은 둘째치고 밀가루를 피하라니 너무해요! 전 밀가루가 주식인데…."

로테의 슬픔은 대단한 것이었다. 밀가루로 만든 과자와 빵이 로테가 가장 즐겨 먹는 음식이다.

"너무 많이 먹지는 말라는 거야. 화분증에 걸리면 음식 알러지도 일정 확률로 같이 발생하니까."

"그래도 계속 먹으면 어떻게 되죠?"

"최악의 경우, 아나필락시스 쇼크를 일으키려나? 이건 겁주려고 하는 말이 아니야."

"히익?! 그게 뭐죠?!"

로테와 레베카가 바들바들 떠는 것을 웃는 얼굴로 보고 있던 엘렌이 문득 진지한 표정을 지었다.

"아나필락시스 쇼크를 완화하는 것은 아드레날린 주사라고 했던가?"

"정답이야, 엘렌. 그건 아직 준비되지 않았으니까 준비해두는 편이 좋겠어."

"후우…, 오리새따위 이 세상에서 사라지면 좋을 텐데."

로테가 약국 카운터에 엎드리며 깊고 깊은 한숨을 쉬었다. 그 엎드린 머리 위에 팔마가 약 봉지를 올려두자 로테는 "아우…"라고 신음하며 받아들었다.

"기운 내, 자, 로테의 화분증은 그리 심하지 않으니까. 레베카도 그렇지만."

"고마워요…. 팔마 님."

약 봉지를 집어들려다 팔마의 손과 접촉하자 허둥지둥 손을 뒤로 뺐다.

"어쩔 수 없어. 오리새는 사라지지 않으니까 잘 적응해가는 수밖에 없다고."

엘렌이 위로가 되지 않는 위로를 로테와 레베카에게 했다.

"후에엥~, 어떻게 해야 되나요? 지금 시기에는 최대한 외출을 삼갈 수밖에 없는 건가요?!"

"불쌍한 로테와 레베카. 평생 낫지 않는 화분증에 걸려버리다니."

"혹시 남의 일이라고 생각하는 거 아냐? 엘렌도 언제 걸릴지 모르니까 조심해. 아니, 어떤 사람이든 화분증에 걸릴 가능성이 있다고 해야 하나? 나도 언제 걸릴지 몰라."

팔마가 엘렌에게도 충고했다.

"마스크를 써, 로테. 방어에는 역시 마스크와 안경이야!"

엘렌이 화분증 방어법을 지도하며 자신의 안경을 스윽 치켜올렸다. 팔마의 교과서에서 얻은 지식을 피로하고 있는 듯하다.

"아, 잠깐만…. 로테, 그러고 보니 폐하께서도 감기라고 했지?"

팔마는 문득 떠올렸다. 감기라고 생각했지만 화분증일지 모른다.

다음날 혹시나 해서 궁정으로 진찰을 가보니 예상은 적중했다. 그리고 오리새는 여제의 심기를 건드렸다.

"오리새 이것들, 내 가만히 두지 않겠다."

숙청이 시작되었다.

◆

며칠 후 제도에서 오리새는 사라지려 하고 있었다. 여제가 사적인 원한으로 칙령을 내려 목초지를 제외한 오리새 벌판은 불 신술사들에 의해 불태워진 것이다. 뇌까지 근육으로 된 여제의 강권 발동이었다.

"공기가 개운해지고 편해졌어요. 팔마 님이 처방해주신 약 덕분인가요?"

그 은혜에 힘입어 화분증 증세가 극적으로 완화된 로테와 레베카는 몹시 기뻐했다.

"다행이긴 한데 어째서일까? 오리새가 사라지기라도 했나?"

그런 모호한 맞장구를 치면서도 진상을 아는 팔마는 여제의 행동력에 전율했다.

'약이 잘 들은 것도 있지만… 이제 제도에서는 오리새의 씨가 마를 것 같으니 말야. 구제가 착실히 진행 중이니 오리새가 제도에서 천연기념물이 될 날도 머지 않겠어.'

그날도 제도 이곳저곳에서 오리새를 불태우기 위한 신술의 화염이 활활 타오르고 있었다.

 ## 4화 우유팔이 소년과 I형 당뇨병

7월의 어느 날 오후, 팔마는 대학에 가기 위해 약국을 나섰다가 손수레를 밀면서 약국 앞을 지나던 소년과 충돌하고 말았다.

한눈을 팔고 있던 소년은 요란한 소리를 내며 넘어졌고 수레도 기울어서 짐 일부가 쏟아졌다.

"아얏! 어딜 보고 걷는 거야! 이 꼬맹이가! …우웩!"

소년은 상대를 잘 보지도 않고 호통을 쳤다가 상대가 이세계 약국의 점주라는 것을 깨달았다.

"말 조심해라! 이 무례한 녀석!"

가까운 곳에 있던 약국의 경호 기사가 노려보며 위협했지만 팔마가 제지했다.

"아뇨, 제 잘못입니다. 확실히 조금 부주의했네요. 미안해. 다친 데는 없어?"

"그보다 짐이!"

소년의 말에 쓰러진 손수레를 돌아보니 충돌의 여파로 가지런히 놓여 있던 우윳병에서 우유가 쏟아져버린 상태였다.

"아아, 이건 변상해야겠네."

참고로 팔마와 소년은 얼굴을 조금 아는 사이이다.

소년은 이른 아침부터 거리에서 우유를 팔았고, 점심시간이 되면 항상 피곤한 얼굴로 약국 앞을 지나갔기에 때때로 그것을 목격했던 것이다.

"맞아, 변상해야 돼! 전부 안 사주면 곤란하다고!"

소년은 짐을 확인하면서 소리쳤다.

그는 팔마와 비슷한 또래의 소년으로, 빈민층으로 분류되는 평민이었다.

'그러고보니 갑자기 좀 야윈 것 같네. 식사를 충분히 못 하고 있는 건가?'

일어난 소년을 정면에서 보고 내심 고개를 갸웃한다.

"고의는 아니었어. 사과의 의미로 전부 구입할게."

팔마는 지갑을 꺼내서 대금을 치르려 했다.

"어차피 다 버릴 거면서."

"아니, 마실 거야."

"…궁정 약사나 되는 귀족이 우유 같은 걸 마신다고?"

경호 기사가 듣지 않도록 작은 목소리로 집요하게 도발하는 소년에게 팔마는 담담하게 말했다.

"마셔. 너도 좀 마시는 편이 좋지 않겠어?"

시리얼을 넣어 먹는 것도 괜찮겠다고 생각했다.

"좀 시큼해져 있는데도?"

"솔직하네. 괜찮아. 요구르트로 만들어 먹으면 되니까."

구입을 철회할 생각이 없었던 팔마는 우유 대금으로 지갑을 통째로 넘겼다. 지갑 안에는 소년이 몇 년은 벌어야 할 만한 돈이 들어 있다.

"거스름돈은 필요없어."

"뭐? 지금 나한테 시비 거는 거야? 이렇게 많은 돈을 받을 수 있을 리 없잖아! 이 돌팔이 약사!"

소년은 완전히 시비조였다.

무언가 적당한 핑계가 없을까 생각한 팔마는 소년이 넘어졌을 때 그의 바지가 찢어진 것을 발견했다.

"그럼 옷이 찢어졌으니 새 옷을 사 입도록 해. 위생에 좀더 신경을 쓴다면 매상도 좀 오르지 않겠어? 쓸데없는 참견일지 모르지만."

"쓸데없는 참견이야!"

"가게 앞에서 대체 무슨 소란이야? 왜 이런 데서 싸우고 있어?"

소동을 눈치챈 엘렌이 중재를 위해 밖으로 나왔다.

"우유를 구입했을 뿐이야."

결국 팔마의 지갑에서 우유 대금만 챙긴 소년은 지갑을 약국에 집어던지고 돌아갔다.

◆

　그로부터 며칠간 약국 밖에 우유팔이 소년이 지나가는 게 보이면 불평을 각오하고 매번 불러세워 우유를 구입했다.

　하지만 그날 소년은 모습을 보이지 않았다.

　"오늘은 녀석이 좀 늦네?"

　"그 우유팔이 소년 말이죠? 제가 나가서 좀 보고 올게요."

　그렇게 말하고 밖으로 뛰쳐나간 로테가 비로소 소년을 발견하고 팔마를 불렀다.

　"팔마 님! 왔어요! 기다려요! 우유를 구입할 거니까!"

　팔마가 우유를 구입하기 위해 밖으로 나가보니 소년은 눈에 띄게 기운이 없어 보였다.

　"…또 너야?"

　소년은 며칠 전보다 더 야위어 있었다. 팔마는 소년의 급격한 변화가 왠지 맘에 걸렸다.

　"오늘은 좀 늦었네? 어지간하면 며칠만이라도 일을 쉬는 게 좋겠어. 몸이 안 좋아 보이잖아."

　팔마는 우유를 구입하고 대금을 치르면서 말했다.

　"아아…, 목이 너무 마르고 기분이 안 좋아. 그렇다고 팔 물건에 손을 댈 수도 없는데."

　"그럼 물을 만들어 줄게. 그 빈 병을 이리 줘."

　팔마는 빈 우윳병을 신술로 생성한 물로 세정한 후 차가운 얼음물을 생성해서 소년에게 건넸다. 소년은 득달같이 달려들어 벌컥벌컥 들이키기 시작했다.

"더 마실래?"

두 병, 세 병 연신 마셔대는 소년을 팔마는 주의 깊게 관찰했다.

"오늘은 하루종일 목이 말라 죽을 것 같았는데 이제 좀 살 것 같아. 그나저나 정말 차갑고 맛있는 물이네."

"그건 좀 이상하지 않아? 오늘은 딱히 덥지도 않은데 말이지."

'탈수 증상치고는… 호흡도 이상하고 말야.'

몹시 깊은 호흡이 규칙적으로 이어지고 있다. 팔마는 안 좋은 예감이 들었다.

'들숨이 날숨보다 길어…. 혹시 쿠스마울 호흡(주8)인가?'

이건 예삿일이 아니다. 진안을 써보니 소년의 체액 전체가 파랗게 발광하고 있었다.

'뭐지?'

그 상태를 보고 그 심각함에 숨을 삼켰다. 탈수 증상은 있다. 하지만 그것만으로는 설명이 되지 않는다. 소년의 호흡에서 느껴지는 과일 같은 독특한 냄새. 그리고 이상한 호흡의 조합.

"'당뇨병성 케토아시도시스.'"

반응이 있었다. 당뇨병성 케토아시도시스란 혈당을 조직 내로 흡수해서 혈당치를 내리는 유일한 호르몬인 인슐린의 결핍에 의해 혈액이 산성화되는 증상을 말한다.

인슐린 결핍이 일어나면 혈중에 있는 혈당이 각 조직과 각 장기에 흡수되지 못해 혈당치가 상승하고, 각 장기는 에너지 부족으로 기아 상태에 빠지기에 근육 등을 분해해서 에너지를 얻으려 한다. 그 결과, 단백질과 지질의 대사산물인 케톤체가 혈액 내에서 증가(케토시스)해서 동맥혈의 pH가 산성화되는 것이다.

주8) 쿠스마울 호흡: Kussmaul Breathing. 깊고 힘들게 숨을 쉬는 호흡 패턴의 하나. 종종 대사성 산증에서 나타나며 특히 당뇨병성 케톤산증에서 잘 나타나지만 신부전에서도 관찰될 수 있다. 호흡수나 호흡 깊이를 증가시켜 혈액 내 이산화탄소를 감소시키는 과다 환기의 한 형태로 볼 수 있다.

'케토아시도시스까지 진행되었다는 것은….'

"'I형 당뇨병.'"

적중했다.

II형 당뇨병은 서서히 진행되므로 케토아시도시스가 될 가능성은 높지 않다. 하지만 인슐린이 분비되지 않는 것에 의해 급격히 진행되는 I형 당뇨병에선 일어날 수 있다.

I형 당뇨병은 잘못된 생활습관 때문에 발생하는 II형 당뇨병과는 달리 자가면역 질환에 의해 발생하므로 부유층, 빈곤층을 가리지 않고 발생한다. 즉, I형 당뇨병의 발생에 관해서는 본인에게 책임이 없는 것이다. 일본에서 당뇨병은 잘못된 생활습관에 의한 병이라는 인식이 있기에, 환자들이 주위의 오해 때문에 고통을 받기도 한다는 것을 팔마는 떠올렸다.

'케톤체를 소거해도… 별문제는 없으려나?'

지방산과 아미노산이 불완전하게 대사되어 만들어지는 케톤체에는 여러 가지 종류가 있지만 모두 단순 화합물이기에 팔마가 소거할 수 있다. 팔마는 케토아시도시스를 개선하기 위해 소거 능력으로 그의 몸 안에 있는 케톤체를 모두 소거해버릴까도 생각했다. 하지만 인슐린이 절대적으로 결핍되어 있는 그의 육체가 현재 영양원으로 삼고 있는 것은 당이 아니라 케톤체인 것이다. 그 케톤체를 갑자기 모두 소거해버린다면 그는 혼수상태에 빠지지 않을까?

임상경험이 부족한 팔마는 그 우려를 불식할 수 없었기에 응급처치 차원에서 케톤체의 일부…, 다시 말해 대사에 이용되지 않는 아세톤만을 소거 능력으로 소거했다. 이것으로 용태는 다소 진정될 것이다.

"저 아이가 I형 당뇨병이라는 거지?"

엘렌이 환자가 듣지 않게 귓속말로 말했다.

"팔마 군은 환자를 보면 직감으로 알 수 있을지 모르지만, 나는 그걸 어떻게 발견해야 돼?"

"케토아시도시스는 검사를 하면 엘렌도 알 수 있어. 바늘로 손가락을 조금 찔러서 채혈한 후 pH를 재면 되는데, pH 시험용지로 알 수 있는 수준이라면 심각한 거야."

혈당치 자체를 재는 방법도 있지만 아직 이 세계에서는 실용화되지 않았다.

"둘이 뭘 속닥대고 있는 거야…."

"입원해야 돼. 바로 입원! 중증이라고!"

팔마는 소년을 설득하기 시작했다.

"뭐? 이런 건 집에 돌아가서 좀 누워 있으면 낫는다고."

아연실색한 얼굴로 반박하는 소년을 본 팔마는 위기감을 부추겼다.

"안 나아! 이대로 놔두면 죽는다고! 혈액이 산성으로 변해 있어."

"산이라면 우유가 요구르트가 되는 것처럼?"

"좀 다르지만, 비슷한 거야!"

"싫어. 그런 식으로 또 비싼 약을 팔아치우려는 수작이지? 너희들은 겁을 주려고 항상 그렇게 말하잖아!"

소년은 전력으로 치료를 거부하려 하고 있었다.

"청구하는 치료비는 우유 3병! 그 이상은 절대 안 받을게. 자, 여기 계약서!"

팔마는 경계하는 소년에게 즉석으로 계약서를 작성해서 내보였다.

“제기랄, 난 글자 못 읽는다고.”

그 말을 들은 세드릭이 밖으로 나와서 계약서를 읽어주었다.

“확실히 환자에게 청구하는 치료비는 우유 3병뿐이군요. 그 이상의 비용은 약국이 전액 부담하고 환자에게는 청구하지 않는다고 되어 있습니다. 약국 도장까지 찍힌 정식 계약서니까 당신이 사인하면 유효해요.”

“미, 믿을 수 없어. 사인 같은 걸 할 것 같아?! 치료할 자신 따윈 없는 거지? 이 돌팔이 약사, 나는 다 알고 있다고!”

“네가 팔마 군의 뭘 안다는 거야?!”

화가 나기 이전에 어이가 없다는 듯 엘렌은 눈살을 찌푸렸다.

“어떻게 생각해도 좋지만 애초에 이 병은 낫지 않는 병이야. 낫게 할 수는 없지만 증상을 완화시킬 수는 있어. 참고로 앞으로 며칠 후면 정말로 죽을 거야. 쓰러져서 몸이 말을 안 듣게 된다고. 아무튼 치료하고 싶은 거야? 어떤 거야? 죽고 싶지는 않지?”

“으, 응….”

“그럼 당장 입원해! 지금 이렇게 서 있는 것도 위태로운 상태니까!”

팔마는 동의를 얻자마자 쿵쾅쿵쾅 큰 발소리를 내며 2층 치료실로 데려갔다.

“팔마 군이 열받은 것 같네.”

“무서웠어요.”

엘렌의 안경이 미끄러져 떨어진 것을 보고 로제가 대신 주웠다. 레베카는 방구석에서 숨을 죽이고 있다.

"팔마 님이 언성을 높이는 것은 처음 봤군요. 정말로 긴급사태인가 봅니다."

세드릭이 서류를 가지런히 모으면서 온화한 표정으로 중얼거렸다.

2층 치료실에서 키와 체중을 잰 소년은 침대에 눕고 나서도 가만히 있지 못하고 날뛰었다.

그러는 동안 진안으로 검진한 결과를 근거로 혈장 침투압을 구한 후 탈수 추정량을 계산하고, 체액 보정을 위해 필요한 여러 가지 계산을 끝마쳤다.

"이거 놔! 바늘로 찌른다는 말은 듣지 못했다고! 나한테 무슨 짓을 할 생각이야?! 역시 약사는 믿을 수 없다니까!"

"로제 씨, 날뛰면 위험하니까 꽉 붙잡고 있으세요."

팔마는 남자 직원의 도움을 받기로 했다.

"수액이로군요. 맡겨주세요."

로제는 근육으로 해결하는 타입의 약사이기도 했다.

"팔마 군, 수액은 무엇을 쓸 거야?"

엘렌이 수액 준비에 들어갔다. 팔마는 이미 링겔을 여러 종류 만들어서 패키징해 둔 상태였다.

"0.9% 생리식염수. 2시간 정도 후에는 0.45%짜리로 바꾸고, 그 후엔 용태를 보면서 칼륨을 적절히 보충해 갈 거야."

"내가 죽으면 악령이 되어서 너희들을 저주할 테다!"

왼손을 휘두르며 날뛰는 소년을 보고 팔마는 그를 왼손잡이로 추정했다.

"왼손잡이인가 보네. 그럼 오른팔에 놔줄게."

팔마는 고무 구혈대를 소년의 팔에 감고 오른팔에 정맥 주사를 놓았다. 로제가 소년을 억누르고 있었기에 무사히 주삿바늘에 연장 튜브를 접속할 수 있었다.

"속도는 안 빨라도 돼? 케토아시도시스는 빨리 해소하는 편이 좋잖아."

"탈수를 일으킬 가능성이 높으니까 빠른 편이 좋지만 너무 빠르면 뇌부종을 일으킬 가능성이 있어서 말야. 그것에 유의할 필요가 있어."

갑작스런 아시도시스 보정과 혈당 저하는 뇌부종의 원인이 될 수 있으니 보정을 위한 중탄산나트륨은 쓰면 안 된다는 것을 떠올리고 덧붙인다. 특히 어린아이는 뇌부종을 일으키기 쉬운 탓에 탈수 보정이 끝나면 바로 인슐린 투여로 이행해야 한다.

"뇌가 붓는 거군요. 그럼 큰일이죠."

팔마, 엘렌, 로제 세 사람이 수액에 대해 의견을 교환했다.

주사를 맞고 약사 세 명이 침대 옆에 진을 치고 있는 상황이 되자 소년은 비로소 체념했다.

"바늘을 빼지 마. 오늘은, 아니 2주일은 입원해야 되니까. 부모님이나 연락해야 할 사람이 있다면 약국에서 사람을 보내 연락할 테니까 주소를 가르쳐 줘."

"아는 형님뿐이야. 가족은 시골에 있어."

"알았어."

주소를 들은 팔마는 소년의 지금 상태와 얼마간 입원해야 한다는 것을 사람을 보내 전달했다.

"팔마 군, I형 당뇨병의 치료약은 인슐린이었지? 케토아시도시스가 개선되기 시작하면 투여해야 하지 않아?"

엘렌이 팔마의 교과서를 꺼내 들고 질문했다.

"응. 맞아…. 그래야 하는데."

팔마는 긍정했지만, 조금 모호한 태도였다.

"혹시 인슐린이 없는 건가요?"

로제의 질문에 엘렌의 얼굴은 창백해졌다.

마침내 올 것이 왔구나 싶어 팔마는 입술을 깨물며 주먹을 꽉 움켜쥐었다.

"없다고 하면 없지만, 있다고 하면 있어."

"어느 쪽이야?"

"몇 번 놓을 분량은 있어. 하지만 그걸로는 부족해. 그렇다고 금방금방 만들어낼 수 있는 것도 아니라서."

그렇다. 인슐린은 팔마의 물질 창조 능력으로는 만들 수 없는 약인 것이다.

역사적으로 인슐린은 돼지나 소의 췌장을 이용해서 정제해왔다. 하지만 초기에 추출한 것들은 정제 기술의 미숙으로 환자에게 투여하면 심각한 알러지를 일으켰고, 획득량 또한 안정되지 않았다. 연구실에 있는 설비는 근세 초기의 그것과 별 차이 없는 까닭에 추출, 정제 기술의 정밀도가 불안하다.

이제 와서 소와 돼지를 찾아 느긋하게 추출하고 있다간 도저히 시간에 맞출 수 없고, 한 번으로 끝나는 게 아니라 지속적으로 추출해야 하기에 팔마의 선택지에선 제외되었다. 이계의 연구실에서 가져온 시약을 이용하면 유전자 공학적으로 대장균 등에 인슐린을 대량 합성하는 것도 불가능하지는 않지만 아미노산 배열을 결정하는 것부터 시작해야 한다.

아무튼 인슐린은 지금 당장 필요한 것이다.

"인슐린을 만들어낼 수 없는 것은 단순 화합물이 아니라서?"

엘렌은 그렇게 말하면서 팔마의 교과서를 펼치고 복습을 겸해 아미노산 항목을 로제에게 보여주었다. 약국 환자의 처방을 마친 레베카와 셀레스트도 치료실에 와 있었다.

"그래. 이게 사람 몸에서 쓰이고 있는 아미노산들이야."

팔마는 그 일람을 보면서 떨떠름한 표정으로 말했다.

"단백질은 이 아미노산들 하나하나가 정해진 순서로 연결된 펩타이드로 이루어져 있어. 정해진 순서로 아미노산을 연결해서 접으면 단백질이 되는데….”

"문제는 그 순서로구나. 인슐린의 순서는 지금부터 조사해야 할까?"

팔마의 설명을 엘렌이 이어받았다. 상당히 교과서를 숙지하고 있는 엘렌과, 자습을 열심히 하고 있는 로제는 설명이 이해된 모양이다. 인슐린의 아미노산 배열은 수십 가지나 된다. 단순 화합물의 배열을 자신의 기억에 의존해온 팔마도 아미노산 배열까지는 기억하고 있지 않았다.

"어리석었어. 생어(sanger)가 썼던 아미노산 배열 해석 방법을 재현해서라도 배열을 해석해뒀어야 했는데. 지금은 배열을 기억하고 있지 않다고."

팔마는 난처한 표정으로 이마에 손을 얹었다.

'연구실에 다시 한번 갈 수 있다면 인슐린의 배열 정도는 조사할

수 있을 테지만….'

지금 성천 너머에 있는 이계의 연구실에 다녀오면 상당한 시간을 낭비하게 된다.

"어떻게 순서를 알 수 있는 방법 없을까? 역시 현미경으로는 안 보이겠지?"

"엘렌 씨, 현미경으로 보일 만한 크기가 아니에요."

로제가 말한 대로였지만 엘렌의 말을 들은 팔마는 흠칫 어떤 사실을 떠올렸다.

"하지만… 알 수 있을지도 모르겠어. 잠깐만 기다려봐!"

팔마는 4층 연구실로 뛰어 올라가 시약 보관고 안에서 인슐린 바이알을 꺼냈다. 이계의 연구실을 방문했을 때 여러 가지 시약과 함께 인슐린 정제 바이알도 하나 가져왔었다.

하지만 딱 한 병뿐이라 몇 번 투여하면 소진되고 만다.

팔마는 소매를 걷어붙여 붕대에 감긴 팔을 드러낸 후 살로몬의 봉신 파계부를 떼어냈다. 능력을 최대한으로 쓰지 않으면 '그것'은 아마 보이지 않을 것이다.

"제발 보여라!"

오랫동안 쓰지 않았던 특수능력을 쓰기로 했다.

오른손을 고리 모양으로 만든 후 그것을 통해 대상을 보면 '확대시'가 발동하는데, 그것으로 인슐린의 아미노산 배열을 직접 눈으로 확인하는 것이다. 상당히 무모한 짓을 하는 것 같다는 생각도 들지만 원자간력 현미경(주9)이나 X선 구조해석이라고 생각하면 불가능한 일도 아니다. 더 이상 확대되지 않는 최대배율에 도달하자 광학 현미경을 통해 다시 확대시를 시도해본다.

주9) 원자간력 현미경: Atomic Force Microscope, AFM. 주사 터널 현미경(STM)의 일종으로, 시료 표면과 탐침의 원자 사이에서 작용하는 힘을 검출해서 이미지를 얻는 현미경이다.

"보인… 다?!"

팔마는 아미노산을 하나하나 읽어내서 그 배열을 노트에 기록하기 시작했다. 이렇게 말하니 쉬운 것 같지만, 배열을 읽어낸다고 해도 명백히 구조가 특징적인 것을 제외하면 아미노산은 다들 비슷비슷하게 생겨먹어서 육안으로는 거의 구별이 되지 않는 법이다. 그래서 그는 선두에 있는 아미노산을 대상으로 디니트로페닐화(주10)와 물질 소거를 조합해서 퍼즐을 풀어가듯 사라진 것들을 순서대로 짜맞춰서 배열을 추정해갔다.

그리고 완성된 아미노산 배열을 물질 소거로 말단부터 하나씩 소거해봐서 최종적으로 합성이 올바르게 이루어졌는지를 확인했다.

1시간 후 팔마는 연구실에서 내려와 생성물을 엘렌 일동에게 보여주었다.

"완성됐어…. 이게 인슐린이야."

"이렇게나 많이?! 어떻게 합성한 거야?"

"원리적으로는 펩타이드 고상 합성법(Solid-phase synthesis)…, 다시 말해 아미노산 한 개를 고정한 후 거기서부터 순서대로 아미노산을 하나씩 붙여간 거야."

"그러니까 전과는 다른 방식으로 만들었다는 거지?"

"긴급상황이니 말야. 집중력을 너무 많이 써서 죽는 줄 알았어."

"세밀한 작업이었다는 것은 알겠어. 눈이 많이 충혈되어 있거든."

엘렌이 팔마의 노고를 치하했다.

"수고하셨어요."

구석진 곳에서 긴박한 대화를 듣고 있던 로테가 찜질 타월을 살

주10) 디니트로페닐화: DNP법이라고도 한다. 단백질과 펩타이드의 N말단 분석법의 일종. 1945년 프레데릭 생어에 의해 개발되었기에 생어 염기서열 분석법이라고도 함.

며시 팔마에게 건넸다. 다른 약사들에게도다. 팔마는 그것을 머리 위에 올려놓으며 한 가지 생각을 가슴속에 품었다.

'역시 그것을 쓸 수밖에 없겠어.'

이번에 합성한 것이 배열이 수십 개의 아미노산이었기에 망정이지 배열이 수백 개씩 되었다면 팔마의 집중력이 버티지 못했을 것이다. 실수를 했을 가능성도 있다. 하지만 방금 팔마가 시도한 방법을 너무도 쉽게 할 수 있는 방법이 있는 것이다.

'바이오 의약품의 개발도 진척시켜야 돼.'

바이오테크놀로지를 쓰면 화학 합성으로는 불가능했던 여러 가지 약들을 만들 수 있게 된다. 약학자였던 팔마는 그것들의 이점을 잘 알고 있었다.

"팔마 님, 인슐린 투여는 안 하실 겁니까?"

레베카의 말에 팔마는 정신을 퍼뜩 차렸다.

"아, 응, 할게요."

그날 I형 당뇨병에 걸린 소년에게 이세계 약국의 첫 번째 펩타이드 약인 인슐린의 투여가 이루어졌다.

"이것으로 일단 안심이야…. 좋아지길 바라고 있어."

소년에게 격려의 말을 건네며 약사들은 교대로 그의 용태를 관찰했다. 숙직은 팔마와 엘렌이 맡았다. 이런 건 상근 약사가 할 일이기 때문이다. 밤에는 소년의 형님이라는 사람도 문병을 와서 우유 파는 일은 당분간 자신이 대신하겠다며 소년을 격려한 후 돌아갔다.

"좋은 사람이잖아."

저녁 무렵, 소년과 단둘이 있게 된 팔마가 소년에게 말했다.

"툭하면 호통치는데 뭘. 잔소리도 많고 술고래에 마구 부려먹는다고. 뭐 약사들보다는 낫지만."

"한 가지 물어볼게…. 너는 약사한테 상당한 원한이 있는 것 같은데 어째서지?"

이야기를 들어보니 악덕 3급 약사한테서 잘 듣지도 않는 약을 구입하는 바람에 모친을 잃었다고 한다.

'흔히 있는 이야기야…. 그런 비극은 하나씩 없애가야겠지.'

이 소년뿐 아니라 이 세계 이곳저곳에서 그런 일들이 벌어지고 있다. 팔마가 제도 시민들에게 현대 의약품을 공급하기 전만 해도 평민들의 의약품 사정은 참담하기 짝이 없었다.

"그래서 약사를 믿을 수 없게 된 거야? 돈에 눈이 먼 사기꾼이라고 생각해서?"

소년은 말하기 거북한 듯 고개를 돌렸다.

"나를 신용하지 못한다면 그래도 좋아. 하지만 네가 주사를 맞고 편해졌다면 그게 대답이겠지."

"…시끄러워. 난 어째서 네가 나를 구해준 건지 이해가 안 돼. 나를 대상으로 신약 실험이라도 할 생각이야?"

소년은 분한 듯 목소리를 쥐어짜냈다.

입원기간 중 팔마는 소년을 전담하며 인슐린 투여방법을 소년에게 가르쳤다.

"앞으로는 이 약을 직접 투여하도록 해. 매일 말야. 그래, 네 자신이 주치 약사가 되는 셈이지."

"귀찮은데 매일 꼬박꼬박 해야 하는 거야? 당장 배가 고파 쓰러질 지경인데 한가하게 주사를 놓을 틈이 어딨어?"

팔마는 식사 때마다 인슐린을 투여해야 하는 소년의 불만을 다독이는데 애를 먹었다.

"처음엔 귀찮게 느껴지겠지만 습관화되면 괜찮을 거야. 주사를 놓고 나면 이 모래시계가 다 떨어질 때까지 기다렸다가 식사를 하도록 해."

1회용 주사기와 주삿바늘을 건네고 정해진 양의 약제를 충전하는 방법을 전수한다. 지구에서 인슐린 정제는 카트리지를 교환하는 방식의 것과 처음부터 충전되어 있는 것이 있다. 팔마도 후자를 제공할 수 있다면 그것을 선택했겠지만 제조와 품질관리의 어려움, 그리고 식사 때마다 투여량이 변하는 것 등의 이유로 소년으로 하여금 매번 주사기에 충전해서 주사를 놓게 할 수밖에 없었다.

"우우, 어렵네!"

"너는 마른 체형이니까 5밀리 주삿바늘을 쓸 거야. 바늘은 아주 짧지만 피하에 주사하기 위해서는 피부를 조금 잡아당기는 편이 좋겠어. 근육에 닿아버리면 안 되거든."

팔마의 도움을 받아 소년은 복부에 주사를 놓았다.

"천천히 열까지 세고 나서 바늘을 뽑도록 해. 뽑는 게 너무 빠르면 흘러나와 버리니까."

"생각했던 것보다는 아프지 않네."

"응, 아주 짧은 바늘을 쓰니까 말야. 방금 주사한 부위를 기억해뒀다가 다음엔 거기서 손가락 관절 두 개 정도 거리를 두고 놓도록 해. 다음은 인슐린 투여량을 결정하는 훈련이야."

환자가 직접 혈당치를 잴 수 없기에 탄수화물량을 계산해서 인슐린 투여량을 정해야 한다. 팔마는 그 방법과 음식물 목록을 건네주며 훈련시켰다.

"별로 안 어렵지? 이 목록에 실려 있지 않은 것을 먹을 때는 일단 나한테 물어보도록 해."

"뭐가 안 어렵다는 거야? 난 계산도 잘 못 하는데!"

"계산은 우유를 팔 때도 도움이 될 테니 이번 기회에 배워둬."

원래 소년은 사칙연산도 잘 못 했지만 팔마는 인슐린 투여를 위해 필요한 계산법을 철저히 가르쳤다. 괴롭기만 한 입원 생활에 소년은 우는 소리를 내기도 했지만, 계산에 능한 로테가 팔마의 지시를 받고 "계산을 도와드릴까요?" 라며 즐거운 얼굴로 문병와 주었기에 기분이 좀 풀린 듯했다.

"아~, 젠장할. 어째서 이런 병에 걸려버린 거지?"

"그런 소리 하지 마. 아무튼 이 주사는 평생 맞아야 한다고 생각하도록 해. 말하자면 생활의 일부가 된 거지. 양을 줄일 수 있을지는 모르지만 주사를 그만두는 것은 기본적으로 불가능해. 하지만 그것만 지키면 평범하게 생활할 수 있어."

소년은 평생 맞아야 한다는 말에 아연실색한 표정을 지었다.

"하지만 다른 방법이 발견된다면 제일 먼저 너한테 가르쳐줄게. 반드시 발견해낼 테고, 하루에 한 번만 투여해도 되는 주사도 개발할 생각이니까 조금씩 편해질 거야. 그때까지는 꾸준히 하겠다고 약속하도록 해."

"넌… 내가 아는 약사들과는 좀 다른 것 같네."

소년은 팔마에게 들릴까 말까 할 정도로 작은 목소리로 중얼거렸다.

"인슐린을 그 아이가 제대로 관리할 수 있을 거라 생각해?"

병실을 나왔을 때 팔마와 소년의 대화를 듣고 있던 엘렌이 작은 목소리로 물었다.

"아니, 상당히 걱정스러워. 때때로 실수도 하겠지. 그래서 매일 오라고 할 생각이야. 간이 혈당 측정기도 만들어야겠네. 즉효형과 특효형 인슐린 아날로그도 앞으로를 대비해서 준비해두는 편이 좋을지 모르겠어."

어느 것이든 바로 만들 수 있는 것이 아니었기에 과제는 산적해 있었다.

◆

2주일 후 건강하게 약국을 퇴원한 소년에게서 팔마는 우유 3병을 건네받았다.

"이걸로 치료비는 받았어. 진짜 치료는 지금부터지만 말야."

자신의 책임으로 자신의 건강과 생명을 지킨다는 자각이 이제 소년에게는 싹 터 있었다.

"신세를 진 것 같네, 궁정 약사. 인슐린인지 뭔지 하는 약은 잊지 않고 계속 맞을게."

"하하, 궁정 약사라. 돌팔이 약사에서 많이 진보했구나."

"시끄럿! 모, 모르고 했던 말이잖아!"

"가능하면 매일 진찰을 받으러 와. 약은 그때마다 건네줄 테니까.

투약 노트도 잊지 말고."

"알았어. 이제는 이 약국이 내 생명줄이니까 오지 말래도 평생 와
야 돼."

"좋은 약이 만들어질 때까지는 그래야겠지."

"그러니까 나를 위해서라도 망하지 말라고!"

소년은 그 말을 남기고 달려가버렸다.

그 다음날도 약국에는 우유가 3병 도착했다.

팔마는 그가 가져오는 우유와 교환하는 형태로 저혈당에 빠졌을
때 바로 먹을 수 있도록 스틱 타입으로 만든 포도당을 건넸다. 그리
고 인슐린도 그날 쓸 분량을 조제해서 건네고 있다.

"진찰받으러 오라고는 했지만 우유도 매일 가져올 줄이야."

덕분에 약국 직원들이 업무 전에 마시거나, 로테가 가끔 요리에
이용하고 있다.

팔마는 시민들이 안전하게 우유를 마실 수 있도록 소년에게 저온
살균 방법과 생우유 관리 방법 등을 전수했고, 소년은 동료와 의논
해서 판매용 제복을 만드는 등 차림에 신경을 써서 청결감을 만들
어냈다.

그렇게 해서 맛있어진 우유를 여제에게 권하자 여제는 몹시 맘에
들어 했다.

소년이 파는 우유는 '궁정에도 납품하는 고급 우유'로써 지금은
사람들의 인기를 독차지하고 있다. 더욱 바빠진 소년은 뛰어오른
매상 덕에 예쁘게 개조된 손수레를 밀며 건강하게 거리를 뛰어다니
고 있었다.

# 5화 세계 구동 장치, 꺾쇠 톱니바퀴

신성국 대신전에 부속된 대신관 집무실에서 산 플루브 제도 교구 신관장 코므가 대신관 피우스에게 팔마의 근황을 보고하고 있었다.

"살로몬이 대신전에 구속된 사건 이후로 산 플루브 제국 황제가 신전을 적시하고 있기에 약신과 접촉하는 게 어려워졌습니다. 황제는 신전 내부 사정을 잘 아는 자를 측근으로 두고 있는 것 아닐까 싶군요."

제도에서의 선교 활동이 제한되면서 밀정들의 첩보 활동에도 상당한 차질이 생기고 있었다.

신전의 움직임은 제국의 감시하에 있기에 팔마의 미행도 어렵거니와 드 메디시스가에 대한 밀정도 여제의 친위대에 의해 차단되고 있다. 대신전의 입김이 들어간 신관들이 팔마와 만날 수 있는 곳은 아이러니하게도 이세계 약국뿐이었다.

그래서 제도 교구의 신관들은 매일처럼 약국에 드나들며 약을 구입할 수밖에 없었고, 그런 까닭에 다른 단골손님들과 별 차이 없게 되어버린 얼빠진 광경이 일상화되어가고 있었다. 최근에는 정말 단골손님으로 인식되고 있는지 팔마가 직접 말을 걸어오기도 해서 밀정으로 보낸 일부 하급신관은 "친히 제게 말씀을 걸어오셨습니다!"라며 기뻐하다가 코므의 질타를 받기도 했다.

"그래서? 뭐 다른 보고는 없는 건가?"

"약신의 신력량에 약간이나마 주기적인 변동이 있습니다."

"호오, 어떠한 것이지?"

피우스는 흥미롭다는 듯 귀를 기울였다.

코므의 보고에 따르면 평일 낮에는 팔마의 신력량이 억제되고 있는데, 고감도 신력계로 제도 전역에 미치고 있는 팔마의 신력을 측정한 바에 따르면 야간에는 신력이 강해지고 주간에는 약해진다고 한다. 약해진다고 해도 일반적인 신술사 기준에서 보면 초인적인 엄청난 출력으로, 그의 행동 범위를 중심으로 악령이 접근하지 못하는 일대 성역을 형성하고 있다.

"용케도 조사했군. 그렇다면 낮에는 약해지는 건가?"

"최근 팔을 억누르거나 신경 쓰는 동작이 자주 눈에 띄는 걸 보면 팔에 무언가의 술법을 건 것 아닐까 합니다. 이를테면 신력을 봉인하는 술법 같은 것을요."

코므는 지난 몇 주간 팔마가 팔을 몹시 신경 쓰고 있다는 보고를 부하에게서 들었다. 그곳에 무언가 약점이 있는 것 같다면서.

"혹시 대신전의 비술인 봉신술을 알고 있어서 스스로에게 그것을 시전하기라도 한 건가?"

봉신술을 알고 있다는 것은 신전의 실력을 완전히 꿰차고 있다는 말이 된다. 피우스는 얼굴을 찡그리며 집무 탁자에 턱을 괴었다.

"신력이 남아돌고 있어서 인간의 모습을 유지하기 위해 그러고 있는 것 아닐까 싶군요."

"강대한 신력을 스스로는 제어하지 못한다는 말인가?"

"예."

"아깝기 그지없군. 그 신력을 조금씩이라도 긁어모으면 상당한 신력을 확보할 수 있을 텐데."

피우스는 대신전이 각지의 수호신전에 보관하고 있는 비보 목록을 확인하기 시작했다.

“그렇다면 이것을 쓰는 게 좋겠군. 자객을 보내는 거다.”

목록 위를 더듬어가던 피우스의 손가락이 어느 비보의 이름 위에서 멈추었다.

◆

온화한 햇살이 내리쬐는 아침. 팔마, 로테, 세드릭이 여느 때처럼 출근해보니 특징적인 모자를 깊이 눌러 쓴 한 젊은 여성이 약국 앞 벤치에 앉아 안절부절못하고 있는 것을 발견했다.

검정색 로브를 입고 있는 것을 보아 떠돌이 약사인 듯하다.

“오래 기다리셨습니다. 바로 가게 문을 열게요.”

그녀를 새로 약초를 팔러 온 상인이라 생각한 팔마는 쾌활하게 말했다.

“안녕하세요? 저기, 저기, 그게 아니라요, 전, 떠돌이 2급 약사인 줄리아나라고 합니다. 도중에 강도를 만나 약과 돈을 모두 잃고 말았는데 마을 사람들에게 물어보니 이 가게에 도움을 구해 보면 좋을 거라고 해서….”

줄리아나는 약을 강탈당한 공포를 떠올렸는지 눈에 눈물을 머금고 있었다.

“아아, 사정은 가게 안에서 천천히 듣도록 하죠.”

팔마는 가게 문을 열고 그녀를 맞이했다.

이야기를 들어보니 그녀는 하류 귀족 신분의 약사로, 수행을 위해 여행 중이었다고 한다. 도보로 돌아다니고 있었다고 하니 여러 가지 의미에서 대단하다.

‘약을 가지고 있는 여성이 한눈에도 약사라는 것을 알 수 있는 차림으로 혼자 여행을 다니다니…. 그나마 제국은 좀 안전한 편이지만 너무 위험하잖아. 고가의 약은 도적들의 좋은 먹잇감이라고.’

이렇게나 무방비하면 습격을 받는 것도 무리는 아니라고 생각했다. 약국과 약 가게는 비싼 약을 취급하고 있는 탓에 타국에서는 강도를 당하지 않기 위해 경호원을 고용하고 있을 정도인 것이다.

이세계 약국도 습격을 막기 위해 호위 기사를 두고 있지만 그럼에도 습격을 받는 일이 있다.

“큰일을 당하셨군요. 무슨 약을 빼앗기신 겁니까?”

“예. 복통약과 두통약, 그리고 해열제로군요.”

“사리마나, 루비네스, 이토멜, 월견초 포션 같은 것들인가요? 저희 가게에도 있습니다.”

팔마가 약품고를 열고 전통약들의 재고를 물색하고 있자니 엘렌과 셀레스트가 출근했다.

“좋은 아침이야! 웬일로 오늘은 일찍 개점했네. 음? 이 애는?”

“손님이 아니라 딱한 일을 당한 떠돌이 약사 줄리아나 씨예요. 강도질은 용서받지 못할 행동이라고 생각해요!”

엘렌과 셀레스트에게 경위를 이야기하면서도 로테는 청소와 개점 준비를 척척 진행해 나갔다.

응접 코너로 안내된 줄리아나는 눈치가 보이는지 잔뜩 움츠리고 앉아 있었다.

“약을 전부 찾았습니다. 이거면 될까요?”

팔마는 2급 약사가 일반적으로 취급하고 있을 거라 생각되는 전통약들을 모두 꺼내왔다. 1급 약사와 궁정 약사만 다룰 수 있는 약들은 제외했다.

현대약의 처방이 주류인 이세계 약국이지만 전통약의 처방을 희망하는 환자와 질환이 명백하지 않은 환자를 위해 전통약의 재고도 어느 정도 갖추고 있다. 물론 그 경우에도 현대약을 동시에 처방하는 경우가 많지만.

"저기, 이것들을 공짜로 받을 수는…. 모두 비싼 약들인데."

약을 무상으로 제공해주려는 눈치를 보이자 줄리아나는 고개를 저으며 당황했다. 하지만 팔마는 약을 적당한 가방에 챙겨 담으며 완전히 증정 모드에 들어가 있었다. 아무튼 별로 쓸 일이 없는 것이다. 안 쓰고 놔두면 사용기한이 지나 못쓰게 될 뿐이다.

"곤란할 때는 서로 도와야죠. 이 정도면 팔아서 노자를 장만할 수도 있을 겁니다. 다음에는 강도를 만나지 않도록 조심하면서 고향까지 무사히 돌아가시길. 그리고 옷은 약사복이 아니라 평상복이 좋을 거예요. 약사라는 게 알려지면 또 습격받을 테니까. 옷이 그것밖에 없다면 빌려드리죠."

"이 정도 호의를 그저 받기만 할 순 없어요."

줄리아나는 고마움에 몸 둘 바를 모르고 있었다.

"팔마 군은 엄청난 부자라서 이런 건 별로 부담도 안 돼."

"어머, 엘레오노르 님도 참. 그야 그럴지도 모르지만요."

엘렌이 농담조로 말하자 셀레스트가 웃으며 줄리아나가 편하게 받을 수 있는 분위기를 조성했다.

현재 팔마는 브루노의 자산에 포함되지 않는 관련 약국과 약 가게의 매상을 합치지 않아도, 이세계 약국의 매상과 필두 궁정 약사로서의 급료만으로도 제도에서 다섯 손가락 안에 들어가는 자산가가 되어 있었다. 제도의 납세자 랭킹에도 개인명으로 랭크 인 되어 있는 실정이다. 최근에는 총자산으로 브루노를 뛰어넘는 것 아닐까 싶어 조마조마하고 있다.

이렇게 돈을 쓸어 담고 있는 팔마지만 자선사업 등에 기부하고 있고, 빈민구제를 위해 자금을 제공하고 있으며, 흑사병 특효약을 만들어서 제국을 지킨 데다, 여러 가지 신약을 계속 만들어내는 약사라는 명성이 확산된 덕분에 원한을 사는 일이 최근에는 줄었다.

"정당하게 대가를 치르고 싶습니다. 돈은 없으니 몸으로요⋯."

"몸으로⋯?!"

제국 유수의 자산가인 팔마지만 그 발언의 파괴력에 경직되고 말았다.

"에구구, 진담으로 받아들이고 말았네. 팔마 군은 그런 농담에 내성이 없으니까 놀리면 안 돼."

엘렌이 재밌어하자 줄리아나는 바닥에 엎드릴 듯한 기세로 애원했다.

"아, 노동으로 갚겠다는 의미입니다. 폐가 안 된다면 이 약국에서 일하게 해주세요. 청소든 뭐든 다 할 테니까요!"

"그렇게 마음에 두지 않아도 되니까 이대로 약을 가지고 돌아가세요."

이세계 약국의 직원은 이미 여섯 명이나 되기에 최근에는 일손도 충분했다. 줄리아나의 정체도 잘 모르는 상황이고, 현대 의약품의 지식이 요만큼도 없는 약사는 이 약국에선 통용되지 않는다.

"일하게 해주십시오. 부탁드립니다! 아니면 제가 바, 방해가 되는 건가요⋯?"

팔마로선 솔직하게 방해가 되니 돌아가 주었으면 했다.

지금까지도 제자로 삼아달라며 이세계 약국을 찾아온 약사들은 숱하게 있었지만 가을부터 교수를 맡을 예정인 제국 의약 대학에 입학하거나 청강 절차를 밟아 약학을 배우라며 모두 거절했던 것이다. 현대 약학은 하루아침에 다 배울 수 있는 것이 아니고, 어설픈 지식으로 약을 다루는 것은 오히려 더 위험하다. 직원이 아닌 사람에게 약국의 내부사정을 보여주고 싶지도 않았다.

"어떻게 할래? 타국 약사가 일하는 모습을 보고 싶다는 마음이 이해가 안 되는 것도 아닌데."

그에 비해 엘렌은 줄리아나에게 동정적이었다. 팔마는 어쩔 수 없이 승낙하기로 했다.

"뭐 며칠 정도는 괜찮겠지. 하지만 약을 처방하는 건 안 돼요."

"예! 약은 처방 안 하고 열심히 일하겠습니다! 이 은혜는 평생 안 잊을게요!"

◆

그날 이후로 줄리아나는 약국 일을 돕기 시작했다.

위태로워 보이는 첫인상과 달리 그녀는 근면했고 몹시 성실했다. 잡일과 청소로 시작해서 어떤 일이든 건성으로 하지 않았고, 아르바이트 약사들과 엘렌에게서 조금씩이나마 현대약의 조제를 배우기 시작한 이후로는 계량과 계산을 완벽하게 해내기 시작했으며 사무 업무도 문제없이 소화했고 무슨 일을 시켜도 금방 요령을 터득했다. 팔마의 교과서를 열심히 읽는 한편, 식사하고 함께 장을 보러

나가면서 직원들과도 친해지기 시작했다.

'일반 약사치고는 능력이 꽤 좋네. 이만큼 할 수 있는 사람이 어째서 2급 약사인 거지?'

줄리아나는 '신술 안마'라는 진귀한 스킬도 가지고 있었다. 지팡이를 통해 신력을 환자에게 주입하면서 몸을 풀어주는 것으로 혈액순환을 고르게 하는 것이다.

줄리아나는 약국 휴식시간에 직원들의 피로를 풀어주기 위해 안마를 해주었다. 줄리아나의 시술을 받은 엘렌은 녹아내릴 듯한 얼굴을 하고 있었다.

"아~~, 결렸던 어깨의 상태가 좋아졌어. 줄리아나는 약이 없어도 이것만으로 충분히 먹고 살 수 있을 것 같아! 나도 한 번 배워볼까?"

"엘레오노르 님이 칭찬해주시니 영광이네요. 더욱 노력하겠습니다."

엘렌은 줄리아나의 안마가 어지간히 맘에 들었는지 틈만 나면 시술을 받았다. 그리고 시술비 대신 여자들이 좋아할 만한 아이템을 선물해서 줄리아나를 기쁘게 했다.

"그렇죠? 몸 전체가 춤을 추는 것 같아요!"

로테도 눈을 반짝반짝 빛내고 있다. 궁정에서 그림을 그리는데 몰두하다 보면 어깨가 결리곤 하는 모양이다.

"우후후, 로테는 신력을 주입받은 게 처음이었지? 자극적이었어?"

'로테는 조금 과하게 충전된 것 같네. 왠지 약에 취한 것 같은 표정이야.'

선천적으로 신력을 갖지 못한 평민에게 신력을 주입하는 것에는 신중을 기할 필요가 있을 것 같다고 생각했다.

"셀레스트 씨는 안 받을 건가요?"

"저는 다른 사람이 어깨를 주무르면 간지러워서 못 견디거든요."

"셀레스트 님은 신력의 체내순환이 잘 되고 있어서 결리는 곳이 없을지 모르겠네요. 그런 체질일 거예요."

줄리아나가 소극적으로 그렇게 분석했다.

"점주님은 안마를 받아볼 생각이 없으신가요? 저기, 온몸 구석구석까지."

레베카는 이번에도 머릿속에서 망상을 폭발시키고 있는 모양이다.

"몸이 개운해지니까 한 번 받아보지 그래?"

"맞아요! 팔마 님, 최고라고요!"

시술을 받은 엘렌과 로테가 번갈아 가며 권해왔기에 팔마도 한 번 받아보기로 했다.

"그럼 나도 한 번 부탁해보기로 할까?"

팔마가 진찰실 침대 위에 엎드려 눕자 줄리아나는 지팡이 전체를 롤러처럼 이용해서 근육을 풀어주고 지팡이 끝으로 몸 각 부분을 꾹꾹 눌러 마사지하기 시작했다. 팔마의 신력이 너무 강해서 줄리아나가 주입하는 신력은 조금도 느껴지지 않았지만 마사지 효과만은 체감할 수 있었다.

'아~ 이거 좋네. 몸 전체가 빵 반죽이 된 것처럼 쭉쭉 늘어나는 것 같아~.'

"줄리아나 씨의 이 신술은 부정수소(不定愁訴) 환자에게 좋을지도 모르겠군요."

"부정수소라는 게 뭐죠?"

"약으로는 낫지 않는, 원인을 알 수 없는 증상을 말해요."

"예. 그런 경우에도 이 신술을 쓸 수 있군요."

약국을 찾는 환자 중에는 진안으로 봐도 나쁜 곳이 없어서 병명이 진단되지 않는 경우가 드물게 있다.

두통, 어깨결림, 요통, 복통, 컨디션 저하 같은 증상은 있지만 검사를 해봐도 분명한 원인이 없는 것을 부정수소라고 한다. 통증이라는 것은 주관적인 것이고 불안과 스트레스로 증폭되기도 하기에 제3자가 진단, 치료 등의 개입을 하기가 어렵다. 의학, 약학적으로는 치료의 범주가 아니라면 치료를 할 수가 없다. 어림짐작으로 치료를 해선 안 되기 때문이다.

검사를 위해 각 진료과를 전전하다가 막연히 재활 프로그램 같은 것을 받아봐도 개선되지 않아서, 현대 의학에 실망한 나머지 민간요법이나 유사 의료에 손을 대거나 효과가 없는 비싼 약을 구입하게 되는 경우는 현대 일본에서도 종종 있다.

그런 환자의 부정수소에 대해 최근에는 어느 정도 신술이 효과가 있을지도 모른다고 팔마는 생각하게 되었다. 특히 어깨결림, 요통, 두통, 기타 증상에 관해서는 신력을 주입한 뒤 환부를 어루만져 주면 플라시보 이상의 효과가 있었다. 이 세계의 약사와 의사는 그런 식으로 환자의 통증을 완화하는 일도 있다고 엘렌은 말했다. 신력이 강한 신술사는 그런 치유에 능한 모양인지 브루노는 그 분야에서도 유명하다고 한다. 줄리아나의 시술도 마사지에 릴랙스 효과가 있는 것으로 밝혀진다면 이세계 약국에서 응용해보는 것도 괜찮을

지 모르겠다고 생각했다.

그런 생각을 하면서 기분 좋은 시술에 꾸벅꾸벅 졸고 있을 때였다.

"음?"

팔마는 불온한 낌새를 느끼고 흠칫 등 뒤를 돌아보았다.

"무슨 일이죠?"

"아, 아뇨!"

줄리아나는 겁먹은 듯 어깨를 움추렸다. 그녀는 들고 있던 지팡이를 내던진 상태였다.

"죄송해요. 집중이 끊기고 말았네요. 계, 계속할게요."

점심시간. 약국 직원들이 3층 휴게실에 모여 담소를 나누고 있었다. 산 플루브 제국의 향토요리 중에 줄리아나가 먹어본 적 없는 음식이 식탁에 올랐기에 신기해하고 있는 참이다.

"생각했던 것보다 달콤한 야채로군요. 먹어본 건 처음이에요. 그리고 이 고기는 무슨 고기인가요?"

"이건 양고기예요. 혹시 입에 안 맞으셨나요?"

로테가 걱정하며 물었다.

"양은 먹어본 적 없지만 맛있어요."

줄리아나는 고기를 거의 먹으면 안 되는 생활을 해왔다고 한다.

레베카는 함께 일하는 사이에 나이가 가까운 줄리아나에게 친근감을 품었는지 식습관이 다른 그녀의 출신에 대해 꼬치꼬치 캐묻기 시작했다.

"줄리아나 씨는 어디 출신이야? 가족은 어디에 살고 있어?"

"저는 서쪽에서 왔어요. 시설에서 자랐기에 가족은 없군요."

"서쪽이라면 제국의 서쪽? 대륙의 서쪽?"

셀레스트도 흥미가 생겼는지 줄리아나가 자란 곳을 묻자 줄리아나는 대답하기 껄끄러운 듯한 표정을 지었다.

"미안. 대답하기 어려운 것을 물어본 것 같네."

"아뇨, 괜찮아요. 이렇게 즐겁게 식사를 해본 적이 없다 보니 지금 이렇게 여러분과 함께 하는 게 정말 행복하네요…. 떠돌이 약사를 하다 보면 식사도 혼자 하는 일이 많고 항상 긴장하고 있어야 하거든요."

무언가 건드리면 안 되는 사정이 있는 건가 싶어 팔마도 깊게 파고들지는 않기로 했다.

◆

그 후 줄리아나는 하루에도 몇 번씩 고민에 빠진 듯한 얼굴을 보이게 되었다. 일처리는 여전히 완벽하게 하고 있었지만 표정은 어두웠고 눈에 띄게 말수도 줄어들었다.

팔마는 그런 그녀의 모습이 걱정되기 시작했다. 그런 날들이 계속되던 어느 날, 약국에서 홀연 줄리아나의 모습이 사라졌다. 많은 손님들이 드나드는 와중에 제일 먼저 눈치챈 것은 엘렌이었다.

"어? 줄리아나는? 방금 전까지 판매 부스에 있었는데."

"밖으로 나간 것을 본 사람 있어?"

"못 봤어요!"

약국 직원들은 밖으로 나갔다가 길을 잃었을지 모른다며 영업시간 중임에도 시간을 내어 교대로 수색을 시작했다. 하지만 갔을 만한 곳을 아무리 찾아봐도 그녀의 모습은 발견되지 않았다. 애당초 그녀는 이곳 지리를 잘 모르기에 갈 만한 곳도 별로 없는 것이다.

"제 지인들에게 물어보고 올게요. 맡겨주세요."

그렇게 수색에 나선 셀레스트가 주부정보망을 총동원하고 신문업자에게까지 문의해 봤지만 정보는 나오지 않았다.

"산 플루브 제도는 너무 넓어서 사람 한 명을 수색하는 건 무리로군요. 하물며 작정하고 숨기로 했다면 찾을 방법이 없습니다."

로제는 말을 타고 제도 이곳저곳을 직접 찾아다닌 탓에 몹시 지쳐 있었다.

"오히려 제가 길을 잃고 말았어요, 히잉. 여러분 죄송해요! 줄리아나 씨는 발견하지 못했습니다!"

레베카는 여기저기 찾아보다가 오히려 자신이 길을 잃는 바람에 헌병의 도움을 받아야만 했다. 아무래도 방향 음치인 것 같아서 팔마는 약국을 지키고 있으라고 부탁했다.

진찰과 조제 때문에 약국에서 움직일 수 없었던 팔마도 본격적으로 걱정되기 시작했다.

'무언가 신체적인 특징이 있는지 봐둘 걸 그랬어.'

줄리아나에게 지병이 있다면 팔마는 진안으로 옥내, 옥외를 막론하고 모든 제도 사람을 투시해서 그녀를 찾아낼 수 있다. 하지만 그녀를 진안으로 본 적이 없었기에 그 방법은 쓸 수 없었다. 로테는 아쉬운 표정을 지었다.

"이미 고향으로 돌아가버린 걸까요? 송별회를 하고 싶었네요."

"아무 말도 없이 돌아갈 아이로 보이진 않았는데 말야. 무언가 말

썽에 휘말린 게 아니라면 좋겠는데.”

엘렌은 최악의 상상을 떨쳐내려는 듯 자신의 안경을 천으로 닦기 시작했다.

“최근 왠지 기운이 없어 보였는데 좀더 사정을 들어볼 걸 그랬어.”

“얼마 전부터 고민하고 있는 눈치였지. 그냥 내버려둔 게 잘못이었나?”

팔마는 카르테를 가지런히 모으면서 창밖의 풍경을 바라보았다.

제도의 하늘을 뒤덮고 있는 두꺼운 구름에서 세찬 비가 쏟아지기 시작했다.

그날 결국 줄리아나를 발견하지 못한 채 약국 문을 닫을 시간이 되었다.

“다들 그만 퇴근하세요.”

그렇게 말하고 팔마가 세드릭, 로테와 함께 마차로 귀가하려고 하자 로테가 문득 발을 멈추었다.

“전 줄리아나 씨를 찾고 싶어요. 비도 많이 오는데 아직 제도 어딘가에서 길을 잃고 있다면… 줄리아나 씨는 돌아갈 집도 없다고요. 이런 날씨에선 걱정이에요.”

흠뻑 젖은 채 떨고 있지는 않을지 걱정되는 모양이었다.

“그래. 그럼 좀더 찾아본 후에 돌아가기로 하자.”

세 사람은 지나가는 행인들을 붙잡고 물어보기도 하고, 헌병의 도움을 받기도 했다. 그러다 비로소 줄리아나를 닮은 젊은 여성이 제도에서 가장 높은 건축물을 찾고 있었다는 정보를 입수했다.

'설마… 고민 끝에 투신자살?'

"로테와 세드릭 씨는 집에 돌아가 있어요!"

팔마는 두 사람을 그 자리에 남긴 채 골목길 안으로 달려갔다.

"팔마 님?!"

로테가 뒤따라왔지만 그의 모습을 발견하기도 전에 약신장으로 날아오른 팔마는 제도의 종탑 전부를 공중에서 조사하기 시작했다. 충분히 찾아본 끝에 제도에서 가장 높은 종탑 한쪽 구석에서 흠뻑 젖은 채 침울한 표정으로 앉아 있는 한 여성의 모습을 발견했다.

'줄리아나야! 어째서 이런 곳에….'

팔마는 빗소리를 틈타 소리를 내지 않고 그녀의 등 뒤에 내려서서 조용히 다가갔다. 종탑 철책까지 넘어간 그녀는 비를 맞으며 정상에서 홀로 웅크려 앉아 있었다. 그녀의 눈앞에는 난간과 철책이 없는 상태이고 떨어지면 즉사할 높이다. 투신자살을 주저하고 있는 것처럼도 보였다.

"아무 말 안 해도 좋으니까 거기서 움직이지 말아요."

팔마는 조용히 말했다. 그녀는 흠칫 고개를 들고 허둥지둥 일어섰다.

"팔마 님…."

"거기 그대로 있어요."

"오지 마세요…. 볼 낯이 없다고요. 저는 추악하고 불성실한 사람입니다."

팔마와 마주한 그녀는 지금이라도 뛰어내릴 듯한 상태로 봇물이 터진 듯 자백하기 시작했다.

"전 떠돌이 약사도 아니고 강도도 당하지 않았답니다. 쭉 당신을 속이고 있었어요!"

"하고 싶은 말은 그것뿐인가요?"

팔마는 개의치 않고 한 발짝씩 그녀에게 다가갔다. 줄리아나는 완전히 경직되어 있었다.

"고작 그런 이유인가요? 그렇다면 그런 시시한 걸로 목숨을 버리지 마세요!"

팔마는 줄리아나에게 일갈하며 약신장을 움켜쥐었다.

만약 그녀가 섣부른 판단으로 몸을 던진다고 해도 공중에서 받아 안을 준비가 갖춰졌다.

"그만 돌아가죠, 줄리아나 씨. 다들 당신을 찾고 있었다고요."

그녀는 주저앉아 어린아이처럼 울음을 터뜨렸다.

"제 정체는 대신전의 의료 추기신관입니다."

종탑 철책 안쪽으로 줄리아나를 데려가자 그녀는 괴로운 표정으로 입을 열었다.

"팔마 님에게 접근해서 신력을 빼앗아 오는 게 저의 사명이었죠. 하지만 당신에 대해 알면 알수록 그럴 수 없게 되었습니다. 수호신 님에게 신력을 빼앗다니 애당초 신앙에 어긋나는 일이기도 했고요. 하지만 신전에 대한 배신은 죽음으로 갚아야 되기에… 저는 뛰어낼 수밖에 없습니다."

"어째서 그렇게 되죠? 뛰어내릴 필요가 어디에 있다고."

"뛰어내리지 않더라도 제 목숨은 없어요. 저에게는 저주가 걸려 있거든요. 저주에 침식되어 가다가 이윽고 인간의 마음을 잃게 되죠…. 그래서 다른 사람을 상처입히기 전에 스스로의 의지로 죽으려고 한 겁니다.”

“알았어요! 아니, 잘 모르겠지만 일단 진정해요.”

팔마는 흥분한 줄리아나를 진정시키고 부축하면서 더 자세한 사정을 들어보았다.

“대신전 추기부의 비밀을 알고 있는 추기신관은 서임될 때 신전을 배신하지 못하도록 저주를 몸에 새기고 있습니다. 대신전에 돌아가서 저주를 정화하는 약을 먹지 않으면 사람의 마음을 잃고 죽게 되지요.”

‘그런 끔찍한 것이 있는 건가…? 전부터 생각했던 거지만 신전 상층부는 정말 위험하군.’

“그 저주는 어디에 있죠? 몸 어딘가에 있는 건가요?”

그녀는 계속 감추려고 했기에 어쩔 수 없이 진안으로 확인해보니 목덜미에 검붉은 문양이 새겨져 있었다. 그 문양은 그녀의 피부 위에서 기분 나쁜 광채를 내며 확산되고 있었다.

“이런 심한 짓을.”

사람을 사람으로 생각하지 않는 대신전의 비열한 행동에 팔마는 분노를 느꼈다.

하지만 이렇게까지 해서 대체 무엇을 할 생각인지 목적을 모르는 이상, 꺼림칙하기도 했다.

“잠깐 만질게요.”

팔마는 그렇게 말하고 움켜잡는 게 아니라 감싸듯 그녀의 젖은 목덜미를 만졌다.

“히우!”

갑자기 목덜미를 붙잡힌 줄리아나는 무심코 비명을 지르고 눈을 감았다. 팔마가 문양에 신력을 불어넣자 저주는 완전히 소멸했고.
자신이 가진 정화의 힘은 저주나 악령이라는 이름이 붙은 것에 무적이 아닐까 어렴풋이나마 자각하기 시작한 순간이었다.

"사라졌어요. 당신은 이제 자유라고요. 몸도 마음도."

"에…, 에엣?!"

그녀는 망연자실한 표정을 지었다.

"이 저주를 없애는 방법은 이 세상 어디에도 존재하지 않는다고 했는데!"

"그런가요? 흔적도 없이 사라져버렸는데."

"팔마 님은 역시 역대 수호신님들 중에서도 월등히 강한 힘을 가지고 계신 것 같네요. 마치 지난 수백 년간 현세에 강림하지 않은 여러 수호신님들의 신력을 한 몸에 가지고 계신 듯한…."

"그런 건 잘 모르겠군요."

팔마는 별로 흥미가 없다는 듯 머리를 긁적였다.

강림하지 않은 수호신들의 신력이 누적된 탓인가 싶지만, 성문도 두 개나 되고 아직 모르는 것 투성이이다.

"저도 정신은 당신과 같은 인간이니까 특별시하지 말고 대해주면 기쁘겠어요."

약신의 힘을 가지고 있지만 팔마의 정신은 철두철미하게 인간인 것이다.

"대신전은 저한테서 신력을 빼앗아 무엇을 하려는 거죠?"

"망가져 가는 세계를 '꺾쇠 톱니바퀴'라는 것이 붙잡아두고 있는데, 세계와 세계를 잇는 꺾쇠가 풀리지 않도록 톱니바퀴로 조이고 있다고 해요. 그리고 그 기계를 움직이기 위해서 수호신님의 신력이 필요하다고 합니다. 설령 수호신님을 상처 입히고 신앙에 반하는 일을 하더라도 세계의 붕괴를 막기 위해서는 어쩔 수 없는 일이라고 하더군요.”

“망가져 가는 세계…?”

대신전 추기부에 소속된 신관의 예상 밖의 폭로에 팔마는 어안이 벙벙해졌다. 살로몬은 대신전이 역대 수호신들을 유인해서 소멸할 때까지 대신전에 봉인해왔다고 했는데 그 내면에는 이런 사정이 있었던 듯하다. 신전 상층부를 그저 엮이고 싶지 않은 상대라고만 생각했던 팔마의 마음속에서 일종의 패러다임 시프트가 일어났다. 진실이 반드시 하나뿐인 것만은 아닌 것이다.

‘그게 정말인가…? 그렇다면 신전이 나를 구속하면서까지 신력을 착취하려 하는 것도 이해가 안 되는 건 아니야. 아니, 그 이야기도 그저 신전이 꾸며낸 이야기일지도 몰라.’

“당신은 어떻게 제 신력을 빼앗으려 한 거죠? 설마 혼자서 나를 해치우고 시체를 회수해 갈 생각은 아니었을 테고.”

“신력을 흡수하는 성질을 가진 비보가 있어요…. 하지만 그것은 이제 불가능하군요.”

“지팡이 옆에 차고 있는 그 검이 비보인가요?”

“이, 이건 아니에요.”

“숨겨도 한눈에 그렇다는 걸 알 수 있어요. 잠깐 줘 보세요.”

팔마는 줄리아나에게서 검을 빼앗은 다음 스윽 칼집에서 뽑았다. 칼자루에선 두 개의 가느다란 칼날이 평행하게 돋아나 있었다. 과일칼 정도의 길이다.

“플러그 같은 형상이네? 신력은 어떻게 흡수하는 거지?”

손가락으로 칼날을 만져봤지만 피는 나오지 않았다. 칼날을 움켜쥐어도 마찬가지였다.

"돌려주세요. 절대 안 됩니다…. 팔마 님을 다치게 하는 건 잘못된 일이라고요."

줄리아나는 검을 돌려받고 싶은 마음에 무심코 실토하고 말았다.

'다치게 한다고? 그렇다면 찌르는 거겠군.'

팔마는 허벅지에 힘껏 칼날을 쑤셨다. 팔마의 몸은 실체가 없기에 역시 피는 나오지 않았다. 약간의 허탈감과 통증 같은 게 있기는 했지만 견디지 못할 정도는 아니었다.

"꺄아아악?! 팔마 님!"

"이건 일종의 배터리 같은 건가?"

신력을 검에 불어넣는 듯한 이미지를 떠올리자 보검은 빛을 내더니 격렬하게 깜빡이기 시작했다. 그리고 일정 용량에 도달하자 신력은 더 이상 충전되지 않게 되었다.

"완전히 충전되었네. 자, 끝났어요. 이것 말고 다른 보검은 없나요? 앞으로 몇 개는 더 할 수 있을 것 같은데 귀찮으니까 있는 거 몽땅 가져와 보세요."

그렇게 말하고 칼집에 넣어 그녀에게 건넨다. 거기까지 걸린 시간은 불과 20초.

"에? 에?! 아무렇지도 않은… 건가요? 이 검에는 수호신님에게 격렬한 통증을 주고 신력을 모조리 빼앗아버린다는 전승이…."

"전혀 아무렇지도 않고 제 몸에 있는 신력도 전혀 줄어들지 않았어요. 이것으로 임무를 완수하고 신전으로 돌아갈 수 있다면 원만하게 해결된 것 아닌가요? 꺾쇠 톱니바퀴라는 것은 방금 충전한 분

량으로 얼마나 버틸 수 있죠?"

꺾쇠인지 톱니바퀴인지 잘 알 수 없어서 팔마는 조금 혼란스러웠다.

"아, 저기, 이거 하나면 충분해요…. 믿기지 않네요."

상당 기간 톱니바퀴의 구동력이 될 거라고 그녀는 대답했다.

"그 꺾쇠 톱니바퀴라는 것은 신성국에 있는 건가요?"

"지하 신전 깊은 곳에 이계로 가는 입구가 있는데 거기에…."

"그럼 다음에 상태를 보러 간다고 전해 주세요. 그것으로 세계의 존망이 어떻게 된다면 협력할 테니까."

그쪽이 평화롭게 대화로 해결을 보겠다고 하면 이쪽도 상식적으로 대응하겠다고 팔마는 줄리아나에게 말했다.

"또 고민거리가 생기면 일단 저를 찾아오도록 해요."

그렇게 말하고 팔마는 웃었다.

◆

줄리아나는 다음날 신성국으로 돌아가게 되었다. 정해진 기일까지 돌아가지 않으면 줄리아나가 실패한 것으로 간주하고 새로운 자객을 팔마에게 보낼지도 모른다고 한다.

그녀는 마지막으로 약국 직원 전원에게 성심성의껏 신술 안마를 한 후 로테의 제안에 따라 작은 송별회를 했다.

"짧은 기간이었지만 여러분에게 많은 신세를 졌습니다."

"좀 더 느긋하게 있다 가면 좋을 텐데…. 어째서 그렇게 서두르는 거야?"

엘렌은 줄리아나를 만류하고 싶어 했다. 완전히 신술 안마에 중독된 모양이다.

"그, 그보다 어떻게 돌아갈 거야? 설마 도보로?"

"아뇨, 말을 빌려서 타고 갈 생각입니다."

"뭐, 이번에 돌아가더라도 다음에 또 놀러 와요."

팔마는 어제의 일따윈 없었다는 듯 담담하게 인사말을 던졌지만 줄리아나의 뒷모습이 쓸쓸해 보였기에 그녀의 기운을 북돋아 주기 위해 큰길까지 바래다주기로 했다.

단둘이 남게 되자 줄리아나가 감격한 얼굴로 팔마에게 말했다.

"웃으며 이별할 수 있게 될 줄은 생각지도 못했네요."

"그런가요? 뛰어내리기 전에 발견할 수 있어서 다행이었군요."

팔마는 쓸데없는 말은 아무것도 하지 않고 눈을 가늘게 떴다.

"지금까지 신전은 인간과 수호신님의 의사소통이 불가능하다고 생각하고 있었습니다. 하지만 그것은 큰 잘못이었네요. 당신은 인간의 마음을 지닌 채 많은 사람들의 구제를 생각하고 계십니다."

"음….."

팔마는 뺨을 긁적였다. 적당한 말이 떠오르지 않았기에 이렇게 말한다.

"사람들끼리 서로 돕는 것은 당연한 것 아닌가요?"

"사람들끼리요?"

"이상한가요?"

줄리아나는 쿡쿡 웃었다.

"비보와 함께 대신관에게 그렇게 전하기로 하죠. 그럼 전 이만."

떠나면서 자신의 그런 심경을 밝힌 줄리아나는 아쉬운 듯 손을 흔들어 보이고 제도 신전 쪽으로 사라져 갔다.

◆

줄리아나는 제도 신전이 준비해준 말을 타고 무사히 신성국에 귀환했다.

걱정했던 것처럼 도착과 거의 같은 타이밍에 다음 자객을 보내려고 하고 있었다. 그녀의 귀환을 확인한 대신전은 곧바로 추기부에서 긴급 집회를 개최했다. 추기신관들 앞에 나선 줄리아나에게 칭찬이 모아졌지만 그녀는 어두운 표정으로 고개를 숙이고 있었다.

"약신에게 접근해서 신력을 입수하는데 성공했다고? 정말 잘해주었다."

상위 추기신관이 노고를 치하했다.

"감사합니다."

"그런데 어떻게 보검을 약신에게 찌를 수 있었지? 반격은 당하지 않았나? 약신도 멍청히 당하고만 있지는 않았을 텐데, 어떻게 했는지 그 수법을 말해보아라."

한 신관이 소박한 의문을 입 밖에 냈지만 줄리아나는 대답하지 않았다. 떠날 때 자세한 것은 말하지 말라고 팔마가 못을 박았기 때문이다. 있었던 일을 그대로 이야기해버리면 줄리아나가 자살을 기도한 것과 신전을 배신하려 했던 것까지 이야기해야된다. 그럴 바엔 팔마를 회유했다는 성과를 이야기하는 편이 그녀의 몸을 지킬수 있을 거라고 했다.

"정말로 반격을 당하지 않은 거냐? 그럼 자고 있을 때 습격한 건가?"

"그것은… 자세히 말씀드릴 수 없습니다."

줄리아나가 대답을 못 하고 있자 다른 신관이 멋대로 추측했다.

"후우, 약신이라고 해도 여자의 유혹에는 못 견딘 모양이군."

줄리아나의 뺨이 화끈 달아올랐다.

"아… 아닙니다!"

팔마와 자신에 대한 경멸의 시선에 줄리아나는 슬퍼졌다. 자신이 모욕당하는 것은 상관없지만 팔마를 모욕하는 것은 도저히 용납할 수 없었다.

"그보다 약신에게 접근했을 때 발견한 약점이나 신력의 비밀 같은 것은 있었나?"

매몰찬 질문에 가슴 아파하면서도 줄리아나는 팔마의 사람됨을 이야기하기 시작했다.

"팔마 님은 자상한 분이셨습니다. 무상으로 약을 나눠주시고 따뜻한 말씀도 해주셨죠."

그것은 지금까지의 인생에서 가장 행복한 나날들이었다고 생각했다.

"무일푼인 저를 극진하게 대접해주셨고 짧은 기간이었지만 획기적인 약학 지식도 배울 수 있었습니다."

기쁜 얼굴로 이야기하는 줄리아나를 추기신관들은 미심쩍은 얼굴로 바라보고 있었다. 마치 줄리아나가 팔마에게 회유당한 것처럼 보였기 때문이다.

"수호신에게는 정이란 게 없다. 있는 것처럼 보인다면 인간계에서 지내기 위한 처세술에 지나지 않아. 수호신들은 인간을 버러지만도 못 하게 생각한다. 겉모습으로 판단하지 마라. 과거에 그것에 속아 넘어가 수많은 사람들이 학살된 적 있다는 것을 설마 잊은 것은 아닐 터."

피우스가 신전과 수호신의 과거를 다시 한번 환기했다. 신전과 수호신의 치열한 공방의 역사는 신전이 보관 중인 금서에도 기술되어 있다. 금서 내용을 자세히 모르는 하급 신관은 수호신을 숭배하고 있지만 추기신관들은 수호신을 적으로 여기는 경향이 강했다.

"지금까지의 수호신님들이 그렇지 않았다고 해도, 팔마 님에게는 마음이 있다고 생각합니다."

"닥쳐라! 어리석은 것! 간단히 회유당하다니!"

피우스는 불같이 화를 내며 일갈했다.

"팔마 님은 이미 많은 사람들의 생명을 구하셨습니다…. 피우스 님도 직접 팔마 님을 만나보시면 생각이 바뀌실 겁니다."

"헛소리는 듣고 싶지 않다! 그런 것은 아무래도 좋으니 보검이나 꺼내봐라."

줄리아나에게 보검을 받아든 신관은 준비된 원반형 정밀 신력계에 천으로 싸여 있는 채로 보검을 올려놓았다. 신관이 손을 놓은 순간 신력계는 눈깜짝할 사이에 변색되더니 곧 완전히 투명해졌다. 그 색이 의미하는 것은….

"완전히 충전된 상태로군."

더 이상 채울 수 없을 만큼 신력을 흡수했다는 것을 말했다.

"이만한 신력을 빼앗긴 약신은… 어떻게 되었지?! 이 정도면 더 이상 인간 형상을 유지할 수 없을 터!"

소멸한 것은 아닌가 싶어 신관들이 술렁댔다. 줄리아나는 어떻게 신력을 빼앗았는지 하는 설명은 생략하고 팔마에게 아직 여력이 남아 있다는 것만을 보고했다.

"태연하게 계셨습니다. 지금도 건재하시고요."

다른 신관이 보검에 충전되어 있는 신력량을 계산했다.

"이 정도 신력이라면 꺾쇠 톱니바퀴를 175년분이나 되감을 수 있습니다."

"푸… 푸하, 푸하하… 하하하! 이번 약신은 괴물이로군…. 하하하!"

피우스는 이 비현실적인 상황이 머릿속에서 잘 정리되지 않는지 홀로 계속 웃었다.

"확실히 지금까지의 수호신과는 신력량의 차원이 다르군요."

"다만 이것은 심각한 문제이기도 해. 만약 약신이 저항한다면 봉신 계획 자체가 무산되고 마니까."

다른 신관이 크게 탄식했다.

"만약 대신전에 불러냈다가 봉인에 실패해서 그 분노를 산다면…."

"이만한 신력의 소유자라면 지금까지의 봉인은 안 통할 거야."

이번에는 무엇 때문에 이렇게 강대한 신력을 가진 수호신이 강림한 것일까. 지금까지 강림 안 한 여러 명의 수호신 정도가 아니라 향후 강림할 수호신 여러 명분의 신력까지 모조리 긁어모아 강림한 것 같다고 신관들은 입을 모아 말했다.

"새로운 봉인술을 구축할 필요가 있겠군. 그것도 시급히!"

피우스의 결단이 내려졌지만 줄리아나는 그래도 팔마의 뜻을 전했다.

"봉인은 무의미합니다. 그리고 이쪽이 성실하게 대응한다면 대신전에 협력하겠다고 팔마 님은 말씀하셨습니다. 신전은 팔마 님을 너무 적시하고 있다고 생각합니다. 팔마 님은 싸움을 원치 않습니다."

"수호신이 신전에 협력한다고 했다고?"

회의장에 당혹스런 분위기가 흘렀다. 그때 한 명의 추기신관이 크게 소리쳤다.

"잠깐만! 줄리아나에게서 추기신관의 증표인 성주문이 지워져 있는데, 어떻게 된 일이지?"

줄리아나의 목에 새겨져 있던 저주의 각인이 지워져 있는 게 보였던 것이다.

추기신관들은 술렁거렸다.

신전에 충성을 맹세하기 위해 추기신관이 몸에 새기는 평생 풀지 못하는 저주, 성주문. 그것이 완전히 지워져버렸다면 인간이 할 수 있는 일이 아니다.

약신이 한 짓이라며 규탄의 목소리가 터졌다.

"성주문을 정화할 수 있는 것은 약신뿐이야! 애초에 약신은 정화 신술에 정통하니까."

"오히려 약신에게 농락당해 그 일족이 된 건가. 이 자는 살아 있는 허수아비가 된 거다!"

"아닙니다! 팔마 님은 그런 분이…. 저도 제정신이고요!"

줄리아나는 필사적으로 부정했지만 그녀가 해명하면 할수록 신관들의 의심은 더 깊어져 갔다.

"말이 안 통하는군. 완전히 세뇌당했어. 아니라고 한다면 신전에 다시 충성을 맹세해라."

피우스가 씩씩대며 말했다. 결국 줄리아나는 그 자리에서 다시 인두로 성주문을 새기게 되었다. 화염 신술사가 각인을 새기는 지팡이를 들고 발동영창을 외우자 지팡이 끝부분이 새빨갛게 달아오른다.

"무릎을 꿇고 참회하라."

줄리아나는 머리카락을 붙잡힌 채 걷어차이고 무릎이 꿇려졌다.

"으…."

통증을 견디기 위해 굳게 눈을 감은 줄리아나의 두 눈에서 하염없이 눈물이 흘러나왔다.

"아닛?! 성주문이…?!"

하지만 몇 번을 시도해도 줄리아나의 피부는 상처 입지 않았다.

저주는커녕 화상의 흔적마저 줄리아나의 몸에 남지 않았던 것이다.

"이 머나먼 땅에서도 약신에게 보호받고 있는 건가…."

성주문조차 지워버리는 팔마의 엄청난 정화능력을 본 피우스는 입가에 의미심장한 미소를 떠올렸다.

"약신은 네가 몹시 마음에 들었던 모양이구나."

이용가치가 있겠다고 생각한 피우스는 측근에게 작은 목소리로 말했다.

"다시 약신에게서 신력을 빼앗아 와라."

그날부터 줄리아나는 24시간 대신전의 감시하에 놓이게 되었다.

협력할 수 있다는 팔마의 의향을 줄리아나는 분명히 대신전 측에

전했다. 하지만 대신전은 과거에 있었던 수호신들과의 알력때문에
의심을 버리지 못하고 그 제안을 걷어차버린 것이었다.

 ## 6화 공작가의 가정문제

"이봐, 팔마, 실례 좀 할게!"

약국 직원들의 복장이 반팔이 되고, 몸에서 땀이 흐르는 계절이
되었을 무렵, 예정에도 없이 팔레가 약국을 찾아왔다. 오전 일과를
마치고 점심시간을 위해 가게 문을 닫으려 했던 팔마는 위세 좋게
들어온 팔레의 모습에 놀라 손을 멈추었다.

"무슨 일이야? 형."

"와, 팔레 군이잖아. 뭐하러 왔어? 결투? 어쩔 수 없지. 오늘이
야말로 결판을 내줄게!"

그렇게 말한 엘렌의 손은 이미 지팡이에 가 있었다. 말할 것도 없
이 진심이다.

형이라고 부른 게 들렸는지 가게에 있는 환자들이 일제히 주목했
다. 로테는 팔레가 왔다는 말에 놀라 서류를 쏟아버렸다. 그녀는 딸
꾹질 사건 이후로 팔레가 무서워졌는지 집 밖에서 만나면 긴장하는
모양이다.

"어머, 점주님의 형이래요. 상당한 미청년이네. 진찰을 부탁할
수 있으려나요?"

"점주님과는 인상이 다르군요."

팔마의 귀에 팔레에 대한 소감들이 들려왔다. 젊은 여성 손님들
은 환성을 터뜨리기까지 했다. 어디에 가든 팔레는 인기가 있는 듯

하다.

그런 목소리에도 아랑곳없이 팔레는 약국 워터 서버의 물을 마시고 한숨 돌린 후 팔마에게 말했다. 엘렌과 다른 약사들은 안중에도 없는 모양이다. 그는 카운터 너머로 팔마를 내려다보며,

"언제나 바빠 보이는구나, 팔마."

"흐흥, 번창하고 있으니 말야."

엘렌이 으스대며 대답했다.

"너한테는 안 물어봤어. 동생과 이야기 중이니까 좀 빠져줄래?"

"어머, 실례했네요. 찌그러져 있을게요."

"이렇게 바쁠 때 미안한데 환자를 좀 맡겨도 될까? 나한테는 좀 벅차서 말이지."

약을 받으러 온 적은 있었지만, 환자를 맡겨온 적은 없었기에 팔마는 의아하게 생각했다. 약사들에게 있어 환자는 중요한 수입원이다. 특히 팔레의 환자는 브루노에게서 인계받은 상류귀족이기에 큰 고객들이라 할 수 있었다.

안 그래도 치료 실적을 쌓기 위해 한 명의 환자라도 소중한 시기일 테니, 팔마는 최대한 그의 형편을 고려해주기로 했다.

"무슨 병인지 가르쳐주면 약을 처방해줄게. 형이 주치 약사라면 형이 직접 대응하는 편이 좋아. 그러는 게 환자도 안심일 테고."

팔마는 조제실로 이동해서 저울을 준비하기 시작했다. 신술의 보조를 받는 팔레의 질환 감별 능력을 신뢰하고 있기에 약을 조제하지 못하는 정도라면 자신이 굳이 환자를 맡을 필요는 없다고 생각했다.

"아니, 그게…, 병이 아니라서 말야. 병이라면 내가 어떻게든 했

지.”

“그럼 뭔데?”

팔레가 말문을 흐리자 엘렌이 참지 못하고 물었다.

“가정문제야. 이혼문제로까지 발전해서 이야기가 상당히 복잡해.”

팔레는 지쳤다는 듯 탁자 위에 턱을 올려놓았다. 역시 차분하게 이야기를 듣는 것은 팔레의 성격과 맞지 않는 모양이다.

“그런 문제를 나한테 떠넘기면 어떡해. 나는 아직 12살이라고. 이혼문제까지는 다룰 수 없…, 음?”

환자와 손님이 우르르 이동하는 낌새를 느끼고 팔마가 약국 입구로 시선을 돌려보니 한 젊은 귀부인이 시녀들과 함께 약국에 방문해 있었다.

“저, 저 사모님은… 공작부인이야. 정말 유명한 사람이라고!”

엘렌은 살롱에서 본 적 있다고 말했다.

“마담, 여기까지 오셨군요.”

방금 전까지 축 늘어져 있던 팔레는 어느새 자세를 바로잡고 일어나 공손하게 인사한 후 카운터까지 에스코트했다.

“그 환자분이야?”

팔마가 시선을 보내자 팔레는 시선으로 긍정했다.

“이쪽으로 오셨다고 해서… 정말 어떻게 해야 좋을지 몰라 따라오고 말았습니다.”

“기분은 이해합니다. 보시는 바대로 동생은 우수한 궁정 약사이기에 동생이 마담의 고민에 대한 해답을 제시해줄 겁니다.”

‘아니, 이 형이… 지금 무슨 말을 하는 거야?!’

팔레가 무언의 제스처로 전적으로 맡기겠다고 해왔기에, 팔마는 어쩔 수 없이 환자를 인계받아 카운셀링 코너로 안내했다. 팔레에 게서 카르테를 건네받고 확인해보았다.

엘렌의 정보대로 젊은 귀부인은 공작부인이었다. 장남을 출산한 후로 얼마간 극심한 빈혈에 시달리고 있었는데, 빈혈 치료 자체는 팔레가 했고 처방도 문제없었다.

문제는 빈혈이 아니라 아기였다. 부모를 닮지 않은 아기가 태어 나버린 것이다. 눈 색깔과 머리카락 색깔이 다른 데다 무엇보다 귀 족의 자식임에도 신력이 없다고 한다. 신력이 없는 아이가 태어난 이상 남편도 받아들이기 힘들 거라며 부인은 탄식했다.

"그렇군요. 아기를 한 번 볼 수 있겠습니까?"

"데려왔어요."

시녀가 팔마에게 아기를 보여주었다. 들은 것처럼 공작부인은 파 란 머리이고 남편은 빨간 머리인데 아기는 녹색 머리였다. 이것부 터가 이상하다고 공작은 의심하고 있다.

'파란 머리와 빨간 머리의 유전 법칙따윈 잘 모르겠지만… 녹색 이 되는 일도 있지 않으려나?'

팔마는 머리 색깔만으로 혈연을 입증하는 것은 넌센스라고 생각 했다.

"귀여운 아기로군요. 건강해 보이고 특별한 문제도 없어요. 하지 만 이건… 좀 난처하게 됐군요."

팔마는 딱히 해줄 말이 떠오르지 않아 침통한 표정을 지었다.

"옆에서 실례하겠습니다. 그래도 아기 얼굴은 공작 각하와 닮았 다고 생각해요."

공작에 대해서 알고 있는 엘렌이 부친을 닮았다며 부인을 위로했다.

"저도 그렇게 생각합니다만, 신력이 없는 아이를 낳은 것은 가문의 수치라며 당장 집에서 나가라고만…."

부정을 의심받고 아기와 함께 집에서 쫓겨나게 될 신세인 듯했다.

"정말 분하고 억울해서…. 설령 신력이 없고 머리카락과 눈 색깔이 달라도 수호신인 풍신 님께 맹세컨데 이 아이는 분명 남편의 아이입니다. 하지만 남편은 인정하려고 하지 않아서…. 무언가 그것을 증명할 방법은 없을까요?"

"알겠습니다. 한번 해보죠."

팔마는 고개를 끄덕였다. 너무도 절실한 호소에 그는 부인을 믿기로 했다. 거짓말을 하는 것처럼 보이지 않았고 그녀가 한 말의 진위를 확인할 방법은 여러 가지로 존재한다.

"외모가 부모자식 관계를 나타내는 전부는 아닙니다."

신력을 갖지 못한 부정한 아이로 낙인찍혀 버린다면 버려질 가능성이 높기에, 어떻게든 공작에게 자신의 아이로 인정받아야 한다.

"친자 감별을 하기로 하죠. 그것으로 이 아이의 부친이 누구인지 입증할 수 있습니다. 객관적으로, 그리고 중립적으로 말이죠."

"그런 게 가능한가요? 부탁드릴게요."

공작부인은 눈물을 뚝뚝 흘리며 팔마의 손을 잡았다.

팔마는 다시 한번 아기를 살펴보았다.

'음…?'

"저기, 이 아기에게도 신맥은 있는 것 같은데요?"

전에 했던 것처럼 신맥을 살펴보니 미약하지만 신맥은 분명 아기 안에 잠들어 있었다.

“네?! 그게 정말인가요?”

“실례지만 잠깐 아기를 맡겠습니다. 체중을 좀 재고 올게요.”

그렇게 말하고 아기를 안아든 팔마는 치료실로 가서 약신장을 아기의 심장 부근에 꽂았다. 무영창의 ‘성천의 용출’을 이용해서 신맥을 열자 신력이 흘러나오기 시작했다.

“음, 있긴 하지만 조금 약하네.”

공작의 아이치곤 신력량이 적지만 그래도 어떻게 귀족으로 인정받을 수는 있을 것이다. 약신장에 찔려도 통증은 없는지 아기는 기분 좋게 잠들어 있다. 체중도 재고 나서 부인이 있는 곳으로 돌아왔다.

“발육도 순조로운 듯하군요. 그리고 제 신술로 신맥을 열고 왔습니다.”

“에, 에엣?! 어째서 신관님도 아닌데 신맥을 열 수 있는 건가요!!”

“하하하, 간이적인 술식을 알고 있어서요. 엘렌, 신력계를 가져다줘. 십 눈금짜리면 돼.”

“알았어.”

신력계에는 생애 신력량과 일별 사용 가능 신력량을 측정하는 눈금이 달려 있다. 십만, 만, 천, 백, 십으로 신술사의 신력량에 따라 다른 신력계를 사용한다. 최대 용량인 십만 눈금이 필요한 것은 황제 정도이기에, 제장(帝杖)에 장비되어 있는 게 전부다. 팔마는 제장의 십만 눈금까지 초월해버린 터라 아직 한 번도 정확한 수치를 계측하지 못했다. 여제는 6만 정도의 생애 신력을 가지고 있었다.

엘렌은 천 눈금짜리로 계측할 수 있지만 대부분의 신술사는 백 눈금짜리로 충분하다.

엘렌이 가져온 신력계는 가장 신력이 약한 사람이 쓰는 십 눈금짜리 것이었다. 작은 손에 신력계를 쥐어주자 게이지가 약간 움직여 3을 가리켰다.

"3이로군요. 신력은 분명 있는 것 같습니다."

"신력이, 있었다니…! 신전에서는 이것과 같은 신력계로 계측했어도 이 아이에게는 신력이 없다고, 신맥이 보이지 않는다고 했는데. 아아, 고맙습니다! 설마 이 숫자가 일시적인 것은 아니겠죠?!"

공작부인은 안도했는지 약국에 와서 처음으로 웃는 얼굴을 보였다.

"신력은 분명 있으니까 나중에 신전에 가서 속성 감정을 받아보시길."

아무튼 신력이 있으면 그 신력이 강하든 약하든 귀족으로 인정받을 수 있는 것이다. 아기가 신분을 회복할 수 있을 거라며 부인은 기뻐했다.

"자, 이제 남은 것은 친자 감정뿐이로군요. 이곳으로 공작을 데려와주실 수 있습니까? 그리고 증인으로 완전한 제3자를."

"남편이 와주려나요…? 이제 얼굴도 보고 싶지 않다고 했는데."

친자 감정은 양친과 아이, 그리고 증인의 입회가 없으면 무효이다.

제3자의 입회 없이 친자 감정을 해서 그 결과만으로 이혼을 제기하는 경우가 있지만, 그런 것은 다른 사람의 DNA를 섞으면 얼마든지 위조할 수 있다고 생각한다.

"와주지 않으면 결과를 신용할 수 없습니다. 무효라고 전해주세요."

"알겠습니다. 불러올게요."

공작부인은 크게 한 번 고개를 끄덕이고 나서 아이와 함께 당당하게 돌아갔다.

팔마에게 대응을 맡긴 채 멀리서 모습을 살피고 있던 팔레가 팔마에게 달려왔다.

"소피 때도 그랬지만 넌 신맥을 열 수 있나 보군. 어떻게 하는 거지?"

"아~, 그건 살로몬 씨에게 배운 거야."

이야기가 복잡해질 것 같아서 팔레에게는 그렇게 둘러댔다. 그러자 팔레가 놀리듯 말했다.

"이쯤 되면 신맥을 대신 열어주는 사업을 해도 되겠어."

"이상한 사업을 권하지 말아줘. 신전을 통하는 게 정식이고 온건한 방식이야."

"팔마 군, 그건 둘째치고 친자 감정 같은 게 가능해? 유전자 검사를 환자에게 해본 적은 없잖아. 우리들이 무언가 따로 준비하지 않아도 돼?"

엘렌이 걱정스러운 듯 팔마에게 말했다. 아직 환자의 DNA 감정을 해본 적도 없는데 그의 손에 한 가족의 운명이 달린 것이다.

"할 수밖에 없잖아. 모든 대답은 그 안에 있으니까."

"오, 정말로 친자 감정을 하는 거야? 이거, 배울 게 많겠는걸? 게놈 정보를 보는 거지?"

팔레가 몸을 앞으로 내밀고 말했다.

팔마는 이계의 연구실에서 가져온 시약으로 바이오테크놀로지를 이용한 제약법, 검사법을 확립해가고 있는 단계였지만 아직 친자 감정을 해본 적은 없었다. 실제 검사를 어떤 식으로 할지 팔레도 흥미가 있는 모양이다.

"지금 가지고 있는 설비와 시약으로 할 수 있긴 해. 그래서 말인데, 형."

팔마는 팔레 쪽으로 몸을 돌렸다.

"친자 감정 준비로 좀 빠져야 하는데, 오늘은 아르바이트 약사들이 왕진과 연수로 자리를 비우고 없어서 일손이 좀 부족해."

"그럼 내가 도와줄게."

팔레가 엄지로 자신을 가리키자 팔마는 아무렇지도 않게 팔레에게 카르테를 넘겼다. 그 모습을 본 엘렌은 눈살을 찌푸리며 몸을 뒤로 젖혔다.

"아니, 나 혼자서 할 수 있어. 안 도와줘도 된다고."

"엘렌 혼자서는 힘들잖아. 형, 부탁할게."

팔마는 세드릭에게 약국 벽에 '1급 약사 팔레 드 메디시스'의 표찰을 걸어서 그가 오늘 담당 약사임을 알리게 하도록 가슴에 차는 명찰을 건넸다. 그것을 제지하고 나선 것은 엘렌이었다.

"잠깐만. 팔레 군이 이 가게에 있는 신약을 다룰 수 있기는 해? 교과서 정도는 읽지 않으면 아무리 1급 약사라도 처방에 문제가 생기고 말아. 용법 용량도 틀리면 위험하고."

"그 교과서의 저자가 누구인지 한 번 말해볼래?"

팔레가 잔뜩 비꼬는 말투로 엘렌에게 얼굴을 바싹 들이대며 말했다. 일촉즉발의 분위기가 될까 싶었지만 엘렌은 흠칫 놀라 하려던 말을 꿀꺽 삼켰다.

"나와 형이 공동 저자니까 걱정할 것 없어, 엘렌. 형은 신입약사지만 진료든 조제든 다 부탁해도 괜찮아. 나도 나중에 처방을 확인할 테니까."

팔마가 거들고 나섰다. 엘렌은 약학 바이블의 저자 중 한 명이 팔레이고 황제에게서 표창도 받았다는 것을 떠올리고 떨떠름한 표정으로 물러섰다.

그리고….

"진료가 늦잖아, 엘레오노르. 나랑 교대해."

실험실과 조제실을 왕복하면서 준비를 하는 와중에 엘렌에게는 진료를, 팔마에게는 조제를 의뢰했지만 조제실에 있는 팔레로부터 불평이 터져 나왔다. 팔레는 얼른 환자를 처리하고 팔마의 작업을 보고 싶은 것이다.

"뭐? 그렇게 빨리 할 수 있다면 어디 한 번 해보지 그래?"

엘렌은 눈썹을 위로 치켜올렸다. 그러자 팔레는 검정색 코트를 벗고 조제실 밖으로 나왔다. 팔레의 진료 스타일은 흰 가운이 아니라 사복이다.

"속도는 아무래도 좋으니까 둘이서 꼼꼼히 봐주길 바래."

팔마는 작업의 손을 멈추지 않고 조제실에서 충고했다.

"그런 건 당연하잖아. 후하하, 1급 약사에게 진찰을 받는 걸 고맙게 생각해라, 평민들아."

이세계 약국의 정중한 접객에 익숙해져 있던 환자들은 낯선 청년 약사의 등장과 거만한 태도에 당혹스러운 표정을 지었다. 그런 팔레를 엘렌은 조제실로 돌려보냈다.

"갑자기 무슨 소리를 하는 거야?! 정말 접객 태도가 엉망이네…. 죄송합니다, 여러분. 오늘 갓 들어온 신입이라 긴장한 모양이에요."

"엉? 불만 있어? 엘레오노르. 당장 밖으로 나와!"

"원하는 바야!"

두 사람이 지팡이를 들고 밖으로 나가는 걸 보고 팔마는 진절머리를 냈다.

"두 사람 모두 뭘 하고 있는 거야?! 환자를 내버려두면 준비를 할 수 없잖아!"

뇌까지 근육으로 된 형과 참을성이 제로인 종업원의 모습에 머리가 아파진 팔마는 탄식하며 말했다.

"죄송합니다. 저희 형이 무례를 저질렀네요. 이래 봬도 실력은 분명하답니다. 노바르트 의약 대학을 수석으로 졸업해서 조금 자의식이 과한 구석이 있습니다만."

환자들에게 사과하는 김에 팔레를 소개한다.

"점주님의 형인가."

"드 메디시스 일족이라면 안심이지."

다시 자리로 돌아온 팔레는 시진, 촉진, 청진을 비롯, 포션과 환자의 타액을 섞은 뒤 그 색깔과 침전물, 혼탁도, 냄새, 점성 등으로 질환 종류를 꿰뚫어보는 감별 신술과 현대 의약품의 처방을 조합한 스피드 진료를 해나갔다.

"저렇게 날림으로 진찰을…. 저기, 팔마 군. 정말 저래도 괜찮은 거야?"

"엘렌, 이것을 봐."

팔마가 조제실에 있는 엘렌을 손짓으로 불러 메모용지를 건넸다. 팔마가 진안으로 대충 살펴본 환자의 병명과 팔레가 신술로 감정한 병명이 일치하고 있는지 확인해보라는 것이다.

"굉장해…. 다 일치하고 있어. 어째서지?!"

엘렌은 안경을 고쳐 썼다. 팔레의 진단은 팔마의 진단과 일치하고 있었다. 그리고 자신에게 버거운 환자, 약으로 치료할 수 없는 환자라는 것을 알게 되면 주저없이 처방을 팔마에게 맡겼다.

팔레의 진단은 신술을 베이스로 하고 있지만 자신의 기능을 정확히 파악하고 객관시 하고 있다는 증거였다.

"분하지만 과연 같은 핏줄이구나. 진단에 능하다는 점에선."

스승님의 아들이라고 할 만하다며 엘렌은 분한 표정을 지었다. 팔레의 수호신이 약신이라는 것도 약사로서의 능력에 영향을 주었다. 팔레, 그리고 브루노는 팔마의 성역 안에 있으면 가호까지 함께 받는 듯 신력과 함께 능력도 상승했다. 고속 진단도 그중 하나였다. 팔마가 옆에 있으면 감각이 날카로워지고 집중력도 높아진다는 이야기를 본인에게서 들었다. 인과관계는 굳이 설명할 필요도 없을 것이다.

"엘렌은 신술에 의존하지 않고 정확하고 꼼꼼하게 봐주니까 나로선 도움이 되지만 말야. 접객 태도도 정중하고."

"태도는 둘째치고, 팔레 군은 저 속도로도 안 틀리고 있잖아. 신입 약사인데."

엘렌은 자신감이 좀 떨어진 듯했다.

"역시 핏줄은 못 속이나 봐."

“그렇죠? 그렇게 생각하죠? 저도 수호신이 약신이나 의신이었다면 좋았을 텐데.”

셀레스트가 엘렌에게 동조했지만 팔마는 그렇게 생각하지 않았다.

‘꼭 핏줄과 수호신 때문만은 아니야.’

팔레가 약학에든 신술에든 피나는 노력을 하고 있다는 것을 팔마는 알고 있었다. 팔마에게 백혈병을 치료받은 후로는 현대의학의 유효성을 몸소 체감하고 한층 더 약학 공부에 매진하게 되었다고도 했다. 팔레는 진료와 왕진을 마치고 귀가한 후에도 빈둥빈둥 놀지 않는다. 방에 틀어박혀 공부를 하거나, 신술 훈련에 매진하거나, 환자를 위한 조사를 하거나, 학술 논문을 읽고 쓰는 등 조금의 시간도 허투루 쓰지 않고 전신전령을 다해 약사 일을 하고 있다.

약학 교과서를 거의 다 외우고 있는 엘렌 쪽이 사실 더 천재라 할 수 있고 오히려 팔레 쪽은 노력가에 더 가까운 것이다. 다만 엘렌은 암기 베이스라 응용력이 좀 떨어졌다. 그렇게 보면 진정한 의미에서 현대 약학을 음미하고 이해하고 있는 것은 팔레라고 할 수 있었다.

“대체 뭐야? 이딴 곳에 불러내고 말이지.”

많은 하인들을 이끌고 공작이 언짢은 표정으로 약국을 찾아왔다. 그 뒤로 공작부인이 들어온다. 팔마는 조제실 밖으로 나와 공작을 맞이했다.

“잘 오셨습니다, 공작님. 저는 필두 궁정 약사 팔마 드 메디시스라고 합니다. 이 가게의 점주지요.”

서로 인사를 나눈다.

"사모님의 의뢰에 따라 지금부터 당신과 사모님, 그리고 자제분 사이의 친자 감정을 하겠습니다. 감정은 공평하게 이루어집니다. 증인도 오셨지요?"

"음…, 당신은 드 메디시스 존작의 아드님에 황제 폐하의 주치 약사인…."

이딴 곳이라고 말했던 게 마음에 걸렸는지 공작이 말문을 흐렸다. 논공행상 자리를 통해 팔마의 이름과 얼굴은 잘 알려져 있다. 여제의 총애를 받고 있다는 것도 주지의 사실이다.

팔마는 일행을 커튼으로 분리된 카운셀링 부스로 안내했다.

"부모와 자식 사이의 외견은 주관적인 것에 지나지 않습니다. 그래서 인체의 설계도가 어떻게 되어 있는지 조사해보는 게 중요하지요."

"설계도?"

"뺨 안쪽을 이 면봉 두 개로 문질러 주십시오. 힘은 너무 많이 주지 마시고요. 아기에게는 증인분이 해주길 바랍니다."

팔마는 세 사람이 면봉으로 채집한 구강점막 세포를 누구의 것인지 알 수 있도록 이름을 적은 슬라이드 글라스에 올리고 현미경의 스테이지에 장착한 다음 세포를 모두에게 보여주었다.

"둥근 방 같은 것이 있군."

"그것이 세포입니다. 동물의 몸은 이런 세포 하나하나로 이루어져 있지요. 세포는 생물의 최소단위입니다."

"호오…."

"그 세포 안에는 핵이라는 게 있고, 그 안에는 색소에 담그면 염색되는 염색체라는 것이 들어 있습니다. 그리고 염색체는 디옥시리보 핵산(DNA)이라는 물질로 되어 있지요."

팔마는 세포를 파열시켜 세포핵 안을 노출시키는 처리를 했다. 처리에 시간이 어느 정도 걸렸기에 그동안 로테가 차와 과자를 내왔다.

처리 후 팔마는 프레파라트를 그들에게 보여주었다.

"뭐지……? 이 끈 같은 것은? 이런 것이 내 몸 안에 들어 있는 건가?"

"그것이 염색체입니다."

현미경을 들여다본 공작은 보라색으로 물든 X형 염색체를 보고 혀를 내둘렀다.

부인은 아기와 함께 불안한 듯 그 모습을 지켜보고 있다.

"이 염색체에 새겨진 인체의 설계도, 모든 유전정보가 기록된 그것을 게놈이라고 합니다."

"그 유전정보는 어떻게 읽는 거지?"

공작이 팔마의 페이스에 말려들기 시작했기에 팔마는 연기 섞인 표정으로 싱긋 미소 지었다.

"그럼 저와 함께 게놈 정보를 읽어보기로 하죠."

거기서 팔마는 교과서를 꺼냈다.

로테의 일러스트가 곁들어진 팔마의 교과서는 설명에 쓰기도 편리하다.

"이 염색체의 게놈 정보는 인간이라면 거의 똑같습니다만 약간 다른 부분이 있습니다. 그 차이를 보고 아버지에게서 유래되는 것, 어머니에게서 유래되는 것을 아이가 모두 가지고 있는지 조사하는 겁니다."

"어떤 차이가 있는 거지?"

"게놈 안에는 같은 암호를 몇 번에서 몇십 번씩 반복하고 있는 반복배열이라 불리는 장소가 있습니다. 그 암호의 반복 회수를 조사하는 거지요."

거기서 팔마는 준비해온 물품을 꺼냈다.

"여기에 게놈을 복사해주는 효소가 있습니다."

팔마는 신술로 얼린 손톱 크기의 작은 튜브를 가리켰다. 이계의 연구실에서 가져온 효소…, DNA 합성효소는 바이오테크놀로지 기술의 기본이 되는 효소이다.

"이 효소는 게놈 두 곳에 짧은 핵산 단편을 끼우면 그 범위의 배열을 복제해줍니다. 효소, 핵산 단편, 그리고 게놈. 이것들을 함께 섞고 반응 온도를 제어하면 DNA는 기하급수적으로 증폭되어 가지요. 이것을 종합 효소 연쇄 반응(Polymerase Chain Reaction), PCR법이라고 합니다."

"무엇을 위해 그 물질을 증폭하는 거지?"

"하나로는 보이지 않지만 양이 많아지면 육안으로 DNA를 볼 수 있게 되거든요."

"와, 육안으로요?! 그렇게 작은 게 보이게 되는 거군요."

부인은 입을 손으로 가리며 놀랐다. 좋은 반응을 보여줘서 설명하기 더 수월해졌다고 팔마는 생각했다.

"자, 그럼 개인의 특징인 반복배열을 PCR법으로 증폭시켜 보겠습니다. 일정한 시간이 지난 후에 그 횟수를 보도록 하죠. 반응에 시간이 걸리므로 시간을 좀 주시길. 산책이라도 하고 오시겠습니까?"

팔마는 2시간에 걸쳐 반응시켰다. 약국 경호 기사가 솜씨 좋은 불 속성 신술사였기에 가열과 냉각의 세밀한 온도 조절은 그에게 맡길 수 있었다. 작업이 끝난 DNA를 우무 위에서 색소로 가시화 처리를 하자 결과가 나타났다.

"결과가 나왔습니다. 이 DNA 덩어리는 고리 모양으로 되어 있죠? 이게 공작님에게서 유래한 것, 그리고 이 고리가 사모님 것입니다."

팔마는 시료 3개의 DNA 고리 이동거리를 공작 자신으로 하여금 비교하게 했다.

"이 고리 두 개와 같은 이동거리를 가진 고리를 자제분은 모두 가지고 있습니다. 이번에는 DNA 크기별로 분리했기에 가시화 후의 이동거리가 같다면 DNA도 같은 크기인 겁니다. 다시 말해 같은 반복횟수의 배열을 가지고 있다는 것을 말하죠. 이 결과가 나타나는 것은 열 명에 한 명 정도입니다."

"흠…."

DNA 고리의 이동거리가 일치하고 있다는 것은 공작과 부인 모두 이해한 듯하다.

"열 명에 한 명이라면 우연의 일치일 가능성도 있겠지요?"

팔마는 미리 선수를 쳐서 공작이 우려하고 있는 것을 말했다.

"그래서 다른 곳의 유전자들도 조사해봤지만 이처럼 전부 일치했습니다. 그리고 이 경우의 누적확률을 계산해보니 3만 명에 한 명 꼴이로군요."

제도의 귀족은 3만 명이 채 되지 않는다. 즉 확실하게 말할 수 있는 것은….

"즉, 제도에서 딱 한 명뿐이로군요. 이 확률을 어떻게 생각하십니까?"

팔마는 공작을 바라보며 그가 이해하기를 기다렸다. 공작은 멍하니 입을 벌리고 있었다.

"납득이 안 되신다면 조사 장소를 더 늘려볼까요? 좀더 확률을 높일 수 있습니다. 하지만 조사하면 조사할수록 분명해지는 것은 여기 있는 아기와 당신의 유전자 사이에 관련이 있다는 것입니다. 설령 머리 색깔이 다르고 신력이 약하더라도… 말이죠."

팔마는 단정을 피하면서도 공작을 타이르듯 말했다.

팔마가 힐끔 부인에게도 시선을 보냈다. 부인은 공작의 말을 기다리고 있었다.

"아…, 아니, 됐어…. 미안했소. 심한 말을 해서 미안했소."

공작은 부인을 의심하고 심한 말을 한 것에 대해 사과하고 부인을 끌어안았다. 팔마의 명확한 증명에 의해 구원받은 부인은 눈물을 하염없이 흘리고 있었다.

"틀림없는 당신의 아이예요. 당신은 제 부정을 의심했지만 전 쭉 당신만을 바라보고 있었다고요"

"여보…. 나를 용서해주겠소?"

"예, 물론이에요. 이 아이를 안아주세요. 아가야, 겨우 인정을 받았구나."

아기를 한 번도 안아주려고 하지 않았던 공작에게 부인이 아기를 건넸다.

“이름을 지어줘야겠군…. 훌륭한 이름을.”

공작은 어색한 손놀림으로, 하지만 사랑스러운 듯 자신의 아이를 안아들었다. 서로 몸을 붙이고 나란히 약국을 나서는 두 사람을 약국 직원들은 차분한 표정으로 배웅했다. 부인이 고액의 보수를 팔마에게 지불했기에 팔마는 고맙게 받기로 했다.

“이번에도 빚을 졌군.”

진료를 모두 마친 팔레는 엘렌의 도움을 받아 약도 다 처방했다. 귀족 환자 몇 명은 팔레가 맘에 들었는지 주치 약사로 왕진 계약을 맺었다고 한다. 많은 환자를 맡고 있는 팔마에게 있어서 환자를 가로채가는 것은 오히려 고마운 일이었지만 이런 와중에도 실속은 챙기는구나 싶어 웃음이 나왔다.

“그나저나 유전자라는 건 정직하네. 지금까지 어떻게 해볼 수 없었던 출생 문제를 해결해 주었어. 저런 상황이 되면 부부의 자식이 맞는지 입증할 방법이 없었는데 말야. 서로 감정적으로 대응하고 의심이 증폭되면서 손 쓸 방법이 없었지.”

“유전자에는 많은 정보가 담겨 있거든. 만능은 아니지만 말야. 그래도 이번에는 공작가의 이해가 빨라서 다행이었어.”

엘렌이 안도한 듯 말하자 일을 끝마친 팔마도 흰 가운을 벗었다. 공작을 납득시킬 수 있는 결과가 나와서 다행이다.

‘자신의 아이라는 걸 알았다고 곧바로 사랑할 수 있게 되려나? 무너진 관계는 조금씩 수복해가는 수밖에 없겠지.’

“그 가족이 잘 되면 좋겠네.”

“잘 되어야겠지.”

아무튼 유전자 검사에 의해 하나의 가족이 지켜진 셈이었다.

 **7화 마세일령을 방문해서**

1147년 8월, 준마 두 마리가 마세일 영지 내의 평원을 달리고 있었다.

한 마리에는 팔레와 블랑슈, 다른 한 마리에는 팔마와 로테가 타고 있다. 팔마 일행은 토지 물색과 제약 공장 시찰을 겸해 마세일에 와 있었다. 이번에 마세일령에 온 것은 드 메디시스가의 면면들뿐이다. 우연히 스케줄이 맞았기에 브루노와 어머니 베아트리스도 도중에 합류할 예정이다. 엘렌이 진료를 맡아준다고 했기에 이세계 약국의 영업은 아르바이트 약사들의 도움을 받아 계속되고 있다.

"오라버니~, 말이 너무 빨라~. 위험하니까 천천히 몰아주면 좋겠어~!"

몸이 들썩들썩 뜨는 바람에 뒤에서 팔레에게 목덜미를 붙잡힌 블랑슈는 공포로 질려 있었다. 팔레의 말은 군마라서 상당히 빨랐고 그래서 블랑슈는 떨어질까 봐 겁에 질려 있는 것이었다. 필사적으로 말 갈기에 매달려 있다.

"팔마 님, 지금 어디인가요? 이제 공장에는 도착했나요?"

그리고 로테는 눈을 꾹 감은 채 팔마의 허리에 매달려 있었다. 로테는 승마가 고역이랄까 경험이 거의 없기에 필요 이상으로 몸에 힘이 들어가 있었다.

"눈을 떠, 로테. 자세만 바르게 하고 있으면 안 떨어지니까."

얼굴을 팔마의 등에 파묻은 채 "무리, 무리예요" 라며 고개를 좌

우로 흔들고 있다. 팔마에게 완전히 밀착했다가도 밀착한 게 부끄러운지 떨어지기도 하는 등 바쁘다.

로테에게도 사춘기가 찾아온 것 같아 팔마는 왠지 흐뭇해졌다.

중간중간 휴식을 취하면서 오후 무렵 마세일 제약 공장에 도착한 팔레는 경탄했다.

"이게 공장인가? 꽤 대규모로 만들었군. 얼마나 많은 자금을 쏟아부은 거야?"

"자금에 관해선 지금도 계속 들어가고 있어."

그것에 관해서는 영주 대행인 아담에게 맡기고 팔마는 신경을 끄고 있다.

"너, 이렇게 큰일을 벌이면서도 돈은 충분한 거야?"

"여기저기서 헌금도 받고 있어서 아직까진 문제 없어."

처음으로 공장을 본 팔레는 말을 타고 주위를 한 바퀴 돌면서 그 터무니없는 면적에 압도되고 있었다. 공장의 의약품 제조 플랜트는 이미 완성되어 간단한 유기화학 합성 실험이 시작되었고, 제국 의약 대학에서 도착한 방선균의 대량 배양 등도 이루어지고 있다고 팔마는 팔레에게 설명했다.

"안녕하세요~. 실례하겠습니다~."

공장 안으로 들어온 팔마는 사무원에게 키아라를 불러오게 했다. 고도의 신술을 쓸 수 있고 애초에 의료 신관이기도 했던 그녀를 팔마가 제약 공장의 공장장 겸 관리주임으로 임명했기 때문이다. 그녀는 이마에서 땀을 뻘뻘 흘리며 일하고 있던 참이었지만 허둥지둥 달려왔다.

"안녕하세요, 키아라 씨. 이렇게 불러내서 죄송합니다. 언제나 공장을 위해 일해줘서 고마워요. 오늘은 가족과 함께 공장 상황을 보러 왔습니다.”

“잘 오셨습니다! 종업원 일동은 목이 빠져라 기다리고 있었어요!”

“공장의 가동 상황과 제품 생산은 어떻게 되어가고 있나요?”

“예, 약품 생산과 출하 체제가 순조롭게 진행되고 있습니다. 공장 내의 시찰을 부탁드릴게요.”

대답하며 새하얀 방호복을 팔마 일행에게 건넸기에 전원이 그것으로 갈아입었다.

“캐스퍼 교수와 제국 의약대가 개발하고 있는 항생 물질을 비롯, 산소 탱크, 일부 유기합성약 등의 생산도 궤도에 올랐습니다.”

팔마 일행은 공장 안을 견학하며 설명을 들었다. 가끔 블랑슈가 무심코 금지구역으로 들어갈 뻔 했지만 매번 로테가 데려왔다. 팔레도 자기 자리에서 일하고 있는 종업원들을 붙잡고 세세한 질문을 하고 있었다.

“사소한 것까지 캐묻는 것 같아서 죄송한데 품질관리 쪽은 철저히 하고 있나요?”

“예, 제품의 무균성 확인과 청정 작업이 필요한 공장 내부는 바람 속성 신술사를 고용해서 신술로 청정도를 엄격하게 유지하고 있기에 청정도는 클래스 100입니다.”

청정도는 공기 중에 부유하는 0.5마이크로미터 이상의 먼지가 1입방피트에 몇 개나 되는지를 나타내는 공조용어인데, 키아라가 이것을 알고 있는 것은 전에 팔마에게 배웠기 때문이다. 아무튼 이것은 반도체 공장과 거의 차이가 없는 청정도였기에 팔마도 놀랐다.

"상당히 깨끗하군요! 키아라 씨를 비롯한 종업원들이 노력한 결과겠죠. 고맙습니다."

신술을 쓰면 깨끗한 공간이 만들어진다는 것을 안 팔마는 신술의 이점을 재확인했다. 하지만 24시간 신술사들이 교대로 그 환경을 유지하고 있다는 것을 생각하면 역시 언젠가 전력을 안정적으로 공급해서 노동자의 부담을 경감하는 게 필요하다고 생각했다.

"부담을 강요하는 것 같아 죄송하군요. 언젠가 전기를 확보해서 공조를 자동으로 할 수 있도록 할 테니 그때까지만 버텨주시길."

팔마는 마세일에서 조금 떨어진 곳에 신술진의 바람을 이용한 풍력발전 시스템 구축을 진행하고 있었다.

"그건 고맙습니다만 신술사들은 높은 책임의식을 가지고 임무에 임하고 있습니다. 팔마 님과 다른 선생분들이 개발한 소중한 약을 오염시킬 순 없으니까요."

사무직, 기술직, 제조직 종업원들은 모두 능력으로 선발되었고, 충분한 임금도 받고 있어서 의욕이 넘치고 있다며 키아라는 자랑스럽게 말했다.

"신술사 외의 다른 종업원들은 어떻습니까?"

"즐겁고 충실하게 일하고 있는 듯합니다. 팔마 님의 말씀에 자극을 받았는지 종업원들은 건강에도 신경을 쓰고 있지요. 아직 퇴직자도 없습니다."

채용 당시 팔마에 의해 지병이 있다는 게 드러난 사람들도 치료를 계속한 덕분에 건강을 되찾고 있으며, 야간 교대 노동자들의 건강과 집중력 유지를 위해 교대 체제도 느슨하게 짜고 있다고 한다.

◆

　공장 전역이 점심시간에 들어갔을 무렵 팔마는 공장 종업원들과 레크레이션을 겸한 파티를 개최했다. 팔마가 개인적으로 고용해서 불러온 파티셰들의 달콤한 음식들로 야외 디저트 파티를 즐기기로 한다. 까눌레, 마카롱, 퐁당 오 쇼콜라, 신작인 크렘 브륄레, 모듬 과일, 초콜릿 퐁듀 등 서민들은 본 적도 없는 고급 디저트들이 공장 종업원들 앞에 놓였다.

　"언제나 수고가 많습니다. 오늘은 많이 드세요."

　팔마가 음식을 권하자 그들은 손을 뻗는 것을 멈출 수 없었다.

　"이거 맛있네! 입에서 살살 녹아!"

　다 큰 남자들도 어린애처럼 기뻐하며 한 움큼씩 쥐고 먹어댔다.

　"창업자님, 가족을 위해 조금 가져가도 되겠습니까? 아이들에게 평생에 한 번이라도 먹여주고 싶어서."

　아이의 모친인 듯한 종업원이 팔마에게 호소했다.

　"그건 상관없지만 금방 상하니까 오늘 중에 드세요."

　그 말을 계기로 여기저기서 디저트 쟁탈전이 벌어졌고 마침내 싸움까지 촉발되었다.

　"여러분, 저기, 그렇게 서두를 것 없어요. 충분한 양이 있으니까요."

　그렇게 팔마가 진정시키는 와중에,

　"후우…, 저는 달콤한 것을 먹고 있을 때가 가장 행복해요. 아, 하지만 약국에서 일하고 있을 때도 행복하군요. 그림을 그리고 있을 때도 그렇고요, 산책과 낮잠도 빼놓을 수 없네요."

로테는 쟁탈전 속에서도 자신의 디저트를 무사히 확보한 게 만족스러운 듯했다. 문자 그대로 황홀한 표정을 떠올리며 그대로 녹아버릴 것 같다.

"로테에게는 즐거운 일이 많아서 좋겠네. 그런데 입 주변에 쇼콜라가 묻었어."

"꺅, 팔마 님. 보지 마세요!"

로테는 허둥지둥 손으로 입을 가리면서도 디저트 접시는 잊지 않고 챙겨서 도망갔다.

파티가 끝나자 지난번 시찰 때보다 늘어난 종업원들이 모두 공장 뜰에 정렬해서 창업자인 팔마와 기념사진을 촬영했다.

지난번 촬영에 비해 노동자들의 표정이 꽤 풀려서 자연스러운 미소를 떠올릴 수 있게 되었다.

"매년 사진을 찍기로 하죠. 소중한 기념이 될 테니까요."

사진 촬영을 연례행사화 해서 나중에 종업원 전원에게 사진을 나눠줄 생각이다.

"고맙습니다, 창업자님."

"여기서 일하는 건 정말 보람이 있어요."

"저희들이 만든 약이 세계에 전달되는 거죠?"

팔마는 그들의 시선에 답했다.

"예. 앞으로도 분명."

설령 팔마가 없더라도 제약 거점이 된 마세일 제약 공장은 오랫동안 많은 사람들 손에 의해 유지되고 발전해서, 그 약이 제국과 세계에 있는 사람들을 치료해갈 것이다.

팔마는 그렇게 생각했다.

◆

"팔마 님. 마세일 항에서 전서구가 도착했습니다."

공장 노동자들과 담소하고 있던 팔마 일행에게 영주 대행인 아담이 달려와서 말했다.

"누가 보낸 거지?"

항구에서 왔다는 말에 팔마는 언뜻 불길한 생각이 들었다. 설마 검역에 걸린 배가 있다는 보고는 아니겠지? 매년 8월부터 9월에 개최되는 산 플루브 큰 시장을 위해 세계 각지에서 상선이 모여든다고 하기에 팔마는 올해도 1급 약사들을 고용해서 검사 방법을 알려 주고 항구에서 검역을 시키고 있었다.

"동이돈 회사 선적 산 플루브 로열호의 장 제독이 급한 용건이 있다고 합니다. 급히 마세일 제3번 독으로 와 주시라는군요."

"장 제독이…? 무슨 일이지?"

"팔마 님, 급한 일인가요?"

"에~, 오라버니 가버리는 거야~?"

로테와 블랑슈가 팔마에게 물었다.

"마세일 항에 좀 다녀올게. 아니면 두 사람도 갈래?"

"예, 함께 갈게요."

로테는 흔쾌히 승낙했고, 팔마의 예정을 들은 브루노도 동행한다고 말해 왔다.

"애초에 오늘 마세일 항도 시찰할 예정이었으니 말야. 동이돈 회사에도 그렇게 전해두었고."

"그렇군요. 그럼 함께 가도록 하죠. 형도 부르고요."

말을 타고 마세일 항으로 달려간 팔마 일행은 그곳에서 대기하고 있던 동이돈 회사 중역의 안내를 받아 보트로 향했다. 프리깃(주11)의 호위 아래 한층 큰 범선 전함이 마침 마세일 항에 입항한 참이었다.

"여기야~."

배의 접근과 동시에 갑판에서 한 남자의 목소리가 들려왔다. 팔마도 목소리의 주인을 확인하고 손을 흔들었다. 동이돈 회사 제1등 전열함의 붉은색 깃발이 쾌청한 하늘에 눈부시게 나부끼고 있었다.

장 제독의 전함이다.

항해 전 이세계 약국에서 선원들의 사탕을 대량으로 구입했던 장 제독이 부하들을 이끌고 배에서 내렸다. 마세일 영주인 브루노의 모습이 보였기에 장 제독은 우선 브루노에게 인사를 했고 브루노도 이에 응했다.

"장기 항해에 고생이 많소, 제독."

"존작님의 제자를 동반한 게 많은 도움이 되었습니다."

원양 항해에 브루노의 제자를 두 명 데리고 갔다고 한다.

"제자들도 좋은 수행이 되었겠지. 마세일령에 대한 귀사의 헌금과 해적 단속 등의 협력은 언제나 고맙게 생각하고 있소."

브루노는 장 제독의 노고를 치하했다.

"뭘요, 항구를 싸게 이용하는 입장에선 당연한 일입니다."

동이돈 회사는 영주 대행 아담과 잘 절충해 가며 마세일 항을 이용하고 있는 듯하다.

주11) 프리깃: Frigate. 전함의 종류 중 하나. 17~18세기 주로 호위, 순찰, 정찰 등에 이용된 범선이다.

“선원들도 푹 쉬면서 오랜 여행의 피로를 풀도록 하시오.”

“예. 고맙습니다.”

장 제독은 브루노에게 경례했다. 브루노와의 인사를 마친 장 제독은 성큼성큼 팔마에게 다가왔다. 브루노를 상대할 때와는 달리 긴장감이 별로 없는 모습이다.

“불러내서 미안하네, 점주. 마세일령에 왔다고 들어서 말이지.”

“장 제독님, 어쩐지 최근 약국에서 모습이 안 보이시더라니.”

팔마도 반가워했다. 이래저래 두 달은 장 제독의 얼굴을 보지 못한 것 같다는 생각이 든다.

“제독님, 멋있다.”

함께 따라온 블랑슈가 눈을 반짝거리며 장 제독을 바라본다.

“장 제독님은 블랑슈도 만난 적 있잖아.”

“에~, 모르는 사람이야!”

블랑슈는 그가 약국 단골인 장 노인이라는 걸 눈치채지 못한 것 같다. 소매와 옷깃에 금색 레이스가 장식되어 있는 감색 상의, 황금색 견장, 흰색 셔츠의 제독 정장을 차려입고 다가온 장 제독을 블랑슈는 완전히 다른 사람으로 착각한 모양이었다. 팔마는 블랑슈의 취향을 어느 정도 이해했다.

‘2각모(Bicorn Hat)와 말쑥한 제복에 여자는 약하니 말야.’

“오랜 여행에서 돌아와서 방금 검역을 마친 참이라네. 후우, 육지는 좋군. 역시 인간은 육지에서 사는 생물이라니까. 핫핫핫.”

“얼마 동안 만나지 못했는데 몸은 괜찮으십니까?”

장기 항해가 노인의 몸에 상당한 부담이 되었을 것 같아 팔마는 걱정이 되었다.

"별로 몸 상태는 좋지 않네만 그걸 신경 쓸 상황이 아니라서 말이지. 올해는 후추 산지에서 대규모 병충해가 발생해서 흉작이었고 기존 식민지들을 놓고 싸움도 촉발되고 있어서 폐하의 명령으로 새로운 땅을 찾아 항로를 개척하고 있다네."

"신항로의 개척이라고요?"

팔마는 장 제독의 생명력에 놀라면서 이야기를 들었다.

브루노는 묵묵히 그 모습을 지켜보고 있었고, 우는 아이도 울음을 그친다는 장 제독이라는 말에 팔레도 한 발짝 물러나 있었다. 로테에 이르러선 장 제독이라는 것을 깨닫지 못한 채 제독 앞에 나서기 황송하다며 안 보이는 곳에 숨어 버린 상태이다.

"자네 덕분에 신대륙을 발견했다네. 폐하께도 아직 보고 드리지 않았으니 다른 사람에게는 말하지 말게나. 점주를 신뢰해서 하는 말이야."

장 제독은 턱수염을 만지작거리며 자랑스럽게 말했다.

"대, 대발견이잖아요! 위업이라고요!"

팔마는 흥분했다. 섬이 아니라 대륙이라면 지구에서 아메리카 대륙을 발견한 것과 같은 대위업이다. 하지만 장 제독은 쑥스러운 듯 "뭐 그렇지" 라고만 대답했다.

"이야, 이것도 다 자네 덕분일세! 악령이 사는 저주받은 '배의 묘지'라든지, 섬이 전혀 보이지 않는 해역 등 항해 자체도 고생이 많았지만 역시 항해의 가장 큰 적은 물과 식량 사정이었어. 이번엔 그것이 극적으로 개선되어 아무도 죽지 않은 덕분에 과감하게 먼 곳까지 갈 수 있었다네!"

배에서 내린 항해사들도 장 제독 뒤에서 고개를 끄덕이며 상륙과

귀항의 기쁨을 곱씹는 모습이었다. 하지만 팔마는 그것과는 다른 부분에서 충격을 받고 있었다.

'악령이 사는 배의 묘지라는 건 또 뭐야? 굉장하네. 이 세계의 상황을 고려하면 비유가 아니라 정말로 악령이 있었을 테지만.'

"비타민 C인지 뭔지가 풍부하게 든 선원 사탕은 썩지도 않고 자리도 별로 차지하지 않는 획기적인 발명품일세. 그리고 지시대로 신술 생성수가 든 나무통에 자네가 준 '과망간산칼슘'이라는 약을 넣었더니 정말로 물이 썩지 않더군. 그밖에도 자네 말대로 고기와 생선을 병에 밀봉한 채 항해에 나섰더니 썩지 않았고 말이지."

팔마의 조언을 고스란히 받아들여 실천한 장 제독은 전에 없이 질 좋은 식사와 고속 항해가 가능해졌다고 기뻐했다. 선원들이 영양 부족과 병으로 쓰러지면 항해를 중지하고 돌아올 수밖에 없게 된다. 지금까지는 식량과 물 등이 부패한 탓에 몇 개월짜리 원양 항해가 불가능했다.

"이게 나의 항해 부적이라네."

장 제독은 크게 칭송하면서 주머니에서 꺼낸 사탕을 입에 넣고 굴리기 시작했다.

"주머니에 계속 넣어뒀더니 조금 녹아버렸군."

"새 사탕을 사러 오세요. 신상품도 준비되어 있으니까."

팔마는 웃었다. 그런 팔마에게 짐을 내리고 있던 선원들이 다가왔다.

"이야, 이것도 다 어린 점주 덕분이야. 이번 항해는 정말 육지와 별 차이 없이 쾌적했다고."

"제독님이 절찬한 것처럼 굉장한 약사였구나."

"신대륙을 발견하고 살아 돌아와 마누라와 자식들의 얼굴을 볼 수 있게 될 줄이야, 정말 고마워."

선원들도 각각 감사의 말을 늘어놓았다. 그들은 이세계 약국이 베론의 수하들에게 습격을 받았을 때 정리를 도와주었던 선원들로, 팔에 문신이 새겨진 그들의 모습은 팔마도 낯이 익었다. 그런 작은 조언으로 격변할 만큼 범선으로의 원양 항해는 험난한 것이라는 것을 팔마는 새삼 실감했다.

"조금이라도 항해가 안전해졌다면 다행이군요."

"덕분에 사망자는 안 나왔지만 장기 항해로 기이한 병에 걸린 선원이 몇 명 있긴 하네. 어쩌면 악령 탓일지도 모르지만 그 녀석들을 좀 봐줄 수 있겠나? 동행한 약사들도 모른다고 해서 말야."

"알겠습니다. 그래서 저를 부르신 거군요."

짐을 내리는 작업이 진행되는 가운데 들것에 실려 온 환자는 세 명.

그들은 설사가 멈추지 않고, 온몸의 피부가 거칠어졌으며, 의식도 몽롱해져서 증상이 심한 사람은 헛것까지 보인다고 한다. 팔마는 세 사람이 같은 증상이라는 말에 팔레를 불러 함께 시진(視診)을 시작했다.

"확실히 피부가 많이 거칠어져 있군요. 물집도 심하고, 피부는 검붉게 색소가 침착되어 있어요."

환자의 소매를 걷어올리자 흥미롭게도 옷으로 가려져 있는 부분에는 염증이 보이지 않았다.

"염증이 생긴 곳은 햇볕이 닿은 부분뿐인가 보네."

팔마는 카르테에 기입했다. 팔마와 마찬가지로 증상을 살펴본 팔레가 말했다.

"그렇다면 광선 과민증인가? 아니, 그것만으로는 다른 증상이 설명이 안 돼."

"형, 잘 봐봐."

팔마는 발진이 생긴 부위를 가리켰다.

"좌우대칭으로 발적(주12)이 생겨 있군…. 그럼 이 증상은 혹시 그것 부족인가?"

혀를 확인해보니 적갈색으로 염증을 일으키고 있었다. 팔마는 팔레와 얼굴을 마주보고 고개를 끄덕였다.

"펠라그라, 다시 말해 나이아신 결핍증이로군요."

팔마는 환자에게 진찰 결과를 말했다. 진안으로 확인해본 결과도 동일했다.

"그게 뭔가? 요상한 병명이로군. 고칠 수 있나?"

뒤에서 이야기를 듣고 있던 장 제독은 처음 듣는 병명이라서 그런지 선원들의 몸을 걱정하며 말했다.

"평소 생활이 어땠는지 듣고 싶은데, 이 선원들은 술을 자주 마셨나요?"

술에 쩐 건지 햇빛에 그을린 건지 알 수 없는 얼굴을 하고 있는 선원들을 보면서 팔마는 환자들의 생활습관을 물었다.

"술고래들뿐이로구먼."

의식이 몽롱한 선원들을 대신해서 장 제독이 대답했다.

"그렇다면."

알코올을 과도하게 섭취한 사람에게 특히 발생하기 쉬운 병이라고 팔마는 설명했다.

주12) 발적: 發赤. 피부가 붉게 부어오르는 현상.

"윽, 술이 그렇게 안 좋은 거였나? 럼주를 조금 애호하는 정도인데!"

장 제독은 가슴에 손을 얹고 괴로운 듯 신음했다. 그 자신도 폭음을 한 적이 있는 모양이다.

"장 제독님께 한 말은 아니지만, 짚이는 게 있다면 조금 삼가시길."

"그, 그러겠네."

"누가 됐든 폭음, 폭식, 그리고 지나친 소식은 좋지 않아요. 이 사람들은 나이아신 결핍증으로 생각되는데, 오랜 여행의 만성적인 영양부족 상태에서 햇볕을 쬐면 이 증상이 생깁니다."

브루노는 팔마의 설명을 들으며 메모를 하고 있었다.

"나이아신은 비타민C인지 뭔지가 아닌 겐가?"

장 제독은 풀이 죽은 얼굴로 고개를 갸웃거렸다. 낯선 단어가 당혹스러운 눈치다.

"같은 비타민의 일종이긴 합니다."

나이아신은 발견 당시 비타민 B3로 불렸던 적도 있었다. 참고로 비타민은 예전에는 발견 순서에 따라 A, B, C 등으로 명명되고 있었지만 화합물의 구조가 밝혀진 지금은 비타민 B3라는 명칭이 정식으로는 쓰이고 있지 않다.

현재 발견된 비타민은 모두 13종류.

비타민 A(레티놀), 비타민 D(칼시페롤), 비타민 E(토코페롤), 비타민 K(필로퀴논), 비타민 B12(시아노코발라민), 판토텐산, 바이오틴, 엽산, 그리고 비타민 C(아스코르빈산)와 나이아신이라고 팔마는 설명했다.

"흠…. 새로운 비타민이 부족했던 거로군. 그나저나 13종류나 되다니! 비타민은 섭취하기 힘든데다 배 위에서 일광은 피할 수 없는데 말야. 치료법은 있는 건가?"

"부족한 나이아신을 섭취하면 낫습니다. 다른 증상도 서서히 완화될 거예요. 같은 증상인 듯하니 세 사람분의 정제를 처방해드리죠."

진안으로 확인해본 결과 치료 시기를 놓친 정도는 아니었다. 그래서 그는 니코틴산아미드를 대량으로 처방해서 비타민 B군을 경구섭취로 복용하도록 했고, 알코올성 간부전도 우려되었기에 술을 삼가도록 주의했다.

"오오, 그거 정말 다행일세! 영양은 정말 중요한 거구먼."

장 제독은 몸을 벌떡 일으키다가 허리에 너무 힘을 준 나머지 허리를 삐끗해서 부하에 의해 실려 나갔다. 그 콤보를 보고 눈살을 찌푸리면서도 팔마는 파스 등의 처방도 추가했다.

"구오오, 이럴 수가. 여기까지 와서 쓰러지다니."

"선원과 여행자를 위해 영양학적으로 인체에 필수적인 비타민이 들어간 사탕과 정제를 만들도록 하죠. 장 제독님에게는 칼슘도 필요할 것 같군요."

비타민과 미네랄이 들어간 영양제의 개발을 동이돈 회사와 약속하는 팔마였다.

"고맙네! 산 플루브 큰 시장이 끝나면 신대륙에 조사대를 파견해야 되니 그때까지 부탁하겠네! 점주의 사탕이 우리 항해의 생명선이니 말야."

"알겠습니다. 늦지 않도록 하죠."

상선이 안전하게 항로를 통행할 수 있도록 산 플루브 큰 시장이 끝날 때까지는 제국의 의뢰에 따라 제국 연안의 경비를 맡는다고 한다. 그 말을 들은 팔마는 중요한 것을 떠올렸다.

"아, 그러고보니 신대륙에 사람은 살고 있었습니까?"

"아니, 아직 발견하지 못했군. 본 적 없는 식물은 있었지만 독이 있을 수도 있고, 아무런 준비 없이 탐험하는 것은 위험하니까 대륙에는 몇 시간 정도만 상륙했을 뿐 아무것도 건드리지 않고 일단 돌아온 거라네."

장 제독의 정확한 판단을 팔마는 칭찬하고 싶었다.

"만약 원주민을 발견한다면 어떻게 하실 겁니까?"

"침략은 국제조약으로 금지되어 있으니 무역을 해야겠지."

주민이 없는 경우는 제국 깃발을 신대륙에 꽂고 개척요원을 주류시켜 입식지로 삼는다고 한다. 팔마는 신대륙을 침략하는 흐름이 되지 않은 것에 일단 안도하며 엄중하게 주의했다.

"신대륙의 원주민, 동물, 식물과의 접촉에는 세심한 주의를 기울이십시오. 독도 독이지만 미지의 병을 가지고 있을 가능성이 있으니까요. 미지라는 것은 여러분에게 면역이 없는 병이라는 뜻입니다. 최악의 경우 죽을 수도 있어요."

"이유는 잘 모르겠지만 시키는 대로 하겠네."

과거 지구에서는 아메리카 대륙 발견과 함께 천연두, 홍역, 유행성 이하선염 등이 유럽에서 아메리카 대륙으로 건너가게 되었다. 아메리카 원주민들은 특히 천연두에 면역이 없었기에 전염병으로 많은 사람들이 목숨을 잃었다.

팔마는 혹시나 하는 마음에 선원 전원에게 진안을 써서 검역을 해보았지만 신대륙에서 유래된 병원균에 감염된 사람은 없었다.

'그나저나 신대륙이라….'

팔마는 미지의 병이 유입되는 것을 경계하면서도 옥수수, 호박, 토마토 등의 발견을 내심 기대했다.

◆

제도로 돌아온 팔마는 약국 영업을 하는 사이사이에 엘렌과 함께 제국 의약 대학에서 해야 할 여러 가지 절차와 준비, 운영회의, 위원회 등을 차곡차곡 끝마쳐 갔다.

그가 학부장을 맡게 되는 종합 의약 학부의 새로운 연구동은 이미 완성된 상태였기에 연구실 개설에 필요한 여러 가지 설비와 기구 등을 조달했고, 비서와 연구 조수도 다수의 응모자 중에서 한 명씩 채용했다. 그가 집필한 교과서도 대학 매점에 진열되었는데, 신학기부터 필수 교과서로 쓰일 예정이지만 학부생에게는 무료로 배포되었다.

그날도 귀가 준비를 마친 팔마와 엘렌은 대학 구내를 걷고 있었다.

"그후로 벌써 1년인가. 눈 깜짝할 사이였네."

시간이 참 빨리도 가는 것 같아 팔마는 감회에 빠졌다. 팔마가 흑사병을 퇴치하고 산 플루브 제국 의약 대학으로부터 교수 취임을 의뢰받은 지도 어언 1년이다.

"그러게. 꽤 전부터 준비해왔는데 막바지가 되니까 꽤 어수선하네."

엘렌은 대량의 서류뭉치를 가방에 담은 채 걷고 있다.

"어쩔 수 없어. 연구동이 완성된 게 지난달이었으니 말야. 대학도 드디어 다음 달부터인가. 학생들을 만나는 게 기대되는걸."

강의, 학생들과의 토론, 연구회, 지도 등 학생들과 무엇을 하는 것은 생전에도 좋아하는 것들이었다. 우수한 학생들과의 만남은 자신의 연구에도 많은 자극이 되었고, 자신의 연구실을 나온 제자가 각지로 떠나 일선에서 활약하는 것을 보는 것은 보람 있는 일이었다. 하지만 엘렌은 긴장이 되기도 하고 불안하기도 한 눈치였다.

"팔마 군은 여전하구나. 나는 많은 사람들 앞에서 강의를 해본 적이 거의 없어서 잘 해낼 수 있을지 모르겠고, 학생들의 언변에 밀려 위축될 것 같아서 말야."

드물게도 엘렌이 약한 모습을 보였다.

"걱정할 것 없어. 학생들이 뭐 잡아먹는 것도 아닌데."

두 사람이 그런 이야기를 나누면서 터벅터벅 걷고 있자니 대학 정면 현관 쪽에 사람들이 모여 있는 게 보였다. 대학 현관에 게시된 게시물을 보기 위해 모여 있는 듯했다.

"무슨 일이지?"

팔마가 그들이 무엇을 보고 있는지 확인해보려고 하자 엘렌이 그의 팔을 붙잡았다.

"생각났어. 오늘은 오후부터 신입생 합격자 발표일이야. 그러니까 여기에는 팔마 군이 지도할 학생들이 있는 셈이지."

올해부터 산 플루브 제국 의약 대학, 줄여서 의약대는 학비가 무료인 특대생 자리를 마련하고 4학부의 신입생을 제국 내외에서 폭

넓게 모집하고 있다. 그 입시 결과가 발표된 거라고 한다.

"헤에…. 음? 대체 몇백 명이나 보러 온 거지?"

실명으로 이루어진 합격자 발표를 보고 많은 수험생들이 울고 웃는 모습이 보인다.

"올해 경쟁률이 20대 1 정도라고 했던가?"

팔마는 어렴풋한 기억을 떠올렸다.

"25.8대 1이야. 이 정도 경쟁률은 대학이 개설된 이후로 처음이래. 노바르트 의약대를 중퇴하고 새로 입학하려는 학생도 적지 않다고 해."

"헤에, 엄청난 인기네."

"이 대학이 아니라 팔마 군의 강좌가 인기인 거야. 모르고 있었어?"

어떤 학생들이 왔는지 궁금해진 팔마는 조금 떨어진 곳에서 그들을 지켜보기로 했다. 몇 번을 찾아봐도 이름이 없어서 실신해버린 학생, 기뻐서 방방 뛰기 시작한 학생, 부모와 함께 보러 온 학생 등으로 시끌벅적하다.

"웃기고 있네! 누굴 바보로 아는 거야?!"

수험생들 속에서 갑자기 호통이 들려왔다.

"대학까지 와서 이런 어린애한테 약학을 배우라니 나는 절대 사양하겠어!"

이국적인 억양이 있는 청년이었다. 해외에서 온 학생이라 교수가 어린아이라는 것을 몰랐던 모양이다.

그러고 보니 현관 옆 게시판에는 전통적으로 모든 교수의 초상화가 걸려 있었다.

그곳에서 팔마의 이름과 얼굴을 처음으로 확인한 학생인 듯하다. 합격자들의 이야기를 들어보니 아무래도 팔마를 이름으로밖에 모르는 학생이 적지 않은 듯했다. 팔마는 약학생, 의학자, 약학자들 사이에서는 세계적으로 유명하지만 그가 어린아이라는 것을 알고 있는 것은 이세계 약국을 방문해서 직접 대면한 사람들 정도였다.

"가르치는 보람이 있을 것 같은 학생들이네."

어떤 사태가 벌어질지 모르겠다며 엘렌은 난처한 표정을 지었다.

"팔마 군의 강의는 필수과목이었지? 그럼 대결을 피할 수 없겠네. 불만이 있다고 강의를 듣지 않으면 진급을 위한 단위를 취득할 수 없으니 말야."

"처음부터 한바탕 소동이 있을 것 같아."

팔마는 작게 한숨을 쉬었다.

 **8화 산 플루브 큰 시장과 구충제**

"호외입니다! 호외요! 받아주세요! 제일 먼저 드리는 겁니다!"

신문업자 미테랑 남매 중 여동생이 상기된 얼굴로 숨을 헐떡거리며 이세계 약국으로 뛰어 들어왔다.

「주간 제도」로 호평을 얻고 있는 미테랑 남매가 창업 후 처음으로 무료 호외를 발행했다며 제일 먼저 이세계 약국에 신문을 가져온 것이다.

"호외라는 게 뭔가요?"

점포 앞쪽에 상품을 진열하고 있던 로제가 받아들었다.

신문이 없는 네델국에서 온 로제는 신문 자체가 신기한 듯했다.

제국 문자를 읽는 게 서툰 로제를 대신해서 레베카가 큰 표제를 소리 내어 읽었다.

"신대륙이 발견되었다는군요. 동이돈 회사의 1등 전열함이 타국에 앞서 발견한 모양이에요."

큰 표제 밑에는 커다란 훈장을 가슴에 달고 위엄 있게 가슴을 펴고 있는 장 제독의 모습이 흑백 사진으로 게재되어 있었다. 사진이 첨부된 신문과 잡지는 팔마가 기술국에 등사기와 사진기의 기술을 공개한 이후로 일부 기술자들에 의해 활용과 보급이 진행되었고, 현재는 제도 시민들 사이에서 한창 유행 중이었다.

"헤에, 보도되었구나. 다른 나라에 대한 견제 목적도 있을지 모르겠어."

엘렌도 신문을 받아들고 대충 읽고 있었다.

대륙의 이름은 발견자 장 앨런 개번의 이름을 따서 개번 대륙이라는 명칭으로 신청되었다.

장 제독은 그 공적으로 작위를 받아 신력이 없는 평민임에도 명예 남작으로 귀족의 일원이 되었다고 한다. 평민의 명예 귀족 서작은 전례가 없었던 일이기에 상당한 영예인 듯하다.

그들의 이야기를 들으면서 약력을 쓰고 있던 팔마가 문득 손을 멈추었다.

"제1발견자가 제국 국민이라는 것을 국제적으로 알리지 않으면 안 된다는 거야?"

"그래. 하지만 그 소식을 듣고 미숙한 선원들이 바다로 나갔다가 조난당하지 않았으면 좋겠네. 팔마 군의 조언과 완벽한 영양 상태, 그리고 스승님의 제자들을 동반한 장 제독의 경험이 있었기에 성공한 항해였잖아."

엘렌은 팔마의 조언과 수행 약사의 중요성을 강조했다.

"응, 평범한 선원들이 별다른 준비 없이 가면 위험하겠지…. 다른 문제도 있고 말야."

팔마는 그것도 걱정이었지만 다른 걱정을 하고 있었다.

왜냐하면 팔마는 장 제독의 개선을 계기로 신대륙에 정말 사람이 없는지 직접 약신장으로 날아가서 대륙을 상공에서 내려다보며 확인해봤기 때문이다.

그 결과, 모양은 다르지만 신대륙은 아메리카 대륙처럼 북반구와 남반구에 크게 걸쳐 있었고, 등뼈처럼 높은 산맥이 쭉 이어져 있었다.

그리고 평지의 부자연스럽게 트인 곳에서 원주민의 모습도 우연히 발견할 수 있었다. 적어도 서해안 쪽에는 그들이 소규모 농경 문명을 구축하고 있는 것처럼 보였다. 장 제독은 동해안에 도착했기에 무인 대륙처럼 보였던 것이겠지만 실제로는 달랐다.

멀리서 정찰해본 결과, 아시아계의 몽골로이드 같은 얼굴을 하고 있었고, 복식 문화는 중국, 티벳, 남북 아메리카 원주민의 그것이 뒤섞인 듯한 복장이었다.

그런 사전조사를 했기에 신대륙 발견 소식에서 팔마가 우려하는 것은 산 플루브 제국을 비롯한 각국이 원주민들의 생활을 위협하는 것 아닐까 하는 것이었다.

신대륙은 광활한 탓에 자원도 많이 발견될 것이다. 거기까지는 괜찮다. 하지만 지구에서처럼 약탈의 역사로 발전하지 않았으면 한다.

미개척지를 찾아 선단을 보내 신대륙에 진출하는 것이 비단 산 플루브 제국만은 아닐 것이다.

'침략의 역사는 되풀이되는 건가….'

국제조약으로 침략이 금지되어 있건 말건 자원과 토지가 있는 한, 약탈자와 해적은 나오는 법이고, 국제조약을 성실히 지킬 수 있을 만큼 풍요로운 나라만 있는 것도 아니다. 몰래 침략을 시작한다고 해도 그것은 바다 저편에서 일어나는 일이다. 전서구를 날릴 수 있는 거리가 아닌 이상, 얼마든지 못된 일을 할 수 있는 환경인 것이다.

"발표하지 않는 게 좋았을지도 모르겠어."

"어째서? 경사스러운 일이잖아. 같은 제국민으로서 신대륙의 발견은 자랑스러운걸."

'나도 그렇게 생각하지만 원주민이 있어서 말야….'

처음에는 경사스러운 일이라고 생각했지만 지금 팔마의 목소리는 어두웠다.

굳이 말하자면 자신이 한 행동에 책임을 느끼고 있었다.

장 제독에게 이 세계가 둥글다는 것을 알려준 것은 팔마인 것이다.

항해에 도움이 될까 해서 한 조언이었지만 장 제독에게 서쪽 항로의 힌트를 주고 만 꼴이 되었다.

대륙 사이의 인적 물적 교류가 서로에게 이익이 된다면 좋다.

어느 한쪽만이 일방적으로 이득을 보지 않고, 누군가가 괴롭힘을 당하거나 약탈을 당하는 일이 없기를 바랄 뿐이지만 지금은 그런 느긋한 소리를 하고 있을 때가 아니었다.

'여제에게 이야기해서 비참한 일이 벌어질 것 같으면 내가 원주민의 거주지를 선행 매수해서 자국, 타국 모두가 건들지 못하도록 단호하게 비호할 수밖에 없겠어. 지금의 재력이 있다면 어떻게든 될 거야. 여차하면 금도 만들 수 있고 말이지…. 그나저나 여제가 협력해주려나? 그래 보여도 평화주의자이긴 한데.'

그런 것도 시야에 넣기 시작했다.

"팔마 님이 또 심각한 얼굴을 하고 계시네요…."

로테는 걱정스러운 듯 팔마의 모습을 바라보고 있었다.

"이번엔 또 무슨 고민이 늘었으려나?"

엘렌은 매번 있는 일이라며 안경을 스윽 치켜올렸다.

"어두운 얼굴 하지 말고 장이나 보러가자. 쇼핑을 하면 기분이 좀 풀릴 거야."

엘렌은 여느 때처럼 밝은 목소리로 팔마에게 권했다.

◆

찌는 듯한 더위 속에서 제도에서는 예년처럼 산 플루브 큰 시장이 개최되고 있었다. 작년보다 노점상, 행상인의 등록이 늘었고, 특히 약 중매인과 상급 약사들이 대거 몰려들었다. 향신료의 냄새도 풍기고 있다. 슬슬 카레 파티를 할 시기가 됐다는 걸 팔마는 떠올렸다.

"두 사람은 어느 매장에 가고 싶어?"

"나는 생약이야. 올해는 버섯을 중심으로 살펴볼까 해."

엘렌은 필요한 생약을 메모에 미리 적어온 모양이다.

"로테는 과자겠지?"

"예! 진귀한 과자에 대한 소문을 들었어요! 나중에 함께 먹어요!"

로테는 이미 커다란 장바구니를 들고 있었다. 대량으로 구입할 생각인 듯하다.

"기합이 단단히 들어가 있네. 그럼 시간도 없으니 다들 각각 보고 싶은 것을 보기로 할까. 휴식 시간이 끝나면 각자 알아서 약국으로 돌아가는 거야. 그럼 해산!"

일행과 헤어진 팔마는 사전에 체크해 두었던 노점 배치도를 근거로, 글을 쓸 수 있는 상급 종이를 마구 사들였다. 고품질 거름종이와 질 좋은 잉크도 이 큰 시장이 아니면 입수할 수 없다.

"이야, 많이도 샀네. 카레 재료 구입은 내일 하기로 할까. 냄새가 종이에 배니 말야."

작년에는 향신료 냄새가 상급 종이에 배서 얼마간 곤욕을 치른 것이다.

만족스러운 얼굴로 커다란 짐을 들고 걷다보니 로테와 마주쳤다.

"어? 과자 가게 앞에 있는 게 아니었네?"

로테가 드물게도 과자 가게가 아닌 노점 앞에 웅크려 앉아 있었다.

"팔마 님, 보세요. 동물 가게예요!"

대형 텐트에는 반려동물을 취급하는 상인의 가게가 있었다. 애완용 개와 고양이, 앵무새와 잉꼬 등도 보였다.

"그러고보니 작년에는 동물을 판매할 수 없었던가?"

흑사병이 유행하고 있었기에 작년에는 동물상의 영업이 금지되고 있었지만, 올해는 허가된 모양이다. 부지에 작은 목제 울타리가 쳐져 있고 개들은 그 안에 전시되어 있었다. 푸들, 테리아, 빠삐용, 그레이트 피레니즈 등 취급하는 견종은 풍부했고, 고양이도 페르시아 고양이, 벵갈 고양이, 기타 등으로 다양했다.

새장에는 컬러풀한 앵무새와 잉꼬 등이 작은 나뭇가지 위에서 지저귀고 있다.

"멍멍이가 귀여워요!"

로테가 강아지파였다는 것을 이번에 처음으로 알게 된 팔마였다.

"이 애들이 너무 귀여워서 계속 보고 있었어요!"

로테의 손을 천진난만하게 핥고 있는 어린 푸들과 빠삐용에게 그녀는 마음을 빼앗긴 듯했다.

'강아지가 귀엽긴 하지. 로테도 귀엽지만 말야.'

그러고보니 로테도 강아지를 닮았다는 걸 깨달은 팔마였다.

"아아, 눈이! 멍멍이의 눈이! 데려가 달라고 말하고 있는 것 같지 않나요?"

"기분 탓이야. 그렇게 맘에 들면 키우게 해주고 싶긴 한데."

드 메디시스가에 기승용 말은 있다. 그밖에도 젖을 짜는 소와 양, 거위 등도 저택에서 떨어진 작은 축사에서 키우고 있다. 하지만 개나 고양이 같은 반려동물은 부지 안에 없는데 브루노가 위생을 위해 동물을 저택에 접근시키지 않았기 때문이다.

"됐어요, 팔마 님. 드 메디시스가는 약사 가문이니까 털이 빠져서 저택에 흩날리기라도 하면 큰일이잖아요. 도저히 가지고 싶다는 말은 못 해요."

하인들은 브루노가 결벽증이기에 평소에 청소도 철저히 하고 있었다. 강아지가 실수라도 하는 날에는 주인님이 얼마나 화를 내실지 알 수 없다며 로테는 고개를 설레설레 저었다.

"하지만 이 동물들은 정말 귀엽네요! 치유가 돼요."

"그래. 그럼 실컷 보고 나서 약국으로 돌아오도록 해. 곧 오후 영업시간이니까."

팔마는 일어나서 먼저 약국으로 돌아가기로 했다. 하지만 로테가 팔마의 옷자락을 붙잡았다.

"아, 잠깐만요, 팔마 님. 아까부터 기운이 없는 아이가 있는데 좀 걱정이 되어서…."

로테가 가리키는 곳으로 팔마가 시선을 돌려보니 안쪽 개집에 있는 강아지가 힘없이 축 늘어져 있었다. 그 모습을 보고 있던 동물 가게의 점주가 어색한 표정으로 대답했다.

"아, 저 아이 말이지? 방금 수의사를 부른 참이니까 걱정 안 해도 돼."

"그런가요? 그럼 안심이네요!"

로테는 수의사가 봐준다는 말에 안심한 듯했다.

"오오, 마침 수의사 선생이 오셨군."

점주는 좋은 타이밍에 왔다며 가게 앞까지 나가서 수의사를 맞이했다. 수의사라는 여성은 아직 젊고 아담하지만 산뜻한 인상의 미인이었다. 가슴에는 말발굽 모양의 1급 수의사 배지를 달고 있다. 팔마도 그녀를 보고 있었기에 눈이 딱 마주쳤다. 그 순간 그녀의 안색이 변하더니 황송한 듯한 표정을 지었다.

"앗, 교수님?! 팔마 드 메디시스 교수님이죠? 꺅, 어떻게 하지?!"

"응? 어?"

팔마에게는 면식이 없었다. 로테도 고개를 갸웃거리고 있다.

"처음 뵙겠습니다. 저는 수의사인 조세핀 바리에라고 해요. 여기서 만나게 되어 영광입니다, 교수님!"

"어딘가에서 만난 적 있나요?"

팔마를 어린아이 점주라고 부르는 사람은 많지만 교수라 부르는 사람은 거의 없다.

"아뇨, 대학 게시판에 있는 초상화로 제가 일방적으로 알고 있을 뿐이에요."

"그렇다는 건⋯."

팔마는 감이 왔다.

"교수님께 지도를 받고 싶어서 다음 달부터 제국 의약 대학의 신입생이 되었습니다."

"이미 수의사인데 거기에 더해 약사도 되고 싶다는 말인가요?"

상당히 공부에 열심이고 기운 넘치는 여성인 것 같아 팔마는 감탄했다.

"예. 기초부터 약학을 배우면 인간뿐 아니라 동물 약도 취급할 수 있지 않을까 해서요. 무엇보다 드 메디시스 교수님의 강의를 듣고 싶어서 시험을 봤습니다!"

"그런 거라면 잘 부탁해요, 조세핀 씨. 지금부터 이 개를 진찰할 거죠? 그렇다면 견학을 해도 될까요?"

"예, 교수님 앞이라 긴장이 되지만요."

"팔마 님, 학생을 새로 만나 할 이야기가 많으실 것 같으니, 전 약국으로 돌아가서 팔마 님이 조금 늦는다고 전해둘게요."

"아, 그래주면 고맙겠어. 잘 부탁해."

로테가 기지를 발휘해주었다. 오후 영업시간에 조금 늦어질 것 같지만 팔마는 그녀의 진찰을 보고나서 돌아가기로 했다.

조세핀은 진찰 도구를 준비하면서 팔마에 대한 감사를 늘어놓았다.

"만나게 된다면 꼭 감사를 드리고 싶었어요. 드 메디시스 교수님이 발명하신 현미경 덕분에 수의사로서 할 수 있는 검사가 늘어나 많은 동물들을 살릴 수 있었답니다. 게다가 획기적인 신약을 다수 개발 중이라고 하시니, 교수님은 저에게 있어서 동경하는 스승님이네요."

"하하, 난처하군요…. 아직 당신에게는 아무것도 가르쳐준 게 없는데."

조세핀은 현미경의 발명자가 팔마라는 걸 알고 있는 듯했다. 팔마는 과분한 칭찬에 조금 낯이 간지러웠다. 그러는 사이에 그녀는 진료용 지팡이를 손에 들고 진찰을 시작했다.

"설사 증상에 털 상태도 별로고 쇠약해진 상태로군요. 어디, 엉덩이는…. 아, 이것은 조충증이로군요."

조세핀은 개 엉덩이를 보고 항문에 흰 쌀알 같은 게 묻어 있는 것을 발견했다.

기생충인 촌충(조충)의 일부였다.

"원래부터 몸이 약한 아이였는지 모르겠군요. 기생충 자체는 그렇게 나쁜 짓을 하지 않으니 경과 관찰로 충분하겠죠. 강아지에게는 영양제를 처방할 테니 그것을 먹이시길."

"그렇군요. 안심했습니다."

점주가 사례를 하려고 했지만 조세핀은 받지 않고 팔마를 돌아보았다.

"이게 제 진단과 치료 방침입니다만 교수님은 어떻게 보셨나요?"

조세핀이 팔마를 돌아보고 지도를 청하자 팔마도 개에게 다가갔다.

"진찰한 대로 개 촌충이로군요. 영양 장애를 일으키고 있으니 영양을 보급하는 것은 좋다고 생각합니다만, 사람에게 감염될 수도 있고 심하게 감염된 경우는 소모도 심하니 구충제를 쓰겠습니다."

개 촌충은 촌충의 일종으로, 머리는 흡판과 갈고리로 장에 붙어 있고, 알을 내포한 꼬리 부위는 조금씩 찢어져서 항문 밖으로 나온다.

그래서 항문을 청결하게 유지하고 설사약을 쓰더라도 구제는 불가능하다.

"구충제라면… 향쑥이면 될까요?"

준비가 되어 있는지 포션 병을 진찰 가방에서 꺼내려 했다.

"그것도 구충제로 쓰여온 허브이긴 하지만 회충에는 효과가 있어도 촌충에는 효과가 없어요."

팔마는 자신의 가방을 뒤지는 척하면서 촌충에도 효과를 발휘하는 프라지콴텔을 약봉지 안에 물질 창조로 만들어냈다.

"프라지콴텔입니다. 촌충을 마비시키는 약이죠. 이것을 하루 한 번, 사료에 섞어 먹이세요."

먹이는 방법을 세세하게 점주에게 설명하자 그것을 조세핀은 열심히 메모했다.

"그리고 벼룩도 구제하지 않으면 벼룩을 매개로 다시 감염될 겁니다.”

“벼룩을 죽이는 허브가 필요하겠군요. 그럼 민트와 라벤더 향유를 바르도록 처방할게요. 그리고 정화술을 이 주변에 걸어두겠습니다.”

척척 판단을 내리는 조세핀의 모습에 팔마가 눈길을 빼앗기고 있을 때 그녀는 지팡이를 들고 신술을 걸었다. 그녀는 바람 속성의 신술사인 듯했다.

「한국정화(限局浄化).」 지도해주셔서 감사했습니다, 교수님.”

조세핀은 팔마에게 악수를 청했다.

“그럼 다음엔 대학에서 만나기로 하죠.”

팔마는 모든 것을 현대 약으로 해결할 필요는 없다는 걸 새삼 깨닫게 되었다.

약국으로 돌아와보니 로테는 역시 케이크를 잔뜩 구입한 상태였고, 엘렌은 버섯 채집이라도 하고 온 듯한 모양새였다.

◆

며칠 후 팔마와 로테가 각각 약사와 화가로서 궁전에 함께 출근해보니 여제가 기다리고 있다며 측근이 부르러 왔다.

“샤를로트 소렐 님, 폐하께서 급히 찾으십니다.”

“미술작품의 제작 의뢰려나요?”

로테에게만 용건이 있다고는 하지 않았기에 팔마도 별생각 없이 그녀 뒤를 따라갔다.

“폐하, 많이 기다리셨습니다. 샤를로트 소렐, 이곳에 대령하였

…."

　궁정 뜰에 있는 벤치에서 쉬고 있던 여제는 기다리고 있었다는 듯 몸을 빙글 돌려 로테를 돌아보았다.

　"왔나, 샤를로트. 어떤가? 보라. 고양이와 개다!"

　여제는 넓은 정원에 호랑이, 사자, 늑대 등의 맹수를 풀어놓고 개와 고양이처럼 부리고 있었다. 자세히 보니 맹금류도 벤치에 몇 마리 앉아 있다.

　지금은 훌륭한 털을 가진 늑대에게 공을 물어오게 하고 있는 참이었다.

　"실컷 만지도록 해라. 그대가 귀여운 고양이와 개를 좋아한다는 소문을 풍문으로 들었는데, 녀석들을 기르지 못하는 사정이 있다고 하니 내가 선심 한 번 쓰도록 하지!"

　'그런 소문을 대체 어디서 들은 거야?! 그리고 어째서 맹수들뿐인 거지?!'

　팔마가 내심 그렇게 소리치고 있을 때 로테는 억지웃음을 떠올리고 팔마에게 작은 목소리로 물었다.

　"귀여운 개와 고양이가 어디에 있나요? 팔마 님…. 제가 아는 아이들과는 좀 다른 것 같은데."

　"사자와 호랑이는 고양이의 친척이고, 늑대는 개의 조상이야. 귀여운지 어떤지는 감성에 맡길게."

　여제와 서민의 반려동물에 대한 인식 차이는 호쾌하기 짝이 없었다.

　맹수들도 보스가 누구인지 잘 알고 있는지 꿔다 놓은 보릿자루처럼 얌전했다.

여제가 친히 신술로 조교한 거라고 생각하니 팔마는 왠지 무서워졌다.

"사양할 것 없어. 짐의 순수한 배려니까. 불 고리를 뛰어넘는 재주를 시켜도 괜찮다."

여제 나름의 로테에 대한 복리후생인 듯하다.

"아, 예…. 영광입니다, 폐하."

로테의 얼굴에선 핏기가 완전히 사라져 있었다.

'폐하가 백수의 왕인 건가….'

로테와 마찬가지로 질색한 팔마가 로테에게 충고를 하나 했다.

"만질 때 손이 없어지지 않도록 조심해, 로테."

"그, 그런 소리 하지 마세요! 안 만질 거라고요!"

"앞으로 동물과 교류하고 싶어지면 언제든 나한테 말하도록 해라."

로테의 안전을 위해서라도 작은 반려동물을 키울 수 있도록 브루노의 허락을 받아내는 게 좋지 않을까 생각하는 팔마였다.

9화 줄리아나와의 재회

9월 하순. 팔마는 산 플루브 큰 시장에서 구입한 향신료를 듬뿍 사용해서 약국 직원과 단골 손님, 그리고 관계자들을 불러 작년처럼 야외 비밀 카레 파티를 개최했다.

올해도 강 가운데 모래톱에서 개최된 오픈 파티였지만 초대객 숫자가 늘어난 바람에 비밀 파티라고 할 수 없는 규모가 되고 말았다.

이렇게 규모가 커지면 더 이상 여제에게 숨길 수 없을 것 같아서 여제를 초대해 보았지만 매운 것을 싫어한다는 매우 평화적이고 단순한 이유로 참가를 고사했기에 팔마는 내심 안도했다. 여제가 참가하면 다른 참가자들이 위축되고 말아서 평소의 감사를 전하는 모임이 되지 않는다. 그리고 식사 후에 기획하고 있는 무도회도 가벼운 것이 아니라 '황제의 대무도회'로 격식이 올라가므로 작법을 몰라 춤추지 못하는 사람이 속출하게 될 것이다.

하지만 안도한 것도 잠시, 여제가 오지 않는 대신 파티 당일에 루이 왕자를 보내왔다. 그 결과 평소에는 보기 힘든 왕자가 파티에 온 것을 보고 왕자에게 점수를 따보려는 사람들이 속출했다.

"잘 오셨습니다. 제 요리는 전하의 입에 맞으셨나요?"

팔마는 열심히 카레를 먹고 있는 왕자에게 말을 걸어 잡담을 나누기 시작했다.

왕자와 친하게 이야기를 나누는 팔마의 모습을 보고 단골손님들은 놀란 표정을 지었지만, 대제국의 왕자도 팔마가 담당하는 환자라는 것을 알자 "그런 약사님에게 진찰을 받고 있었다니!" 라며 자랑스러운 표정을 지었다. 단순하기 짝이 없다.

"요리가 맘에 드니 드 메디시스가의 요리사를 데리고 가겠다."

'오, 정말 입에 맞았나 보네. 역시 어린이는 카레를 좋아하는 모양이야.'

다행이라고 생각하면서도 팔마는 짐짓 난처한 표정을 지었다.

"그건 좀 곤란하군요. 요리사가 없으면 오늘 저희 집 저녁식사는 어떻게 할까요?"

"하하하, 농담이니까 곧이곧대로 받아들이지 마."

팔마의 난처한 얼굴을 보고 왕자는 자존심이 충족된 듯하다. 그

후 왕자는 친해지고 싶어하는 귀족 자녀들의 접대를 받으며 흐뭇한 표정을 지었다.

전채, 메인인 카레, 여러 가지 오르되브르, 디저트가 차례로 제공된 후 악단의 연주와 함께 무도회가 시작되었다. 작년과 마찬가지로 엘렌에게 파트너 권유를 하려 했지만 엘렌은 팔레와 한바탕 싸우고 있는 도중이었다. 식후 운동을 겸한 건지 강 벌판에서 비교적 본격적인 신술 전투를 벌이고 있다. 그 화려한 신술의 응수가 볼만한 구경거리가 되고 있긴 하지만 때와 장소를 가려주었으면 한다고 팔마는 생각했다.

"오늘에야말로 여러 가지 것들에 결판을 내주겠어!"

"그건 내가 할 말이야. 입을 움직이지 말고 지팡이나 흔들어! 물에 빠진 생쥐 꼴로 만들어줄 테니까!"

'원참 두 사람 다 적당히 좀 해. 왕자도 와 있는데 말야.'

팔마는 얼음으로 그들과 초대객 사이에 방벽을 쳤다.

두 물 속성 신술사의 전투 때문에 왕자와 초대객들이 젖으면 안 된다.

'어째서 저 두 사람은 짜기라도 한 것처럼 매번 결투를 하는 거지? 사이가 좋은 건지 나쁜 건지 모르겠다니까.'

절레절레 고개를 저으며 발길을 돌리다가 로테와 시선이 마주쳤다.

이쪽은 쇼콜라를 너무 많이 먹어서 뺨이 다람쥐처럼 부풀어 있었다.

"옥디 모골라 우일래오?"

입을 양손으로 가리면서 말하고 있지만 무슨 말을 하고 있는지 알 수가 없다.

"쇼콜라는 필요없지만 올해는 로테와 춤을 춰도 될까?"

바로크 댄스의 지식이 없는 로테에게 창피를 줄 순 없었기에 작년에는 권유하지 않았지만 올해는 어떨까 싶어 권유해 보았다.

로테는 크게 기뻐하며 빠른 어조로 말했다.

"오맙읍미아! 엉말 입보요."

'기쁘다고 하는 건가?'

"상대를 해주시겠습니까? 아가씨."

팔마가 작법에 따라 댄스를 권유하자, 로테는 새빨개진 얼굴을 양손으로 부채질했다.

그녀는 입안의 것을 서둘러 삼킨 후 기쁜 얼굴로 팔마의 에스코트를 받았다.

"에헤헤, 약국 점심시간 등을 이용해서 엘레오노르 님에게 배운 보람이 있었네요!"

올해는 엘렌의 특훈으로 바로크 댄스를 습득했다는 로테였다.

마침 댄스 공간에서는 포크 댄스처럼 주위를 둥글게 돌며 춤추는 가보트가 끝나고 오케스트라가 페어 댄스인 미뉴엣을 연주하기 시작한 참이었다.

미뉴엣은 여러 페어가 함께 춤추는 댄스로, 엄밀한 포메이션이 존재해서 한 사람이라도 서툴거나 스텝을 실수하면 전체가 엉망이 되어버리는 궁정 무용이다. 하지만 이번엔 누구나 쉽게 춤출 수 있도록 유명한 것들만을 모은 구성으로 되어 있었다.

"제법 잘 추는데?"

경쾌한 스텝을 밟으며 빙글빙글 춤추는 로테의 손을 잡으면서 팔마는 미소지었다. 공식 석상에서 춤추는 것이 처음으로 생각되지 않을 정도이다. 평소에 얼마나 열심히 연습했는지 알 수 있었다.

"설마 팔마 님이 상대해주실 줄이야, 꿈만 같아요."

"설마라고? 그럼 누구랑 춤출 생각이었는데?"

"……! 그건….."

동요한 나머지 로테가 균형을 잃고 말았기에 팔마는 그녀가 넘어지기 전에 살짝 허리에 손을 감아서 받아안았다.

"고, 고맙습니다!"

곡이 끝날 무렵에는 엘렌과 팔레의 결투도 끝나 있었다. 두 사람 모두 너덜너덜해져 있었기에 들것과 마차로 각자의 저택으로 운반하게 했다.

◆

"에구구구! 정말 팔레 군은 요만큼도 봐주지 않는다니까! 덕분에 댄스도 못 췄잖아!"

후련할 만큼 팔레와 격렬한 결투를 벌였던 엘렌은 다음날 온몸이 뻣뻣하게 경직된 채로 출근했다. 근육통을 비롯해 염좌니 뭐니 하는 수많은 증상을 보고 진절머리를 내는 팔마였다.

"형의 사전에 봐준다는 말은 없어."

팔마는 실감을 담아 대답했다. 여성에게든 어린아이에게든 용서가 없는 것이 팔레라는 남자이다.

"아아, 몸이 돌덩어리처럼 무거워! 이런 때 줄리아나의 신술 안마가 있었다면…. 그 아이, 다음엔 언제쯤 놀러와줄까? 기다리기

힘드네.”

“줄리아나 씨라…. 이곳으로 돌아올 수 있으려나? 또 얼굴을 보고 싶긴 한데.”

팔마는 신성국의 줄리아나 앞으로 몇 번인가 편지를 보냈지만 아직도 깜깜무소식이다. 슬슬 제도에 있는 신관에게 재촉해볼까 생각하던 참이었다.

“그렇게 심각하게 생각하지 않아도 그 아이는 그 아이대로 바쁜 거겠지. 떠돌이 약사니 말야.”

엘렌이 괜한 호들갑이라면서 안경을 고쳐 썼다.

“팔마 님, 줄리아나 씨를 만나고 싶으신가요? 저도 만나고 싶어요.”

로테가 줄리아나 대신 엘렌의 어깨를 주무르면서 회상에 잠겼다. 약국 직원들은 사정을 모르기에 그저 줄리아나가 고향으로 돌아간 것으로만 생각하고 있기 때문이다.

‘슬슬 걱정이 되기 시작하네. 설마 내 편을 들다가 신성국에서 심한 일을 당하고 있는 건 아니겠지? 그보다 신성국까지는 무사히 돌아갔으려나? 답장도 없으니 말야….’

여러 가지 것들이 맘에 걸린 팔마는 가만히 있어도 소용없다는 생각에 훌쩍 제도 신전을 찾았다. 감시 대상이 태연한 얼굴로 찾아왔기에 신전은 발칵 뒤집어졌지만 평정을 가장하며 신관장 코므가 응대했다. 팔마는 신전 안에 들어가지 않고 신관장을 밖으로 불러내어 용건을 말했다.

“안녕하세요? 신성국에 있는 줄리아나 씨와 연락을 하고 싶은데,

편지를 여러 차례 보냈음에도 답장이 안 오는군요. 신관장 쪽에서 문의를 해줄 수 있습니까?"

"이거 약신님 아니십니까. 그녀에게 대체 무슨 볼일이신지."

줄리아나의 이름을 듣자 코므는 노골적으로 거동이 수상해졌다. 당황하는 모습에 더욱 미심쩍어진 팔마는 의연하게 물었다.

"그녀에게 맡긴 것을 대신전에 잘 전했나 궁금해서 말이죠."

보검에 불어넣은 신력을 줄리아나가 대신관에게 잘 전했는지 확인하고 싶다고 팔마는 말했다.

"또 한 가지 용건은 그녀의 신술 안마를 또 받고 싶어서요."

"신술 안마라면 제도 신전에도 잘 하는 사람이 있는데 불러올까요?"

"줄리아나 씨를 지명하고 싶습니다."

줄리아나 씨의 안마가 맘에 들어서 말이죠 라고 팔마는 강조했다.

그렇게 팔마가 조금도 양보하지 않고 줄리아나만을 고집했기에,

"무언가 특수한 마사지를 희망하시는 모양이군요."

아아, 그런 거였나… 라며 신관들이 속닥속닥 이야기를 주고받는 게 들렸다. 무례하기 짝이 없다.

"아니에요! 대체 무슨 소리를 하는 겁니까?!"

'뭔가 이상한 가게에서 지명하는 것처럼 되어버렸잖아….'

신관들이 묘한 추측을 해서 미묘한 분위기가 되긴 했지만 줄리아나의 안부를 모른 채 돌아갈 순 없었기에 팔마는 성큼성큼 신전 외벽으로 걸어가서 그곳에 손을 갖다댔다.

"이 외벽은 대신전과 같은 소재로 되어 있죠?"

"그렇습니다만 그건 왜…?"

코므는 튼튼한 외벽에 손을 짚은 팔마를 바라보았다.

팔마는 코므를 응시하며 오른손에 신경을 집중했다.

「탄산칼슘 소거..」

팔마가 소거 능력을 쓰자 외벽 소재에서 주성분인 탄산칼슘이 소멸하며 신전 외벽이 순식간에 증발했다.

"히, 히이익! 무, 무슨 짓을 하신 겁니까?!"

팔마의 무언의 협박에 코므는 완전히 겁에 질린 듯했다. 코므는 팔마의 물질 창조와 소거 능력에 대해 모른다. 살로몬에게서 대신전은 신력을 흡수할 수 있도록 신술이 걸린 단일 소재로 되어 있다고 들었기에, 단일 소재라면 없앨 수 있지 않을까 싶어 실행해본 것뿐이었다.

"소문에 따르면 대신전은 지하가 몇십 층이나 된다고 하던데."

팔마는 시치미를 떼면서 물었다.

"대신전의 모든 바닥이 한꺼번에 소멸하면 어떻게 될까요?"

신성국에 있는 신관 전원이 팔마가 술법을 쓴 순간, 수십 미터 아래에 있는 최하층으로 추락해서 싸움 한 번 못 해보고 즉사하지 않을까. 그런 뉘앙스로 말하자 코므는 콧물을 훌쩍이며 고개를 끄덕였다.

"그, 그런 일을 하시면 곤란합니다."

"마음만 먹으면 전 한 시간 안에 신성국까지 갈 수 있는데."

"…신성국에 문의해보겠습니다."

코므는 당장이라도 죽을 것 같은 얼굴로 말했다.

그 후 얼마 지나지 않아 이세계 약국 앞에 신관 두 사람에게 구속당한 상태로 한 여성이 끌려왔다.

베일을 쓰고 있어서 얼굴은 잘 보이지 않았지만 팔마는 그게 누구인지 바로 알았다. 신성국이 팔마의 협박에 굴복했는지 줄리아나를 내놓은 것이었다. 팔마는 재회를 기뻐했다.

"줄리아나 씨, 잘 지냈어요? 어서 안으로 들어와요."

"꺅, 줄리아나잖아! …음? 어째서 신관에게 연행되어 온 거야?"

신관의 존재에 의문을 느꼈지만 엘렌은 대환영이었다. 어지간히 안마를 받고 싶은 모양이다. 하지만 팔마가 본 줄리아나는 어딘지 야윈 듯 보였다. 따라온 신관들은 가게 한쪽 구석에 자리를 잡고 줄리아나를 감시하고 있다.

"저기, 이야기가 끝나면 안전하게 신전으로 보내드릴 생각입니다만."

팔마가 완곡하게 신관들을 쫓아내려 했지만, 신관들은 완강하게 고개를 저었다.

"여기서 기다리고 있을 테니 개의치 마시고 느긋하게 이야기를 나누시길."

카운셀링 룸으로 안내된 줄리아나는 시종 침울한 표정이었다.

"그 톱니바퀴인지 뭔지를 움직일 신력은 충분했나요?"

그 말을 들은 순간 줄리아나의 눈에서 눈물이 확 차올랐기에 팔마는 2층에 있는 감염병 격리자용 진찰실로 장소를 옮기기로 했다.

그곳이라면 신관들도 이야기를 엿듣지 못하게 된다.

"이곳이라면 안전해요. 창도 없고 방음이 잘 되어 있어서 목소리가 아래층에는 들리지 않죠. 무언가 이야기할 수 있는 게 있다면 들려주시길."

팔마는 주스병을 따서 줄리아나에게 마시도록 권하면서 물었다.

"팔마 님의 신력 덕분에 꺾쇠 톱니바퀴를 175년분 감는 것에는 성공했습니다."

"그거 다행이군요. 예정대로잖아요."

팔마는 줄리아나가 목적을 이루었다는 말을 듣고 안도했다.

"하지만… 저는 세상 물정 모르는 어리석은 자였습니다."

줄리아는 띄엄띄엄 털어놓기 시작했다. 대신관은 팔마와 대화를 할 생각이 전혀 없고, 오로지 대신전 지하에 봉인하려고만 한다는 것과, 그것을 위해 보다 위력이 강한 봉신술의 개발을 서두르고 있다는 것, 그리고 팔마에게 위험이 닥치고 있다는 것 등을 이야기했다.

"그렇군요. 잘 이야기해주었습니다……. 걱정할 것 없어요. 저도 그렇게 쉽게 봉인될 생각은 없으니까."

"그리고 저에게 다시 그 보검을 맡겼습니다. 이곳으로 보내진 것도 그 때문이에요."

"하하, 당신이 또 자객인 건가요? 하지만 자객이 그렇게 다 털어놔도 되는지."

난처하게 됐다면서 팔마는 쓰게 웃었다. 그러다 고개를 숙이고 있는 그녀의 베일 밑에서 얻어맞은 듯한 자국이 있는 것을 발견했다. 얼굴뿐만 아니라 몸에도 멍이 보이고 있었다. 팔마는 곧바로 줄리아나를 치료했다.

"심한 짓을 당한 모양이군요. 협력한다고 했는데 어째서 이런 일을 하는 건지."

"수호신님과 인간은 말이 통하지 않아서 신용할 수 없다고 철썩같이 믿고 있는 듯해요."

'확실히 신전을 파괴한다고 협박하긴 했지만 그것과 이것은 별개잖아.'

팔마는 머리가 아팠다. 강경한 태도를 취하면 대신전에 봉인의 구실을 주고 만다.

"그런데 당신은 어떠한 경위로 저한테서 신력을 빼앗아오는 담당이 된 거죠?"

이단심문관이었던 살로몬보다 지위가 높은 추기신관임에도 불구하고 줄리아나는 신력 등이 살로몬에 비해 떨어졌는데, 팔마는 그것을 의문으로 생각했다. 정예라는 느낌도 안 드는 그녀에게 비보라고 할 수 있는 보검을 맡기고 위험한 일을 시킨 것은 대체 무슨 까닭이었을까?

신성국에서 신관의 서열을 어떻게 정하는지도 사실 잘 모르겠다. 신전에는 인재가 그렇게나 없는 거냐고 묻고 싶은 팔마였다.

"저는 꺾쇠 톱니바퀴의 계시를 받은 자로 뽑혀 신전 안에서 특별한 교육을 받아왔습니다."

"톱니바퀴의 계시라는 게 뭐죠?"

"어렸을 때 갑자기 세계가 일그러지면서 보이지 않는 톱니바퀴가 나타난 적이 있었습니다. 그것도 몇 번씩이나요. 그리고 온몸이 경련하며 빙의 상태가 되었지요. 그런 체질이 알려진 탓에 뽑힌 것 같습니다."

'헤에…, 보이지 않는 톱니바퀴가 보인다고요?'

줄리아나의 이야기를 곱씹으며 팔마는 생각에 잠겼다. 그리고 다시 질문했다.

"계시를 받고 나서… 심하게 머리가 아파지거나 하진 않았나요? 길면 몇 시간 정도."

줄리아나는 눈을 휘둥그레 떴다.

"그랬어요! 신관들은 그것이야말로 수호신님께 천계를 받은 증거라고 했는데…."

증상을 알아 맞춘 것에 놀랐는지 줄리아나는 흥분한 기색으로 고개를 끄덕였다.

"그렇다면 섬휘암점인 것 같군요. 그리고 뇌전증(간질)도 있었겠죠."

팔마는 진료 책상에 몸을 기대야 할 만큼 온몸에서 힘이 쭉 빠지는 걸 느꼈다.

뇌전증 증상을 옆에서 본 사람이 신내림이니 악마 씌임이니 하는 이야기를 떠벌였던 거라고 팔마는 추측했다. 줄리아나의 상태를 진안으로 보건데 지금은 그 증상이 없는 듯하다.

"섬휘암점이라는 것은 편두통의 전조증상을 말해요. 뇌 혈관이 수축해서 다시 확장되었을 때 시각야에 영향을 미치면 번쩍거리는 톱니바퀴와 소용돌이, 그리고 공간의 일그러짐이 보이죠. 신비한 현상이 아니라 누구에게나 일어날 수 있는 생리현상인데, 줄리아나 씨는 편두통이 좀 심했던 모양이군요."

팔마의 이야기가 이해되지 않는 듯 줄리아나의 고개가 점점 옆으로 기울어졌다.

"다시 말해 누구에게나 일어날 수 있는 흔한 증상이라는 말인가요?"

"만약 그렇다고 하면 그 톱니바퀴를 어렸을 때는 몇 번씩 보았지만 지금은 보는 횟수가 줄어들지 않았나요? 그리고 뇌전증의 발작도 지금은 없고요."

섬휘암점은 나이를 먹음에 따라 사라지는 경우가 있다. 뇌전증도 마찬가지다.

"그랬었군요! 설마 수호신님 덕분에 선택받은 자가 아니라는 사실을 알게 될 줄이야⋯."

줄리아나는 복잡한 얼굴을 했다.

"선택받은 자로서의 수행과 고생이 물거품이 됐군요."

그렇게 말한 줄리아나였지만 앓던 이가 빠진 것처럼 어딘가 후련한 얼굴이었다.

"가슴 속에 막혀 있던 것이 뻥 뚫린 것 같습니다. 왠지 새로운 내가 될 수 있을 것 같아요."

"잘됐군요. 당신처럼 '계시'를 받은 아이는 또 있나요?"

기본적으로 추기신관이 되려면 신술 실력이 뛰어나야 하지만 줄리아나 같은 케이스로 추기신관이 된 사람은 그녀 외에도 몇 명 더 있다고 한다.

그렇다고 줄리아나를 다시 신전으로 돌려보내면 어떤 처우가 기다리고 있을지 알 수 없다.

그녀는 추기부의 비밀을 너무 많이 알아버린 것이다.

"신성국을 벗어나 제국민이 될 각오는 있나요? 신성국에는 돌아가지 않는 편이 좋을 것 같은데.”

“그게 가능하다면 얼마나 좋을지…. 하지만 국적을 버리는 것은 쉽지 않은 일이에요. 하물며 신성국이라면 죽음을 각오해야 되겠죠.”

“그렇군요. 그럼 저한테 맡기세요. 문제가 없도록 교섭하고 올 테니까.”

팔마는 1층으로 내려가 일직선으로 신관들에게 다가갔다.

신관들은 이야기가 끝났나 싶어 자리에서 일어나 정렬했다.

“줄리아나 씨는 이쪽에서 보호할 생각이니까 이대로 신성국으로 돌아가시길. 본인도 제국에 남는 것을 희망하고 있습니다.”

신관들은 당황한 표정을 지었다. 팔마의 강경한 태도에 말문이 막힌 듯하다.

“무, 무슨 말씀을 하시는 건지. 그럴 순 없습니다. 그녀는 신관이자 신성국의 신민이라고요.”

팔마는 의연한 태도로 한 발짝도 물러나지 않았다.

“그녀의 몸에 무수한 멍과 상처가 보이더군요. 즉, 박해를 받아 모국에 있을 수 없게 된 케이스에 해당된다고 할 수 있죠. 세드릭 씨, 국제법 난민 보호조약에는 어떻게 되어 있나요?”

“제 기억이 맞다면 국제조약에는 박해를 받고 있는 것으로 판단되는 경우, 그 사람의 생명과 자유를 위협하는 국가로 돌려보내면 안 된다고 되어 있습니다.”

아무런 사정도 모르는 세드릭이 법을 참조해 즉답했다. 이세계 약국의 법무장관이라 할 수 있는 세드릭의 머릿속에는 제국법과 국제법, 그리고 길드의 로컬 규칙까지 완벽하게 들어 있어서 가히 걸어 다니는 사전이라고 할 수 있었다. 이야기를 듣고 있던 엘렌은 신관들이 줄리아나를 연행해온 이유와 그 궁핍한 상태를 곧바로 눈치 챘는지 가세하고 나섰다.

"신성국도 국제조약을 비준하고 있지 않나요?"

"하지만 이런 생트집은⋯."

"줄리아나를 만나게 해주십시오. 그녀에게 직접 물어보겠습니다."

신관들은 어떻게든 해보려고 끈질기게 매달렸지만 팔마가 완강하게 줄리아나를 내보내지 않았기에 빈손으로 돌아갈 수밖에 없었다.

◆

줄리아나는 신성국의 국적을 버리고 난민으로 인정받았다.

신성국이 부당하다며 항의해왔지만 팔마는 미리 선수를 쳐서 줄리아나의 몸에 생긴 상처 자국을 사진으로 찍고, 제국과 신성국에 중립인 제3국의 의사를 불러 진단서를 받아놓았기에 인도 요구에 응하지 않을 수 있었다.

그리고 팔마가 여제에게 협력을 요청한 1주일 후에는 제국 국적이 주어지고 궁전에서 확실하게 보호받게 되었다.

궁전에서 살로몬과 재회한 줄리아나는 마치 유령이라도 만난 듯한 표정을 지었다고 한다.

"그나저나 이리도 끈질기게 팔마를 노리다니 괘씸하기 짝이 없군. 수호신전을 그냥 제도에서 추방해버려도 되지 않을까?"

여제는 팔마에게서 자세한 사정을 듣고 분개하고 있었다.

"신술을 장악하고 있는 탓에 그럴 수도 없는 게 현실입니다."

전직 신관장이라는 복잡한 입장의 살로몬이 여제에게 대답했다.

제국을 비롯한 여러 국가들이 신전에 강하게 나가지 못하는 이유는 신맥을 개폐하는 술법을 신성국이 독점하고 있어서 신관들이 사라지면 신생아들이 신술사가 될 수 없기 때문이다.

신전을 제도에서 추방한다고 해도 제국은 광대하다. 그리고 제국 각지의 신전이 일제히 철수해버리면 제국은 단숨에 무력화된다.

과거의 역사를 돌이켜 보더라도 신성국에 대항해서 신술을 버린 나라는 금방 약체화되었기에 타국에 유린되어 다시 신성국에 복종하게 되었다. 신전을 잃으면 악령이 발생하기 시작한다는 소문도 있다.

하지만 현재 제국은 저주 때문에 신전을 배신할 수 없었던 추기 신관 줄리아나가 팔마의 능력에 힘입어 이쪽으로 귀순했고, 신술의 모든 체계를 알고 있는 전직 이단 심문관 살로몬도 보유하고 있다. 이 두 가지 카드를 얻은 지금이 절호의 기회라고 여제는 마음을 굳힌 듯하다.

"살로몬, 줄리아나, 그대들에게 밀명을 내리겠다."

여제가 두 명의 전직 신관에게 내린 밀명.

그것은 수호신을 공경하고 허례허식을 타파하는 등 신전 본래의 교의를 따르는 실천적인 정교를 창설하고 우수한 신술사를 신관으로 키우라는 것이었다.

"수호신은 우리 제국에 있으니 더 이상 신성국이 멋대로 하게 놔두지 않겠다.”

신성국에 알려진다면 국제적으로 제국 토벌의 구실이 될 수도 있는 위험한 행위였다.

“팔마는 좋은 얼굴을 하지 않겠지만 그의 의사가 어떻든간에 비밀리에 일을 진척시키도록.”

“분부대로 하겠습니다.”

 # 10화 신생 산 플루브 제국 의약 대학의 신학기

10월이 되어 산 플루브 제국 의약 대학은 신학기를 맞이했다.

팔마는 대학이 지정한 교수용 각모를 쓰고, 학부장(學部章)과 황금 세공이 들어간 토가라는 로브를 입었다. 엘렌이 꺅꺅 환성을 터뜨리며 사진을 마구 찍어댄다.

“재미삼아 그러는 거지?”

“그럴 리가. 잘 어울려, 드 메디시스 교수. 그 작은 토가는 특주품인가 보네.”

“그야 특주품이겠지. 그보다 내 입학식도 아닌데 사진을 몇 장이나 찍는 거야!”

어린이 교수가 그렇게 흔할 리 없으니 특주품을 쓰는 게 당연하다는 말이었다.

“입학식이라는 게 뭐지? 졸업식은 성대히 치르지만.”

“아, 입학식은 안 하는 거였나.”

일본인의 감각으로는 입학식도 성대히 치르는 것이지만 구미에선 입학식이 거의 없다는 것을 팔마는 떠올렸다. 입학 시기가 제각각이기 때문이다. 그래서 보통은 신학기를 시작하는 행사 정도만 치르지만 올해는 대학의 새로운 체제 시작을 기념해서 약간 성대한 식전이 될 거라고 한다.

지정된 시간에 엘렌과 함께 대강당으로 가보니 이미 학생들이 모여들기 시작하고 있었다. 팔마는 교원 측이기에 다른 교수진들과 함께 단상으로 올라가 지정된 좌석에 앉았다.

정각이 되어 대학의 종이 울리자 국가 연주 후 브루노가 등장해서 총장 훈시를 했다. 그후 부학장이 각 학부 수석 합격자의 이름을 읽어나가자 학생들이 기립한다.

의학부 30명.
약학부 20명.
종합 의약학부 30명.
임상 검사학부 20명.

"이상 100명이 신생 산 플루브 제국 의약 대학교 1회생이다. 제군들의 입학을 허락한다. 대표자, 종합 의약학부 수석 에머리히 바우어."

긴장된 표정으로 브루노에게서 입학 허가증을 수여받은 수석 청년의 얼굴은 낯이 익었다.

'저 아이가 종합 의약학부 수석이었나. 이 나라 학생은 아닌 것 같네.'

팔마 입장에서는 저 '아이'인 것이다. 합격 발표날 어린애한테 배운다는 이야기는 듣지 못했다고 길길이 날뛰며 팔마의 강의 수강을 거부했던 청년이지만 팔마는 딱히 신경 쓰지 않았다.

'우수한 학생이 입학을 거부하지 않아서 다행이로군.'

그 후 벨트 증정식이 이루어졌다. 교복은 없지만 전통적으로 학부장이 새겨진 장대(杖帶) 벨트를 차게 되어 있는 것이다. 난관을 통과해서 그것을 손에 넣게 된 학생들은 감격한 표정으로 벨트를 움켜쥐고 있었다.

올해는 팔마의 강한 희망으로 신술을 쓸 수 없는 평민 학생의 특별 선발도 이루어졌다. 그래서 지팡이를 찰 수 있는 장대 벨트가 아닌 대학 지정의 일반 벨트를 받은 평민도 있지만 그들도 같은 학부의 학생이다. 입학에 걸맞은 학력이 있다면 신력의 유무나 인종으로 차별은 하지 않는다.

"이번 학기부터 대학의 새로운 편성에 따라 모든 학부의 체제가 쇄신되었다. 각 학부장들은 각자 인사를 하도록."

각 학부장들이 인사를 하는 순서가 되자 의학 학부장이자 궁정 시의장인 클로드, 약학 학부장이자 대학 총장인 브루노에 이어 종합 의약 학부장인 팔마가 단상에 올라 신입생들의 주목을 받았다.

나이가 어린 탓에 강연대의 높이가 맞지 않았지만 팔마는 발돋음을 조금 했을 뿐 개의치 않았다. 대강당 구석에서 무슨 사고라도 치는 것 아닐까 싶어 걱정스러운 표정으로 지켜보고 있는 엘렌과 눈이 마주쳤기에 씨익 입꼬리를 치켜올린다.

"처음 뵙겠습니다. 올해부터 학부장에 취임한 필두 궁정 약사 팔마 드 메디시스라고 합니다. 앞으로 잘 부탁드립니다. 각설하고, 산 플루브 제국 의약 대학은 교육 과정의 쇄신과 학부 통폐합이 이루어져 세계에 통용되는 의학 약학 교육거점, 연구거점으로 다시 태어나려 하고 있습니다."

팔마는 그 수석 청년이 자신을 노려보고 있는 것을 깨달았지만 그쪽에는 시선을 주지 않고 이야기를 계속했다. 그는 한시도 이야기를 듣고 싶지 않다는 감정이 얼굴에 드러나 있었다.

"여러분이 취급하는 약 하나하나가 병에 걸린 이 세상 환자들을 치료할 수 있는 가능성을 내포하고 있습니다. 약에는 사람을 치유하는 힘이 있고, 그 근간은 약과 인체 사이에서 일어나는 연쇄적 생화학 반응입니다. 그 반응을 이해하고, 그것을 참조하여 생체에서 일어나고 있는 현상을 이해해야 합니다. 확실한 지식과 고도의 기술로 약이 가진 힘을 온전히 이끌어내고 다른 학부의 의료자들과 긴밀하게 연계하여 그것들을 적절히 사용해 주십시오. 그 방법을 철저히 교수해 갈 생각입니다. 구체적으로는…."

이번에도 팔마의 훈시가 길어졌기에 엘렌이 팔마에게 손짓으로 신호를 보냈다. 팔마는 약학에 대한 정열이 너무 강한 나머지 연설을 하기 시작하면 자신도 모르게 이야기가 길어져버리는 게 보통이다. 학생들은 브루노의 앉아도 된다는 제스처를 보고 착석하면서 이야기를 들었다.

팔마의 연설은 좀처럼 끝나지 않았지만 학생들은 귀 기울여 듣고 있었다.

종합 의약 학부 이외의 학생들도 팔마의 연설에 마음이 움직인 듯했고, 한편으로는 그가 석학인 것에 놀란 듯한 눈치였다.

물론 긴 이야기에 진절머리를 내는 사람도 드문드문 있었지만……

"귀중한 이야기는 좋지만 그 뒷이야기는 강의 중에 하도록."

마침내 브루노가 연설을 강제로 중단시켰기에 팔마는 반성하면서 머리를 긁적였다.

"실례했습니다. 흥분해서 이야기가 좀 길어지고 말았군요. 그럼 본 대학에서의 배움의 시간을 의미 있는 것으로 해주십시오. 저는 1년차의 공통 커리큘럼인 기초 의학 개론, 의학 약학 생물학, 2년차의 전문강좌 외에 다섯 개의 강의를 담당하고 있으니 여러분과의 강의와 실습을 기대하고 있겠습니다."

대강당에서 이루어지는 팔마의 강의는 모든 학부에 공통 필수 과목으로 들어가 있었다.

1, 2년차에 교양 과정을 이수하고, 3, 4년차에 전문 과정으로 이행한다.

5년차는 실습을 하고, 5년 후에 1, 2급 약사 수험 자격을 얻는다. 입학은 14세부터 인정되고 있다. 학비는 제국이 부담하지만 졸업 후에 제국의 의료 종사자로서 5년간 근무해야 한다는 조건이 붙는다.

"1년차의 제 강의는 모두 필수과정이니까 단위를 따지 않으면 바로 유급입니다. 모쪼록 누락하는 일 없기를."

한 사람도 유급하는 일 없이 진급하기를 팔마는 바랐다.

◆

신학기 첫 종합 오리엔테이션이 끝나자 중앙 시계탑에서 선명한 종소리가 울려 퍼졌다. 활짝 열린 창문을 통해 멀리 정원에서 흐르는 시냇물 소리와 작은 새들의 지저귐이 들려온다. 팔마는 자신에게 배정된 학부장 겸 교수실에서 엘렌과 대화를 나누고 있었다.

"그렇게 많은 교원과 학생들 앞에서 인사를 하는 것도 익숙한 모양이네. 놀랐어."

"학생들을 상대하는 건 익숙해서 말이지. 엘렌은 의외로 긴장하는 타입인가 보네. 평소에는 기가 센데 말이지."

"내, 내버려 둬."

엘렌의 쩔쩔매는 모습에 팔마는 웃었다. 전생에서 강의를 다수 맡고 있었던 터라 익숙하다는 말에도 '그야 그렇겠지' 정도의 감상 밖에 나오지 않는 팔마였다.

"어딘가에서 교수를 하신 적 있으신가요?"

차를 타온 조에 드 뒤누와가 놀란 얼굴로 팔마에게 물었다. 그녀는 팔마가 구두로 본 면접에서 총명하고 배려심이 있다고 판단해서 채용한 미모의 여비서였다. 모아올린 하늘색의 긴 머리카락을 코르사주로 장식하고 있고, 옷깃을 세운 버슬 스타일 드레스를 차려입고 있어서 기품있는 숙녀라는 인상을 준다.

"교수는 아직 해본 적 없군요."

그 말투에서 무엇인가를 느꼈는지 무슨 의미인가 싶어 조에는 고개를 갸웃거렸다.

"아아, 얘는 다른 사람과 조금 달라서 말야."

엘렌이 대신 얼버무렸다.

그렇게 셋이서 차를 마시며 한숨 돌리고 있자니 교수실 밖에서 노크 소리가 들려왔다.

"갑작스럽게 방문해서 죄송합니다. 에머리히 바우어입니다."

"들어오세요."

"실례하겠습니다."

에머리히는 교수실로 들어와 소파에 털썩 앉더니 다짜고짜 이렇게 말했다.

"드 메디시스 종합 의약 학부장님, 자퇴 신청의 수리를 부탁드리러 왔습니다."

"뭐? 자퇴? 벌써?"

무슨 말을 하는 거냐는 듯 엘렌의 안경이 흘러내렸지만 팔마는 동요하지 않았다.

"꽤 갑작스럽군요. 수험과 입학 전에 왜 사퇴하지 않은 거죠?"

팔마는 완곡하게 에머리히의 요청을 반려했다.

"오늘까지 고민한 끝에 내린 결정입니다. 저에게는 시간이 없거든요. 이미 결심했습니다."

"꼭 자퇴하겠다면 교수회에 이유서를 제출해야 합니다. 수리될지 어떨지는 알 수 없지만요. 단순 변심이 이유라면 기각입니다."

"이유요? 결정적인 이유라면 진로 선택을 잘못한 거로군요. 이 교과서를 누가 썼는지 잘 확인해봐야 했습니다. 교수님의 형님분을 방문해서 개인적으로 배울 생각입니다."

에머리히는 팔마가 교과서를 썼을 리 없다고 단정 지은 모양이다. 그래서 공동 저자로 이름이 기재되어 있는 팔레를 제1저자로 착각한 것이다. 꽤 노골적으로 말하고 있었지만 팔마는 기분 상하는 일 없이 온화한 어조로 물었다.

"그건 다시 말해 교과서를 제가 썼을 리 없다고 생각한다는 거죠?"

"아뇨, 그런 것은….."

그의 형인 팔레와의 관계를 악화시키지 않기 위해 겉으로는 그렇게 말하고 있지만 그 눈동자에서는 강한 긍정을 확인할 수 있었다. 팔마는 아직 12살밖에 되지 않았기에 제대로 된 학문을 습득한 것으로는 보이지 않는 것이리라.

"안됐지만 형은 제자를 받고 있지 않아요. 형은 우수한 약사지만 반 년 전에 1급 약사가 된 참이니까요. 그래도 좋다면 수리하도록 하죠."

팔마는 잉크병에 펜을 적신 후 충고를 하면서 사인했다.

"잠깐만, 너, 교수의 외견만 보고 그딴 소리를 하는 거야?"

가만히 듣고 있던 엘렌이 어이없어하면서 팔마를 변호했다.

"엘렌, 됐어. 그가 결정한 진로니까 교원으로서 그 판단을 지원할 뿐이야. 수리될지 어떨지는 알 수 없지만 당신이 그렇게까지 의욕을 상실했다면 교수회에 회부해 보죠."

팔마가 엘렌을 제지했다. 에머리히는 우수한 학생이지만 배우고 싶지 않다면 강요할 일도 아니다. 마지못해 계속한다 해도 결과는 뻔하다. 그리고 조에가 보여준 자료를 보니 그는 이미 다른 나라의 1급 약사이기도 했다. 고향으로 돌아가더라도 일거리는 충분히 있을 것이다.

'그나저나 대학에 입학까지 했는데 시간이 없다니 무슨 뜻이지?'

팔마는 그게 조금 마음에 걸렸다. 엘렌은 한숨을 쉬었다.

"그럼 이 이상 아무 말도 하지 않겠지만 사람을 겉모습으로 판단하지 않는 게 좋을 거라고 생각해."

"다른 학생들이 당신을 고명한 약사라고 하는 걸 들었습니다만,

그런 당신도 그렇게 말씀하시는 겁니까?"

에머리히는 브루노의 수제자로서 학생들 사이에서 명성이 자자한 엘렌이 그렇게까지 그를 변호하는 것에 무엇인가를 느꼈는지 팔마 쪽으로 몸을 돌렸다.

"그럼, 혹시 괜찮으시다면 교수님께 신술 시합으로 지도를 받을 수 있겠습니까?"

"어째서 약학이 아니라 신술로 실력을 판단하려는 거죠? 이곳은 신술을 배우는 학부가 아닌데."

팔마는 종합 의약 학부의 창설 의도를 알아듣게 설명하며 타일렀다. 신술을 쓰지 않아도 배울 수 있는 학부의 교수에게 왜 신술을 이용한 힘겨루기를 신청하는 거냐고 묻는다.

하지만 에머리히는 완강하게 고개를 가로저었다.

"약학에는 신술을 쓰는 법입니다. 좋은 약사는 좋은 신술사이기도 하죠. 이것은 세간의 상식입니다. 받아들이지 않겠다면 어쩔 수 없습니다만."

"너…, 지금 자신이 무슨 소리를 하고 있는지 알고 있는 거야?"

엘렌이 에머리히를 나무랐다. 신술 시합을 거절한다는 것은 진검 승부에서 도망친다는 말이 되기에 성인이 된 귀족에게는 불명예스러운 일인 것이다. 아직 미성년인 팔마를 아이 취급하며 창피를 주려 하는 것은 명백했다. 확실히 종래의 상식으로 보면 우수한 약사는 반드시라고 해도 좋을 만큼 우수한 신술사이기도 했다.

"자퇴하고 싶다면 말리지는 않겠지만, 뭐 좋아요. 시합을 하도록 하죠."

팔마는 상의와 조끼를 벗고 일어섰다.

"조에 씨, 사무처에 말해서 투기장을 대절해 줄래요?"

"지금부터요? 사용목적은 뭐라고 하죠?"

"개인 수업이려나요?"

"알겠습니다. 격벽 생성용 신술진 전개와 응급처치를 위한 의사 대기는 어떻게 할까요?"

노파심을 발휘한 조에가 그렇게 물었지만 팔마는 어리둥절한 표정을 지었다.

"격벽 생성용 신술진이라는 게 뭐죠?"

"관객들에게 공격이 맞지 않도록 하는 방벽 같은 거야. 무조건 준비하는 편이 좋아."

엘렌이 팔마에게 대답했다. 에머리히의 실력은 상당할 것으로 추측되고 학내 설비와 기물을 파괴할 경우 신술 전투를 한 당사자들에게 청구되므로 방어해두는 편이 좋다고 그녀는 말했다.

"관객을 받을 생각은 없는데."

"신술 시합의 견학은 자유니까 받아들일 생각이 없어도 학생들은 멋대로 보러 올 거야."

"그럼 그 준비를 부탁드릴게요."

"과연 제국 최연소 교수로군요. 배짱이 있어요. 훌륭합니다."

에머리히는 자신이 의도한 전개가 되어서인지 의기양양한 표정이었다.

"자퇴할 거면 마음에도 없는 소리는 안 해도 돼요."

팔마는 웃는 얼굴로 에머리히의 비꼬는 말을 흘려넘기고 그의 눈동자를 똑바로 쳐다보며 말했다.

"하지만 이곳을 떠나더라도 마음에 새겨주고 싶은 게 딱 하나 있군요."

◆

"울타리 안으로 들어오십시오. 격벽 생성용 신술진을 기동하겠습니다."

팔마와 에머리히는 전문 직원의 지시에 따라 파란 빛기둥 울타리 안으로 들어가 대치했다. 거기서 팔마는 직원에게 한 가지 질문을 했다.

"한 가지 묻고 싶은데, 이 무대는 무슨 소재로 되어 있나요?"

"이것은 순수호석으로, 신술에 대한 내구성이 강하고 잘 파괴되지 않는 재질입니다."

"흠, 순수호석이군요. 정보를 알려줘서 고맙습니다."

투기장의 무대를 뒤덮는 투명한 원통 모양의 수호진이 기동되었다.

"상대해주셔서 감사합니다."

에머리히는 여유 있는 미소를 떠올리며 인사했다. 팔마는 팔을 뻗어 준비운동을 하고 있었다. 두 사람 모두 지팡이를 뽑았지만 에머리히는 하나의 긴 지팡이를 중앙에서 두 개로 분리했다. 팔마는 그것을 보고도 딱히 동요하는 기색을 보이지 않고 지팡이를 가볍게 쥐었다.

"신술 전투의 규칙을 확인하겠습니다. 시간은 무제한이고, 승부는 상대가 지팡이를 내려놓고 항복 의사를 보이거나, 심판이 중단시키거나, 전투 불능이 될 때까지입니다."

　심판 완장을 찬 옥외 투기장 관리 직원이 규칙을 확인했다. 심판이 없으면 사망자가 나오는 경우도 생기기에 신술 시합이 벌어질 경우에는 반드시 입회해야 한다는 게 브루노의 지시였다.

　"확인했습니다."

　팔마는 큰 소리로 대답하며 고개를 끄덕였다. 엘렌, 팔레와 했던 신술 실전 훈련과 규칙은 똑같다.

　"시작!"

　에머리히는 심판의 개시 신호와 동시에 발동영창을 날렸다.

　「질식영역..」

　「성계의 회오리..」

　지팡이 두 개에 의한 연속 영창. 두 개 모두 바람 속성 신술이다. 그리고 영창 언어는 산 플루브 제국의 그것이 아니라 프로센 왕국의 언어였다.

　"호오, 지팡이 두 개로 동시 영창이라니 제법이군요. 저건 상당한 집중이 필요합니다."

　"상당한 실력자인 것 같군요."

　옆에서 지켜보고 있던 교원들에게서 감탄의 목소리가 흘러나왔다.

　질식기로 의식을 잃게 한 후 회오리바람으로 하늘로 솟구치게 해서 그 낙하 충격으로 공격하는 전법인 듯하지만 질식기는 팔마에게 통하지 않는다. 심판은 그 여파에 의해 장외로 튕겨나갔다. 회오리바람의 위력은 엄청났지만 팔마는 일부러 공격을 맞고 튕겨나간 것처럼 땅을 박차고 크게 뛰어올라 상공에 포지션을 잡았다.

　팔마가 들고 있는 지팡이는 하나뿐이지만 제도의 지팡이 장인이 만든 작품이다. 약신장은 투명한 지팡이이고 약신을 수호신으로 갖는 사람들 중에는 드물게 그 형상을 알고 있는 사람이 있기도 하기에 그는 약신장을 대학에 가져오지 않았다. 약신장이 없어도 가슴 주머니에 넣어둔 직원증이 부력을 생성하고 있기에 팔마의 몸이 둥실 허공에 떴다.

"체공시간이 길어…! 에머리히의 회오리바람 효과인가?"

"아냐. 교수는 오히려 바람을 역이용하고 있는 거야!"

구경꾼들은 에머리히의 신술이 팔마에게 통하지 않은 것을 눈치챘는지 크게 소리쳤다.

"질문."

상공에서 들려온 팔마의 목소리는 투기장 구석구석에까지 울려 퍼졌다.

"저는 무슨 속성일까요?"

팔마는 검지를 스윽 세우고 내려다보며 질문했다. 그리고 그 직후,

"「물의 큰 망치..」"

지팡이 끝으로 빙글 원을 그리자 그 안에 물기둥이 소환된 것처럼 에머리히를 향해 고수압 공격이 퍼부어졌다.

"큭! 물 속성일 게 뻔하잖아요!"

에머리히는 공격을 간파하고 잽싸게 스텝을 밟아 회피했지만 팔마는 에머리히의 동선을 완전히 읽고 그가 아슬아슬하게 회피할 수 있도록 강하하면서 물기둥을 조종했다. 에머리히는 흡사 맹금류에게 쫓기는 소형 동물처럼 회피와 방어에 전념할 수밖에 없었다. 투기장은 심하게 파손되어 팔마의 공격에 의해 작은 크레이터가 생겨

나 있었다.

구경을 온 교원들은 활발하게 의견을 교환하기 시작했고, 다른 구경꾼들은 상식을 초월한 신술에 이해가 미치지 않는지 망연자실한 표정을 짓고 있었다.

"뭐지, 이 엄청난 수압은…?! 신술진이 깔린 무대가 박살 났어…. 물의 큰 망치는 이런 엄청난 기술이 아닌데 말야. 그리고 영창 소리가 너무 작아."

에머리히는 공중에서 날아오는 일련의 공격에 반격과 긴급 회피를 하면서 다음에 팔마가 무슨 공격을 해올지 영창 소리로 예상하려 했다. 그러나 팔마의 영창 소리는 들리지 않았다. 물론 작게 중얼거리는 것만으로도 발동영창은 성립되고 신기는 발동한다. 하지만 영창의 발음이 안 좋으면 일반적으로 신술의 위력은 떨어지는 법이다.

"그보다… 일부러 명중시키지 않고 있는 건가?"

에머리히는 팔마가 그저 위협을 하고 있을 뿐이라는 것을 눈치챘다.

"맞힐 생각이 없었군요, 교수님!"

"그런가요?"

팔마는 지상에 사뿐히 내려섰다. 중력에서 벗어난 듯한 경쾌한 착지에 에머리히는 경계를 강화했다.

"서로가 합의한 신술 시합에서 부상을 입히지 않고 적당히 상대할 생각이라면 저로선 불만이군요. 죽일 생각으로 공격하십시오."

팔마는 에머리히의 말을 뜻밖이라는 듯한 표정으로 듣고 있었다.

"그래요? 그럼 사양하지 않도록 하죠."

팔마가 눈을 가늘게 뜨자 에머리히는 한순간 흠칫했다. 팔마는 작게 무언가를 중얼거려서 손끝에 얼음을 하나 만들어냈다. 그 알갱이가 성장해서 두 개가 되고, 네 개가 된다.

"얼음 검입니까?"

바람 속성인 에머리히도 알고 있는 물 속성의 기본 술법으로, 16개의 얼음 나이프로 대상을 공격하는 술법이다. 하지만 생성은 끝나지 않고 기하급수적으로 증가하기 시작했다. 팔마의 주위에는 이미 무수한 숫자의 흉기가 떠올라 있었다.

이것을 전부 충돌시키면 그 물량만으로도 도망칠 수 없다. 바람의 신술로 뿌리치려 해도 발동영창을 할 시간이 없다. 에머리히는 그것을 이해했는지 얼굴에서 완전히 여유가 사라졌다. 팔마는 공포심을 부추기려는 듯 천천히 검지를 에머리히에게 겨누고 가볍게 손끝을 튕겼다.

"이, 이런 술법은… 신술이… 아니야…."

어떠한 회피도 용납되지 않을 듯한 농밀한 밀도의 공격에 에머리히는 비명을 삼켰다.

얼음 나이프는 맹렬한 속도로 에머리히를 향해 일제히 발사되었다.

"도망칠 수…."

에머리히가 펼친 바람 방벽은 완성되기도 전에 완전히 파괴되었다. 그가 죽음을 각오했을 때 모든 나이프가 에머리히의 불과 몇 밀리 거리에서 정지했다. 그가 미동이라도 하면 즉사는 면할 수 없다.

"「**얼음의 포박.**」"

"우와아아아아악!"

움직일 수 없게 된 에머리히는 거대한 빙산 안에 가둬지듯 구속되었다.

그리고 팔마는 그를 향해 마치 당구 공이라도 치듯 지팡이를 겨누었다.

"「분노의 폭풍.」"

"아닛?!"

에머리히의 얼굴이 더 큰 공포로 실룩였다.

물 속성 신술사인 줄 알았던 상대가 바람 속성 신술을 쓴 것이다. 공격을 쏘기 직전에 빙산은 증발해서 사라졌지만 에머리히가 도망칠 시간은 없었다. 폭풍이 에머리히를 휘몰아치며 시야를 빼앗는다. 그리고 에머리히는 거기서 무서운 말을 들었다.

"「작열의 연소.」"

팔마는 완전히 위축된 에머리히를 폭염으로 둥글게 포위했다. 에머리히는 곧바로 강풍을 소환해서 불꽃들을 가까스로 꺼뜨렸다. 하지만 그는 이미 다음 공격에 노출된 상태였다.

"「하늘의 단죄.」"

불이 붙은 돌멩이들이 위에서 비처럼 쏟아지기 시작했다. 땅 속성 최상급 신술이다. 이번엔 에머리히에게도 명중해서 집중포화를 당하기 시작했다. 에머리히는 극심한 통증을 견디며 그것들을 바람으로 날려버리려 했지만 자신의 신력이 급격히 줄어들고 있다는 것을 깨달았다.

"신력이… 왜 이렇게 급격히?!"

"뭐하고 있는 거죠?"

팔마는 에머리히가 동요하고 있는 이유에 대한 대답을 알고 있었다.

에머리히의 수호신은 약신이기에 팔마를 상대로 싸우면 신술의 공명에 의해 팔마에게 신력을 빼앗기고 만다.

"컨디션을 잘 조절하고 왔어야 했군요."

에머리히의 수호신이 약신인 이상, 팔마를 이길 수 있을 리 없었다. 에머리히가 신술을 쓰려고 하면 할수록 수호신의 가호는 필요해진다.

약신에게 기도하는 것은 팔마에게 힘을 주는 거나 다름 없었다. 팔레는 애초에 비상식적으로 신력량이 많기에 약신장 상대로도 1시간씩 버틸 수 있었지만 에머리히는 눈 깜짝할 사이에 녹초가 되고 말았다. 하지만 에머리히가 학교에서 굴지의 신술사라는 것은 입학시에 검사한 신력계의 수치를 보면 명백했다.

"자, 같은 질문을 또 해볼까요? 제 속성은 뭐죠?"

팔마는 신술을 쓸 여력도 없이 어깨만 들썩거리고 있는 에머리히에게 휴식을 주기 위해 질문했다. 팔마가 4속성 신술 모두를 정확한 발동영창과 함께 쏘아서인지 에머리히는 동요하며 대답하지 못했다.

관중들도 팔마의 신술이 이상하다는 것을 점차 깨닫기 시작했는지 큰소리로 논쟁하고 있다. 전 속성을 쓸 수 있는 신술사따윈 존재하지 않기 때문이다. 에머리히는 말문이 막힌 채 부르르 떨고 있었다. 허탈감에 사로잡힌 모양이다.

"처음에 제가 물을 쓰는 공격을 했을 때는 물 속성이라고 했죠?"

에머리히의 입술은 떨렸지만 아무런 반박도 할 수 없었다.

"하지만 속았어요."

팔마는 물질 창조와 소거로 모든 속성 신술을 쓸 수 있는 것처럼 위장하고 있었다.

불 속성은 기폭성 물질과 가연물의 창조.

바람 속성은 거대 빙산의 창조와 소거로 진공 상태를 만들고 그 기압차로 폭풍을 불렀다.

땅 속성은 물질 창조로 돌멩이를 쏟아지게 했다.

그것에 기존 신술의 발동영창을 덧붙이자 그럴싸하게 보인 것이다.

하지만 그것을 모르는 에머리히는 대현자를 보는 듯한 시선으로 팔마를 보았다.

"드 메디시스 교수님, 당신은 혹시… 모든 속성의 신술을 쓸 수 있는 겁니까?"

"그럴 리 없잖아요."

팔마는 진실을 얼버무리며 웃었다.

"거짓말…. 모든 속성을 다 쓰지 않으셨습니까. 그럼 대체 무슨 속성이 정답입니까?"

"알 수 없게 되었죠? 그게 바로 제가 가르쳐주고 싶었던 것입니다. 당신이 이 대학을 떠나 어디서 무엇을 하며 살아가든 기존 상식에 사로잡혀 판단을 그르치면 안 된다는 거예요."

팔마는 무대 끝자락까지 내몰려 있던 에머리히 앞에 지팡이로 스윽 경계선을 그었다. 그러자 그 선을 경계로 무대가 홀연 사라지고 에머리히는 장외로 굴러떨어졌다. 시합 전에 무대의 재질이 무엇인지 들었기에 팔마는 물질 소거를 쓸 수 있었던 것이다.

"큰일을 하고 보다 많은 사람을 구하고 싶다면 앞으로 더 노력하시길."

장외로 떨어진 에머리히가 균형을 잃고 지팡이를 떨어뜨렸기에 전투의욕을 상실한 것으로 간주되었다.

"파, 팔마 드 메디시스 교수의 승리… 입니다!"

심판이 판정을 내리자 팔마도 지팡이를 거두었다.

"자퇴서는 그대로 수리할게요. 교수회에 회부해도 괜찮겠죠?"

팔마는 사인이 된 양피지를 주머니에서 꺼내 에머리히에게 보였다.

"…취소해도, 되겠습니까?"

에머리히는 절레절레 고개를 저으며 떨리는 목소리로 팔마에게 간청했다.

"당신에게 배우고 싶습니다. 제가 잘못했습니다. 드 메디시스 교수님. 부디 무례를 용서해주십시오."

팔마는 에머리히의 의사를 확인하자 발화성 물질을 창조하여 자퇴서를 속시원하게 불태워버렸다.

"개인수업은 이것으로 끝입니다. 다음은 교실에서 만나기로 하죠."

신술진이 해제되며 파란색의 빛 부스러기가 산산이 흩어졌다.

팔마가 투기장에서 완전히 보이지 않게 될 때까지 에머리히는 팔마의 뒷모습을 계속 바라보고 있었다.

◆

"교수님, 중요한 이야기가 있습니다. 놀라지 말고 들어주십시

오."

　신학기 이틀째, 조에가 창백한 얼굴로 사무처에서 올라온 보고서를 들고 팔마의 학부장실에 나타났다.

　"무슨 일이죠? 그런 심각한 얼굴로."

　팔마는 엘렌과 함께 강의 자료 작성에 몰두하고 있던 참이었다.

　"어제 신술시합에 의해 파괴된 무대의 수리비 청구서가 왔습니다. 순수호석의 무대를 모두 교체하고 특수 신술 가공도 해야 하기에 도합 3천 3백만 프룬이 든다고 하네요."

　"뭐?! 그 무대가 그렇게나 비쌌어?!"

　엘렌의 절규가 교수실에 울려 퍼졌다.

　"하지만 파괴된 것은 일부분이었는데요. 어째서 모두 교체하게 된 거죠?"

　"무대의 표면 가공 전체가 손상된 모양입니다. 파괴될 거라고는 생각지도 않았지요."

　서류를 들고 있는 조에의 손은 부들부들 떨리고 있었다.

　프룬이라는 것은 산 플루브 제국의 통화 단위이다. 1프룬을 일본 엔으로 환산하면 200엔 정도이기에 대략 6억 6천만 엔의 수리비가 발생한 셈이다.

　"아아… 그렇군. 무대 표면을 모두 파괴해버렸었지."

　팔마는 어제 일을 떠올리고 힘이 풀려 책상에 엎드렸다.

　"무대를 모두 교체해야 할 정도의 신술이라니 대체 어떤 것인가요? 교수님의 신술로 그렇게 된 건가요? 아니면 상대 학생인가요? 특수 가공이 되어 있어서 어지간해선 흠집도 안 날 텐데요."

　상황을 확인하려 하는 것도 무리는 아니었다. 그녀는 사무 업무에 바빠서 팔마와 에머리히의 대결을 보지 못한 것이다. 팔마 대신 엘렌이 대답했다.

"팔마 군이 얌전해 보이지? 하지만 상당히 비상식적인 일을 벌이니까 앞으로 고생이 많을 거야."

"엘렌도 남말할 입장 아니잖아. 형 얼굴만 보면 바로 머리에 피가 쏠리면서."

"어머, 난 걸어온 싸움을 받아들인 것뿐이야. 그리고 그런 피해액을 낸 적도 없고 말이지."

팔레와 마주칠 때마다 결투를 벌이는 엘렌에게만은 이런 소리를 듣고 싶지 않았던 팔마였다.

"그렇습니까. 저기, 다음부터 학생에 대한 지도는 되도록 삼가주셨으면 좋겠군요…."

조에는 어이가 없는 듯했다. 그녀는 바람 속성의 신술사지만 전투에 적성이 별로 없는 온건한 문과 타입이다. 적어도 팔마처럼 취임하자마자 대학에 손해를 발생시키진 않는다.

"장소를 바꾸라고 제안해야 했어. 도중에 무대를 파괴하지 말라고 밖에서 소리쳤는데 신술진에 차단되어 목소리가 들리지 않았던 모양이야. 그리고 일반 학생과 교원의 신술 시합이라면 모를까 팔마 군이 나서면 무대가 말도 안 되는 형태로 파괴되는 게 당연해. 할 거면 무인도를 구입해서 해야겠지. 우리들도 훈련할 때는 무인도에서 주위에 배가 통행하지 않는 것을 확인하고 나서 하고 있잖아? 팔마 군, 혹시 학생이 다치지 않도록 배려하다 신술 제어가 흐트러진 거야?"

"무대를 파괴한 것은 일부러야. 정면으로 맞게 되면 다치니까 미리 위력을 알려줄 생각이었어."

"일―부―러― 그랬다고?! 그건 더 문제잖아!"

"잘못된 판단이었어. 미안, 다음부터는 안 할게."

장부를 꺼내온 조에는 메모를 적어가며 수리비를 어디서 충당할지 계산하기 시작했다.

"교수님 강좌에 주어진 연구비가 1억 프룬, 학부장 재량비가 8천만 프룬, 작년 이월금이 5백만 프룬입니다. 연구비로 지불할 경우엔 상당한 지출이로군요. 외부 기부금이 5억 4천만 프룬 정도 있습니다만 이것을 쓸까요?"

"잠깐만요. 외부 기부금이 너무 늘어난 거 아녜요? 전에는 1억 프룬이었는데."

"황실에서의 기부금이 5억 프룬입니다. 어제부로 계좌에 입금되었군요."

더 이상 황실의 기부금은 필요없다고 생각한 팔마였지만 거부할 수도 없는 노릇이었다. "짐의 호의를 무시하는 거냐?"라며 여제가 삐치기라도 하면 브루노와 함께 궁전에 사죄하러 가야 한다.

"폐하께 감사를 드리러 가야겠군요. 하지만 이런 일에 연구비든 기부금이든 쓸 수 없어요. 1프룬이라도 학생들을 위해 더 남겨두고 싶으니까요. 수리비는 제 사비를 털어 내기로 하죠. 그보다 신술 시합을 하고 싶은 다른 학생들이 한동안 무대를 쓸 수 없게 되어버린 게 문제로군요…."

"주로 무술부와 지팡이술 연구부가 곤란하겠지."

엘렌이 입을 삐쭉거렸다. 이 학교의 전신인 제국 약학교의 OG인 엘렌은 학생들의 동아리 활동에도 해박했다.

"동아리 활동 장소와 시합 장소를 구하기 어렵다면 우리 부지에 있는 벌판을 써도 좋다고 동아리에 전해주세요."

팔마는 조에게 지시했다.

"알겠습니다. 드 메디시스가 4번지의 공터 말이죠? 사무처에 그렇게 전하겠습니다. 사비로 충당하는 서류도 준비해올게요. 그리고 이게 마지막인데 총장님께서 부르십니다."

조에는 말하기 거북한 듯 덧붙였다.

"조에, 그걸 가장 먼저 말했어야지. 말하기 거북한 것은 알겠지만!"

엘렌은 넋이 나간 듯한 표정을 지었다. 야단을 맞을 게 뻔했다. 팔마는 따라오려는 엘렌과 조에를 방에서 기다리게 한 뒤 홀로 총장실로 향했다.

◆

"어리석은 놈!"

총장실에 들어와 처분을 기다리는 팔마를 브루노는 큰 소리로 꾸짖었다.

"변명의 여지도 없습니다. 전면적으로 사죄드립니다."

"어느 세상에 부임 첫날 학생의 도발에 걸려들어 3천 3백만 프룬의 피해액을 발생시키는 신임 교수가 있는 거냐! 원참, 채용 첫날부터 어른스럽지 못…, 분별없는 짓을!"

어른스럽지 못하다고 말하려다 자신의 아들이 아직 어른이 아니라는 것을 떠올린 모양이다.

"하지만 상대 학생도 태도가 좋지 않았다고 들었습니다. 교육의 일환으로 생각해서 부디 용서를….."

너무도 사나운 표정과 목소리에 놀란 브루노의 비서가 자식을 꾸짖는 브루노를 타일렀다.

"상대가 어떤 말을 했든 공개 신술 시합으로 혼내줄 필요는 없었다!"

브루노는 투기장의 신술진이 팔마의 신력을 버텨내지 못한 것을 꿰뚫어본 듯했다.

"최악의 경우, 관중들에게도 피해가 생기고 상대 학생도 무사하지 못했을 거다!"

"무대는 제가 파괴했기에 사비로 수선하겠습니다. 에머리히 군에게는 상처 하나 입히지 않았고요."

수리비는 시합을 한 사람이 반반씩 나눠 내는 것이 규칙이지만 에머리히에게 수리비를 청구하면 에머리히는 학업에 종사할 상황이 아니게 된다. 다음에 시합을 할 일이 생긴다면 사막이나 황무지, 혹은 무인도를 구입해서 해야겠다며 팔마는 반성했다. 옥외 투기장은 학생들간의 훈련과 시합을 상정한 것이기에 팔마에게 있어선 강도가 충분치 않았다.

"피해도 피해지만 이번 사태로 인한 영향도 만만치 않아. 이걸 보아라."

브루노는 양피지 다발을 팔마에게 보였다. 비서가 그것을 받아서 팔마에게 건넨다.

"전과 신청서다."

모든 학부에서 도합 20명 이상의 전과 희망자가 나와 있었다. 가장 많은 것은 브루노가 학부장을 맡아 종래의 전통 약학을 가르치고 있는 약학부였다. 종합 의약 학부로의 전과 신청이다.

"고작 하루 만에 이 정도다. 전과는 기본적으로 인정되고 있지 않지만 네 밑에서 배우고 싶다고 희망하는 사람이 많아진 건 분명해. 반대로 종합 의약 학부에서 다른 학부로의 전과를 신청하는 사람도 있었군. 신청 사유를 읽어보거라."

팔마에게 있어선 완전히 예상 밖의 일이었다.

종합 의약 학부로의 전과를 희망하는 이유는 '훌륭한 신술사이자 대현자이신 교수님 밑에서 배우고 싶습니다', '오리엔테이션에서 들은 훈시에 감명을 받았습니다', '처음 보는 신술을 쓰시는 교수님에게 혁신적인 약학을 배우고 싶습니다' 등인 것에 비해, 종합 의약 학부생의 전과 희망 사유는 '드 메디시스 교수님의 신술 수업을 따라갈 수 있을 것 같지 않습니다', '드 메디시스 교수님이 에머리히를 혼내주는 것을 보고 이것이 교수님의 교육 방침인가 싶어 공포를 느꼈습니다', '교수님의 심기를 불편하게 하면 어떻게 될지 알 수 없어 수업에 집중할 수 있을 것 같지 않습니다' 같은 것들이었다. 별것 아니라고 생각했던 행동에 대한 학생들의 반향에 팔마는 가슴이 아팠다.

"자퇴 희망자도 한 명 있다. '역시 신술을 쓰지 못하면 약사로 인정받지 못하겠구나 생각했습니다. 졸업할 수 있는 자신이 없군요'라는군."

팔마는 대답할 말도 떠오르지 않았다.

"그곳에서 에머리히와 싸운 것이 사적인 제재였는지 교육이었는지 알 수 없지만, 상대를 다치지 않게 힘 조절을 했다고는 해도 모든 속성을 쓸 수 있는 너의 힘은 압도적이다. 그 큰 힘에 걸맞은 책임감을 갖도록 해라."

브루노는 많은 학생들 사이에서 오해를 낳은 것이 안타깝다며 팔마를 타일렀다.

"한 가지 속성만 쓸 수 있다는 것이 신술의 상식입니다. 모든 속성을 다 쓸 수 있을 거라고는 아무도 생각하지 않을 겁니다."

마술 같은 트릭을 썼을 뿐이라는 팔마의 주장에 브루노는 난처한 듯 고개를 끄덕였다.

"네가 신술과 약을 써서 마술인지 뭔지를 보여주었다고 해도 너에 대해 잘 모르는 학생들은 그렇게 생각하지 않아. 미지의 신술을 써서 미숙한 학생을 혼내주고 웃음거리로 만든 것으로밖에 보이지 않는 거다."

브루노의 말이 가슴에 박혔다. 실수했다는 것을 분명히 깨달았다.

팔마는 확실히 반성했다.

"전과 희망은 총장 재량으로 전부 기각이다. 애당초 입학 후의 전과는 인정되지 않고 있으니 말이지."

브루노는 전과 신청서 다발에 이미 불가 사인을 적어놓은 상태였다. 교수회도 열리지 않는다.

"전과, 자퇴 희망자에게는 네가 개별 면담을 해서 신뢰를 회복하고 원래 상태로 되돌려 놓도록 하거라."

팔마가 지도하는 학부로의 전과 희망자를 납득시킬 재료로써 희망하는 학부의 강의, 실험, 실습 견학을 허락하기로 했다. 다른 학부의 필수 강의와 되도록 시간이 겹치지 않도록 시간표를 짜겠다고 타협안을 브루노에게 전했다.

◆

"그 얼굴을 보니 상당히 혼쭐이 난 모양이네."

"혼났어. 거의 재기불능이야."

완전히 녹초가 된 팔마의 모습에 엘렌도 마른 웃음을 터뜨렸다. 엘렌은 팔마를 기다려주고 있었다.

"스승님의 설교는 아픈 곳을 쿡쿡 찌르니 말야. 만신창이가 될 만도 해."

농담조였지만 엘렌이 팔마를 격려해주고 있다는 것만은 전해졌다.

그날 팔마는 대학에 등교해 있는 학생들과는 개별 면담을 가졌고, 무단결석을 한 학생들은 한 사람 한 사람 직접 집을 방문하기로 했다. 팔마가 단신으로 가면 경계할지 모른다며 엘렌이 모든 방문을 함께 했다. 엘렌의 중재 덕분에 학생과 보호자가 팔마에게 위축되어 태도가 경직되는 사태는 피할 수 있었다.

"다음으로 겨우 마지막이구나. 주소는 여기가 맞나?"

제도 변두리에 있는 하숙집을 둘이서 방문했다. 주위는 이미 어두워지기 시작하고 있었다.

"미안해, 엘렌. 오늘은 볼일도 있다고 들었는데 이렇게 시간을 빼앗아서."

"무슨 소리를 하는 거야. 같은 직장 동료인데 서로 도와야지. 왕진은 다른 사람을 불렀으니 상관 없어. 팔마 군 혼자 보내는 게 더 걱정이라고.”

“내가 저지른 일의 뒤처리인데… 고마워.”

그녀의 언동은 자상함과 배려로 넘치고 있었다. 팔마는 엘렌의 존재에 감사했다.

“도, 돌아가 주세요!”

마지막으로 방문한 자퇴 희망자의 목소리는 떨리고 있었다. 극도의 긴장 상태라는 것을 알 수 있었다. 팔마와 엘렌은 학생의 하숙집에도 들어가지 못한 채 문 너머로 설득했다.

“밤에 찾아와서 미안한데 이야기 좀 해요.”

“돌아가주세요. 이제 저는 대학에 안 갈 겁니다. 대학과는 관계 없다고요. 그러니까.”

“생각을 바꿔주지 않을래요? 신술을 쓸 수 없어도 아무런 문제가 없고, 당신은 우수한 성적으로 입학했으니 수업을 따라잡지 못할 이유는 없습니다.”

“믿을 수 없어요…. 제국 의약 대학은 귀족 학교입니다. 애초에 평민이 갈 장소가 아니었던 거죠. 평등하게 배울 수 있는 것으로 착각하고 있었지만, 교수님의 신술을 보고 깨달았어요.”

문 뒤편에 바짝 붙어 있는 것으로 생각되는 학생의 목소리는 울먹거리고 있었다.

“신술을 쓰지 못하는 사람은 체술 수업으로 대체할 수 있습니다. 덧붙여 말하면 신술을 쓸 수 없는 학생에게 제가 지팡이를 겨누는 일은 절대 없을 거고요. 당신은 신술과는 상관없이 졸업할 수 있습니다.”

긴 설득 끝에 잠금장치를 따는 소리가 나더니 문이 천천히 열렸다.

날이 완전히 저물고 나서야 겨우 전원의 설득이 끝났고, 전과 희망자 문제는 원만하게 해결되었다.

“엘렌, 오늘은 고마워. 이 보답은 언젠가 반드시 할게.”

“나도 학생들의 얼굴을 기억할 수 있어서 좋았으니까 너무 신경 쓰지 마. 오늘은 일찍 자도록 해. 푹 쉬어, 팔마 군.”

엘렌은 싱긋 미소지은 후 무슨 말인가를 하려다가 그대로 백마에 올라타고 귀갓길에 올랐다.

‘신술이 있는 세계에서의 교육은 어렵네…. 아직 나도 미숙해.’

팔마도 말을 타고 밤길을 달리면서 반성하고 있었다. 선뜻 교수직을 받아들이긴 했지만 대학교수를 너무 쉽게 생각하고 있었던 것 같다. 전생에서는 매년처럼 호평을 받았던 터라 약학 교육에 어느 정도 자신과 자부가 있었다. 하지만 현대 일본의 대학에서 현대의 가치관과 비슷한 학력을 가진 학생들에게 가르치는 것과 지금은 사정이 다르다. 학력에 더해 신술 능력의 유무가 의료 능력에 직결되는 그런 세계인 것이다. 처음부터 평등하지 않은 것을 평등하게 취급하고 가르치려 한 것이 애초에 잘못 아니었을까 하는 생각도 든다.

◆

불이 꺼진 저택에 귀가해서 정문 현관을 통해 안으로 들어가보니 부부의 방에 불이 켜져 있었다.

"어서 오렴, 팔마. 피곤하지? 밥은 먹고 왔니?"

베아트리스가 안에서 얼굴을 내밀었다.

"한 잔 할까? 내일은 휴일이니까."

브루노가 권유해왔다. 브루노와 베아트리스는 포도주를, 팔마는 포도 주스를 마시고 한숨 돌렸다. 술이라도 마시고 취하고 싶은 기분이었다.

'어차피 마셔도 취하지는 않겠지만 말야…. 독이든 약이든 거의 통하지 않으니.'

"학생들의 오해는 풀었느냐?"

"예. 다들 대학으로 돌아와준다고 하더군요. 엘레오노르 선생이 동반해주기도 했고…. 하지만 신뢰 관계의 구축에는 시간이 걸릴 것 같습니다."

"아무리 많은 업적을 쌓아도 신용을 잃는 것은 한순간이야. 그것을 이번 기회에 잘 알았겠지?"

특히 새로운 것을 하려는 사람에게는 항상 주위의 시기와 의문의 눈길이 따라다닌다면서 브루노는 포도주에 입을 가져갔다. 베아트리스는 잠자코 귀를 기울이며 브루노에게 몸을 기댔다.

"에머리히 바우어는 너에게 무언가 시비를 걸어왔던 거냐?"

"예, 뭐…. 저는 그에게 상대를 겉모습만으로 판단하면 안 된다는 것을 가르쳐주고 싶었습니다만 경솔했어요. 그의 기분도 이해가 됩니다."

팔마는 이야기를 하면서 에머리히의 언동을 돌이켜보았다.

"그는 시간이 없다고 했습니다. 그게 하나의 동기가 되었겠죠. 자세한 원인을 알아보고 허심탄회하게 이야기를 나눠보도록 하겠습니다."

"에머리히는 분명 너한테 도움을 구해올 거다. 그때 네가 그에게 적절한 대답을 할 수 있도록 정보를 미리 알려주마."

팔마는 브루노가 에머리히에 대해 무언가 알고 있는 건가 싶어 고개를 갸웃했다.

"조사한 바에 따르면 그는 역사적으로 유명한 저주받은 핏줄이다."

브루노의 말을 듣고 한 박자 늦게 팔마가 그의 말을 되풀이했다.

"저주, 라고요…?"

"어머, 큰일이네! 부디 그에게 신의 가호가 있기를. 저주는 무서운 거란다. 나도 한 번 저주를 받아본 적이 있어서 알아."

베아트리스는 저주라는 말에 수호신에게 기도하는 듯한 몸짓을 취했다. 예전의 팔마였다면 말도 안 되는 소리라며 일축했겠지만 이 세계에는 신술도 있고, 악령도 있다. 그래서 저주가 있다고 해도 함부로 부정할 수 없는 것이다.

"하지만 그에게 걸린 저주의 종류까지는 내 감정으로는 알 수 없었다. 에머리히도 신술 약사니까 나와 같은 견해를 가지고 있겠지. 신관에게 도움을 청하면 이단심문관을 불러올지도 몰라."

"아버님은 이미 조사하신 거군요."

포션에 의한 진단술로 백사병조차 감별해낸 브루노는 악령에 의한 저주인지 병에 의한 것인지 구별이 가능하다고 한다. 악령의 소행인지 병인지 하는 감별 진단은 이 세계에서 신술을 쓰는 약사가 가장 중요시해야 하는 기본적인 기능이라고 브루노는 덧붙였다.

"에머리히 일족에게 걸린 저주의 정체부터 알아내야 해."

브루노는 이미 선수를 쳐둔 상태였다. 입학 절차에 필요하다며 에머리히에게만 4대 전까지의 가계도와 혈액 제출을 명한 것이다. 그가 저주를 받은 게 맞다고 하면 그 저주를 대학에 가져오는 것은 큰 리스크이다. 저주의 정체를 알아내는 것은 에머리히의 입학을 허가한 브루노의 책임이기도 했다.

팔마는 브루노가 건네준 가계도의 이름을 보고 신음했다.

"바우어라는 것은 가명이었군요."

그의 일족은 스파인 왕국의 대귀족을 기원으로 두고 있었다. 스파인 왕국에서 흔한 솔이라는 성이다.

"그래. 그의 사정을 알게 된 나는 그가 가명을 쓰는 것을 허락했다. 에머리히는 일족에 걸린 저주를 피하기 위해 평소에도 진짜 성을 감추고 있다고 하는데…… 안이한 방법이지만 고육지책인 셈이지."

팔마는 에머리히의 고뇌를 미루어 짐작했다. 그의 일족은 저주 때문에 스파인 왕국에 있을 수 없게 되어 프로센 왕국으로 도망친 것으로 보였다.

"일족의 저주라는 건 어떤 것인가요?"

"무서운 거라고 들었다. 어떤 퇴마술도 효과가 없고 1년간 조금씩 정신이 잠식되어 낮도 밤도 없이 온몸이 경련하다가 종내엔 힘이 다해 죽는다고 하더군. 그는 이미 부친과 친척 대부분을 그 저주로 잃은 상태야. 가문은 몰락했지만 그에게는 아직 남매가 남아 있다. 일족을 그런 운명에서 구하고 싶은 그가 시간이 없다고 생각하는 것은 아주 당연한 것이지.”

가계도에서 사망자 이름 옆에는 보통 신전의 심볼 마크가 붙는다. 하지만 처음 보는 이상한 마크를 확인하고 팔마는 눈을 크게 떴다.

“이 표식은… 일반적인 사망자와는 다른데요?”

“그래. 악령에 의한 저주사를 나타내는 표식이다. 저주사는 금기 사항인 탓에 에머리히도 감출 수 없지. 그는 나와 대학을 믿고 정보를 공개한 거다. 이것을 보거라. 넌 그의 절망을 알 수 있겠느냐?”

증조부는 저주사, 증조부의 세 여동생은 세 명 중 두 명이 저주사.

한 사람은 신맥이 열리지 않아 평민이 되었기에 추방. 가계도에서 제외된 탓에 그후 어떻게 되었는지는 알 수 없다.

조모도 저주사. 조모의 다섯 형제는 네 명이 저주사.

아버지도 저주사. 아버지의 형제는 네 명 중 세 명이 저주사. 살아남은 한 명의 수호신과 그 속성은 수신과 물의 정속성. 에머리히에게는 다섯 명의 남매가 있는데 에머리히는 그중 장남이다.

“처절하군요…. 다들 젊은 나이에 사망했습니다.”

자신이 에머리히에게 보인 태도는 잘못이었을지 모른다. 돌이켜보고 반성했다.

“저주로 사망한 사람은 물의 정속성 혹은 바람의 정속성이긴 하지만 모두 약신이 수호신이로군요.”

“그래. 오랜 기록을 조사해본 바로는 약신의 저주로도 일컬어지고 있는 모양이야. 그의 일족이 얼마나 많은 편견에 시달렸을지 생각하면 같은 수호신을 가진 사람으로서 안쓰럽기 짝이 없다. 제출

받은 가계도도 이런 상태지만 더 위로 거슬러 올라가더라도 비슷한 일이 되풀이되고 있다는 것은 스파인 왕국의 역사서에 있는 그대로 겠지.”

'이것은 저주라고 해도 별수 없네…. 그의 일족이 대체 무엇을 했다는 거지?'

약신장을 보유하고 있는데다, 약신의 신술과 비술을 쓰고, 성문을 두 개나 가지고 있으며, 약신과 인연이 깊은, 혹은 약신 그 자체로 간주되고 있는 팔마이기에 더욱 남의 일 같지 않았다.

'하지만 에머리히에게 검은 그림자는 보이지 않았고 이상한 낌새도 없었어. 아마 그는 저주를 받지 않았을 거야.'

악령이 씌였다면 살로몬이 말한 팔마의 성역 때문에 에머리히에게 씌인 악령은 팔마 앞에 나올 수 없다. 팔마의 존재를 두려워하지 않는 악령이라고 해도 에머리히와 겹쳐지는 형태로 검은 그림자가 보였을 텐데 그림자는 에머리히에게서 보이지 않았다.

“그리고 그는 강력한 신술을 썼습니다. 저주받은 사람은 신술을 쓸 수 없게 되는데 말이죠. 묘하군요.”

“음.”

팔마의 의견에 브루노는 고개를 끄덕이고 포도주를 들이켰다.

브루노도 같은 견해를 가지고 있는 듯했다. 베아트리스는 이미 소파에서 잠들어 있었다.

“에머리히 자신도 저주라고 생각하고 있지 않을 거라 생각합니다.”

팔마는 서서히 확신의 강도를 높이며 강한 어조로 말했다. 에머리히는 저주인지 병인지 구분하는 감별 진단을 해보고 거기서 음성이라는 결과를 봤을지도 모른다. 그리고 강력한 신술을 쓸 수 있기에 약신의 가호도 실감했을 것이다.

"그렇지 않다면 종합 의약 학부에는 오지 않았겠죠. 약사로서 그는 그것이 병이니까 치료하고 싶다고 생각하고 있는 겁니다."

"호오, 그렇다면 의심되는 가족성 질환은 있는 거냐?"

팔마는 에머리히를 상대할 때 진안으로 에머리히를 본 적이 있다. 그때는 아무런 질환도 발견되지 않았다. 에머리히의 몸은 매우 건강했고 기껏해야 요통을 가지고 있는 정도였다. 거기서 팔마는 한 가지 가설에 생각이 미쳤다.

'내 진안은 발병하기 전의 병은 안 보이는 것 아닐까?'

팔마의 능력은 치료해야 하는 사람이 있을 때 비로소 발동한다.

돌이켜보니 흑사병의 감염이 성립된 단계에서도 사람의 몸이 빛나 보였던 탓에 지금까지는 발병하지 않은 상태에서도 보인다고 생각하고 있었지만 어쩌면 터무니없는 착각이었을지 모른다.

에머리히를 만나 철저히 추궁해볼 필요가 있을 것 같다. 그가 살고 싶다고 생각하는 한, 모든 수단을 동원해서 그의 생존 시간을 늘려야 한다.

"팔마, 너라면 그의 일족에게 걸린 '약신의 저주'를 풀 수 있겠느냐?"

브루노가 흥미로운 듯 눈을 가늘게 떴다. 여기서 말하는 저주는 단어 그대로의 의미가 아니라 미지의 병을 규명해서 치료해 보라는 의미일 것이다. 팔마는 브루노의 시선 속에서 그것을 읽어냈다.

"그를 지도하는 입장으로서 반드시 구해 보이겠습니다."

저주의 정체조차 알지 못한 상태였지만 팔마는 조금 허세를 부려 대답했다.

"전에 강림한 약신이 어떤 신격을 가졌는지는 모르겠지만 설사 에머리히의 조상이 약신을 모독했다고 해도 세대를 초월해서 저주를 퍼붓는 것은 넌센스입니다. 자손에게 죄는 없으니 말이죠. 그런 저주따윈 풀어 보이겠습니다."

"그래…. 나도 그렇게 믿고 싶다. 우리 수호신인 약신을 말야."

아직 해결책을 모색하는 단계지만 팔마는 브루노에게 감사를 표한 후 가계도를 가지고 자신의 침실로 돌아왔다. 그리고 메모 용지에 사망 원인 등을 적으며 계산하다가 한 가지 가능성을 의심했다.

"치명적 상염색체 우성 유전병… 아닐까?"

팔마는 흥분된 마음을 진정시키며 천천히 펜을 놓았다. 현시점에서 팔마의 진안이 에머리히의 유전자에 새겨진 저주를 간파하지 못하더라도 미연에 그것을 발견해서 시한폭탄의 바늘을 멈추고 저주를 영원히 봉인할 방법이 있을지 모른다.

이계와 현세가 연결된 연구실 안에 있는 유전자 해석장치는 저주받은 일족에게 광명을 가져다줄 것이다.

 **11화 잠들지 못하는 일족**

산 플루브 제국 의약 대학의 강의 첫날이 찾아왔다.

신임 교수이지만 이세계 약국의 점주이기도 한 팔마는 하루종일 대학에만 틀어박혀 있을 수 없다. 오전 중에는 약국 영업을 하고 대학의 모든 강의는 오후부터 하고 있었다.

"그럼 뒷일을 부탁할게요. 오늘은 오후에 엘렌이 돌아올 거라 생각하니까, 전 이제 옷 갈아입고 대학에 가보기로 하죠."

오전 진료를 마친 팔마는 아르바이트 약사들에게 말했다.

용태가 급변할 가능성이 있는 위중한 환자는 오전 중으로 예약을 잡아서 진료를 끝마친 상태였다.

"예, 점주님. 다녀오세요. 아직 미덥지 못하겠지만 이쪽은 맡겨주시라고요."

레베카가 굳이 자리에서 일어나 팔마를 배웅했다.

"오늘이 첫 강의인가요?"

"예, 오늘이 강의 첫날이군요. 가장 큰 강의실이에요. 저기, 여러분도 강의를 들어주셨으면 하는데, 이 강좌는 기초 중의 기초라 괜찮지만 다른 전문적인 강의를 할 때는 제가 부를 테니까 청강하세요."

본격적으로 대학에서 강의를 시작하면 세 명의 아르바이트 약사들에게도 강의를 듣게 한다는 이야기는 전부터 있었다. 하지만 엘렌에 더해 아르바이트 약사들까지 약국을 비우게 된다면 가게를 유지할 수 없게 되고 만다. 그래서 엘렌과 교대로 청강하도록 지시한 참이다. 오늘은 엘렌이 대학에 가 있으니 지금은 그들이 약국을 지킬 차례다.

"하우…, 저도 점주님의 강의를 들어보고 싶네요. 아아, 제5대강의실에서 펼쳐지는 총명한 점주님의 열혈 강의…. 정말로 귀가 행복할 텐데!"

산 플루브 제국 약학교를 졸업한 레베카는 바로 망상의 세계에 빠지고 말았다.

“제1대강의실이에요. 그리고 새로 지은 탓에 제5강의실은 이제 소강의실이 되어 있고요.”

“점주님도 강의 힘내세요! 시끄러운 학생은 혼내주시고요, 얕보이지 않도록 조심하세요!”

주먹을 움켜쥐며 셀레스트는 다소 과격한 응원을 해주었다.

“그럼, 다녀오시길~.”

하품을 하면서 살랑살랑 로제가 손을 흔들었다. 그런 그들의 모습에 믿음직한 건지 어떤 건지 긴가민가 하면서도 엘렌이 오후부터 교대해준다고 했기에 팔마는 일단 안심하기로 했다.

“만약 감당하기 힘든 위중한 환자가 오면 환자를 대학으로 보내주세요.”

“알겠습니다! 저희들이 볼 수 없는 환자가 오면 곧바로 보내기로 하죠!”

셀레스트의 눈이 빛났다.

“바로 보낼게요!”

로제는 여전히 손을 살랑살랑 흔들고 있다.

“늦지 않게 곧바로요.”

레베카가 완전히 동의한다는 얼굴로 고개를 끄덕였다. 레베카에 관해서는 자신 없음의 반증이겠지만.

‘정말 포기가 빠른 사람들이네…. 뭐, 잘 모르는 증상의 환자는 다른 곳으로 보내는 게 올바른 판단이긴 하지만.’

팔마는 미묘한 심경으로 준비를 시작했다.

“팔마 님, 대학은 어떠신가요? 친구는 100명 정도 생기셨나요?”

약국 2층 진료실에서 급하게 사복으로 갈아입는 팔마의 시중을 들던 로테가 흰 가운 소매를 가지런히 모아 개면서 즐거운 표정으로 말했다.

'친구 100명이라니 무슨 초등학생도 아닌데…. 하지만 그 발상이 로테답긴 해.'

"학생들, 직원들과는 좋은 관계를 유지할 생각이야. 처음엔 뭐 이런저런 일들이 있었지만."

에머리히를 비롯한 여러 학생들을 떠올리고 쓰게 웃으면서 팔마는 가방에 여러 가지 서류와 프린트를 담아갔다.

"수업 중 졸리거나 하지 않나요? 졸리면 뺨을 꼬집어 보는 게 좋아요. 아파서 눈물이 핑 돌지만요."

"내가? 수업 중에 졸 일은 없을 거야."

"팔마 님은 수면 부족이니까 자신도 모르게 꾸벅꾸벅 졸 수도 있잖아요. 자면 선생님께 야단맞는다고요."

'내가 자고 있는 학생을 깨우는 쪽인데 말야.'

"팔마 님의 대학은 어떤 장소려나요? 다음에 사진을 찍어다 주세요!"

아무리 그녀가 팔마의 직장에 흥미가 있어 보인다 해도 용건도 없는데 로테를 직장으로 데려갈 순 없다.

'아, 하지만 식당이라면 일반에 개방되어 있으니 함께 갈 수도 있겠네.'

"점심시간에 대학 식당에 가볼래? 빵도 맛있고 디저트도 충실하게 갖춰져 있어. 외부인도 이용할 수 있고 말이지."

"와아! 혹시 방해가 안 된다면 데려가 주세요! 혼자서 돌아갈 테니까요!”

“좋아, 그럼 가볼까?”

탄수화물과 과일에 낚인 로테를 백마에 태운 후 팔마는 제도 대로를 지나 제국 의약대로 향했다. 학생 두 명의 통학으로 보일지 모르지만 이래봬도 교수의 출근이다.

◆

“와아! 굉장히 큰 대학이네요! 너무 넓어서 이동하는 것도 큰일 같아요!”

처음으로 대학에 온 로테는 문을 통과한 순간부터 깡충깡충 뛰며 흥분하고 있었다.

“학부가 통합되고 신설되면서 새로워졌으니 말야.”

팔마는 학교 안을 산책하면서 로테에게 간단히 대학을 안내했다.

로테가 특히 흥미를 보인 곳은 대학 부속 약초원이었다. 그곳에는 다양한 허브가 재배되고 있고, 수련이 피어난 큰 연못을 중심으로 아름다운 수변 경관을 자아내고 있었다.

“이곳에서 그림을 그리면 분명 멋진 풍경화가 될 거예요! 폐하께서도 기뻐하실 것 같아요!”

“캔버스를 가져와서 그려도 괜찮아.”

최근 로테의 그림은 유행을 받아들여 인상파 화풍이 되기 시작했기에 모네의 수련 같은 그림이 되는 것 아닐까 내심 기대되었다.

“평안하신가요? 드 메디시스 교수님. 인사드릴 수 있어서 영광입니다.”

"오늘 강의 기대하고 있겠습니다."

학교에서 만난 학생들은 팔마를 발견하면 바로 말을 걸어왔다. 그중에는 얼마 전 일 때문인지 팔마와 마주치면 긴장해서 식은땀을 흘리는 학생도 있었지만 그런 학생은 그냥 내버려 두기로 했다.

강의를 들으면서 경계할 필요가 없다는 것을 알아주기를 기도할 뿐이다.

"다들 팔마 님에 대해 잘 알고 있는 것 같아요. 일을 시작한 지 얼마 되지도 않았는데 인기가 많으시네요."

그런 미묘한 상황을 모르는 로테는 팔마가 학생들에게 인기가 많아 보인다며 태평스럽게 기뻐하고 있었다.

"하하… 그럴까?"

'굳이 따지자면 겁을 먹었다고 하는 게 맞겠지.'

하지만 그렇게 말하지는 못하는 팔마였다.

"팔마 님이 다 큰 학생들에게 교수님이라 불리고 있으니 왠지 신기한 느낌이에요."

"그건 나도 신기해. 아무튼 얼른 식당으로 가서 점심을 먹자. 강의까지 시간이 별로 없으니까 서둘러야 돼."

로테와 둘이서 대학 중앙에 위치한 식당으로 향했다.

작년까지만 해도 산 플루브 제국 약학교에는 학교 식당이 없어서 각자 도시락을 지참하거나 학교 밖 가게를 이용하고 있었지만, 올해 들어 브루노가 사재를 털어 식당을 건설하게 했다. 올해부터 평민의 입학을 허락하기도 했기에 고학생이 빈곤한 식사를 하는 일 없이 싼 가격에 양질의 영양을 섭취할 수 있도록 해서 공부에만 전념할 수 있게끔 한다는 이유에서라고 한다.

팔마는 브루노의 배려에 감탄했다.

"와아, 깨끗한 식당이에요!"

학교 식당은 뷔페 형식이기에 얼마 안 되는 돈으로 맘껏 먹을 수 있다. 새로 지은 식당 홀을 본 로테의 기쁨은 대단했다.

"안녕하세요? 오늘은 무얼 드릴까요?"

식당과 마찬가지로 새로운 제복을 입은 여성 요리사가 갈고 닦은 접객 기술로 싱긋 미소지었다. 출산 등으로 일시적으로 은퇴한 솜씨 좋은 여성 요리사들을 다수 고용한 덕분에 화려하고 양이 많으며 건강을 배려한 영양가 높은 요리가 제공되고 있었다.

"와아, 대체 몇십 종류의 요리가 있는 건가요?! 이 롤빵만 해도 새하얗고 맛있어 보여요. 이 오렌지 주스도 갓 짠 것 아닌가요? 야채 주스래요! 아, 궁전에 납품하는 맛있는 고급 우유도 있네요. 약국에도 오는 그 아이가 배달한 걸까요?"

"그렇겠지. 고르기 힘들면 보이는 대로 다 가져오지 그래?"

"예, 그렇게 할게요!"

로테의 접시에는 빵이 수북이 쌓였고, 사이드 메뉴도 모든 종류를 다 가져왔다. 게다가 그것들은 모두 가장 큰 접시에 담겨 있다.

'그것은 남학생용 접시라고 생각하는데 말야. 설마 정말로 모든 종류를 다 먹으려 할 줄이야. 로테의 위장은 어떻게 되어 있는 거지?'

팔마는 로테의 기쁨에 찬물을 끼얹을 수 없어서 잠자코 있기로 했다.

"그거 전부 다 먹을 수 있겠어? 너무 배부를 것 같으면 도와줄까?"

"에헤, 너무 많이 가져와버렸네요! 하지만 천천히 맛보며 전부 먹을 거예요."

로테는 식전 기도를 끝마치고 한 입씩 맛을 보더니 눈을 감고 식사의 기쁨을 곱씹었다.

"로테는 언제나 행복해 보이네."

"저는 이렇게 팔마 님 곁에 있을 수 있고, 맛있는 식사와 디저트가 있으면 가장 행복해요."

"하하, 그거 다행이네. 학교 식당에 또 오자."

로테는 만면의 미소로 고개를 끄덕였다. 이 폭발할 듯한 미소는 맛있는 것을 앞에 두었을 때의 그것이다.

"예! 배가 빵빵해질 것 같으니 요리를 다 먹고 나면 걸어서 약국으로 돌아갈게요! 팔마 님은 강의 힘내세요! 맛있는 홍차를 준비하고 돌아오시는 걸 기다릴게요. 원하시는 과자가 있다면 지금 말씀하세요!"

"로테를 보면 치유가 된다니까."

그렇게 식사를 하고 있자니 에머리히가 학교 식당 창밖을 지나쳤다. 로테와 시선이 마주쳤는지 로테의 얼굴을 빤히 쳐다보다가 연신 고개를 갸웃거리며 지나쳐 갔다.

"방금 학생과 아는 사이야?"

팔마가 로테에게 물었다.

"아뇨? 무슨 일일까요? 약국 손님도 아닌 것 같았는데 저를 빤히 쳐다보셨네요."

로테도 에머리히와 비슷한 각도로 고개를 갸웃거렸지만, 그래도 빵은 계속 먹어갔다.

“그럼 팔마 님, 강의 힘내세요!”

“로테도 조심해서 돌아가.”

팔마는 로테와 헤어져 강의 준비에 들어갔다.

◆

“여러분 안녕하세요? 음~, 그럼 기초 의학 개론 I을 시작하겠습니다.”

팔마의 강의는 모든 학부의 1학년이 수강하는 까닭에 대강당에서 이루어진다. 몇몇 강의에 관해서는 공개 강좌 취급이기에 제국에서 약사 자격을 가진 사람에게도 수강자격을 주었다.

그런 배경이 있었기에 이날 아침은 청강권을 받기 위해 선착순임에도 불구하고 이른 아침부터 정문 앞에서 1급 약사부터 3급 약사에 이르기까지 팔마가 모르는 곳에서 치열한 쟁탈전이 벌어졌다. 어느 쪽이 먼저 줄을 섰는지를 두고 폭력 사태까지 벌어졌다고 한다.

청강권을 입수한 사람은 의기양양한 얼굴로 착석해 있었다. 강당 안에는 조제 약국 길드의 면면들과 길드장인 피에르의 얼굴도 보인다.

‘우와, 이건 만원사례 정도가 아니네….’

회장을 야외로 잡을 걸 그랬다 하는 생각까지 든다.

“다들 앉을 수 있나요? 전원이 청강할 수 있도록 밀착해서 앉아주세요. 짐은 책상 밑에 두고요.”

팔마가 양손을 꽉 쥐고 밀착해서 앉으라는 제스처를 취했다.

　그래도 예정하고 있었던 좌석수로는 부족해서 직접 의자를 가져와 앉는 교원도 있었다. 땅바닥에 앉는 관계자까지 있어서 강당은 사람들로 넘쳐나는 상태였다. 다들 매장에서 구입한 듯한 교과서를 펼쳐놓고 있다.

　"이곳에 있는 여러분은 현역, 혹은 미래의 의사, 약사, 기사, 그리고 연구자가 될 분들입니다. 발병 원인을 찾고 진단, 치료하며, 병을 사회적으로 예방하는 일에 종사하게 될 텐데, 그 어떤 일에 대해서든 사람이라는 생명 현상과 마주하게 될 겁니다."

　에머리히는 맨 앞자리에 앉아 필기를 하고 있었다.

　수의사 조세핀도 비교적 앞쪽에서 고개를 끄덕이며 듣고 있다.

　팔마는 칠판에 간단한 인체도를 그렸다. 아무런 특색도 없는 밋밋한 모식도이다.

　"맞아요. 인간입니다. 하지만 이 인체라는 것은 대체 무엇으로 이루어져 있을까요?"

　팔마는 학생과 청중들에게 몸을 돌리고 질문을 던졌다.

　"인체는 화학물질로 구성되어 있습니다. 원자로 시작해서 분자가 되고, 단백질, 당질, 지질, 핵산 등의 고분자가 입체 구조를 만들어서 그것들이 세포라는 생명의 최소단위를 구성하지요. 세포 안에서는 체중의 60%를 차지하는 물을 촉매로 끊임없이 복잡한 생화학 반응이 이루어지고 있습니다."

　팔마는 고개를 들고 학생들을 돌아보았다.

　"우리들이 인체에서 일어나는 모든 화학반응을 이해할 수는 없습니다. 하지만 생명현상은 자연과학 법칙을 따릅니다. 질환을 이해하고 그 치료법을 확립함에 있어서 이 법칙들을 제일 먼저 고려할 필요가 있다는 말이죠."

대부분의 학생들이 손을 멈추고 귀를 기울이는 가운데 팔마의 말을 맹렬한 속도로 기록해가는 사람이 있었다. 브루노가 고용한 약사 출신의 속기사이다. 그들에게 모든 강의를 한 마디도 빠뜨리지 않고 기록하게 하고 칠판에 쓴 내용을 모두 사진으로 촬영해서 강의록으로써 대학에 남길 생각이라고 한다.

팔마가 언젠가 소멸할 것으로 가정하고 브루노는 만반의 대비를 하고 있는 것이리라.

'브루노 씨가 이것을 몇 년간 계속해서 강의록이 모두 갖춰진다면 내가 없어도 충분한 대비를 할 수 있고 다른 강사에게 인계할 수도 있겠지.'

그것만으로도 교수에 취임한 의미가 있었다고 팔마는 생각했다.

"병을 치료하기 위한 약제의 설계, 생체에 대한 작용의 검토를 하기 위해서는 그 약, 다시 말해 화학물질이 생체의 어디에 어떻게 반응하는지를 알 필요가 있습니다."

왜 의학, 약학을 배움에 있어서 기초과학이 필요한지 팔마는 그것부터 설명했다. 의학과 약학은 응용과학의 한 분야이기에 자연과학의 기초를 배우지 않으면 응용도 할 수 없다.

"그럼 생물 물리 화학적인 관점에서 물질로써의 인체 구조를 설명해보기로 하죠."

그날은 생체를 구성하는 생체물질의 이해에 강의 시간을 할애했다. 학생들은 필사적으로 그것을 노트에 받아적었다. 팔마 밑에서 손쉽게 난치병에 효과적인 치료법과 잘 듣는 약에 대해 배울 수 있고, 새로운 지식을 그저 암기하면 될 거라 생각하고 있던 일부 학생들은 의학, 약학의 입구에 도달할 때까지의 머나먼 여정에 절망한 나머지 팔마의 약학을 쉽게 배울 수 있을 거라는 안일한 기대가 완전히 사라져 버린 듯한 얼굴을 하고 있었다. 수업을 따라가지 못해서 단위를 못 딸 것 같다며 탄식하는 학생들의 목소리도 들렸다.

그런 한편으로 왜 팔마의 약이 병에 잘 듣는지, 팔마의 약이 무엇을 표적으로 하고 있는지 이해하기 시작한 학생들도 있었다. 팔마는 대량의 연습 문제를 내는 것으로 강의를 마무리지었다.

"질문이 있는 사람은 강의 후에 저를 찾아오도록 하세요."

강의 종료를 알리는 종소리가 울림과 동시에 많은 학생들과 약사들이 경쟁하듯 일어섰다.

"교수님, 질문이 있습니다!"

"드 메디시스 교수님! 후반부가 잘 이해가 안 됐습니다."

"교수님, 교수님! 결합법칙에 대해 질문이 있습니다."

교단으로 사람들이 몰리면서 팔마는 눈 깜짝할 사이에 학생들에게 포위되고 말았다.

"이야, 팔마 님의 강의는 첫날부터 난해하군요. 저희처럼 지식이 짧은 사람에게는 정말이지…."

피에르가 우는소리를 하면서 인사하러 왔다. 평민 약사들에게는 상당히 어려웠던 모양이다.

"예, 좀 어려울지도 모르니 교과서를 보고 예습을 해오시는 게 좋을 거예요."

"그렇군요. 착실히 예습하고 청강권을 입수하게 되면 또 오겠습니다."

팔마는 그들을 한 명씩 응대해 가다가 에머리히가 강당 한구석에서 조용히 기다리고 있는 것을 발견했다.

팔마는 질문하러 온 전원의 상대를 끝마치고 에머리히를 불렀다.

"바우어 군도 무언가 질문이? 없으면 강당을 잠궈도 될까?"

"교수님, 드릴 이야기가 있습니다. 조금 시간을 내주실 수 있는지."

학생들이 모두 사라지자 에머리히가 심각한 표정으로 팔마에게 다가왔다.

"일단 사죄부터 드려야 할 것 같군요. 저 때문에 하게 된 신술시합으로 발생한 수리비를 교수님이 모두 부담하셨다고 들었습니다. 저도 부담해야 했는데 어떻게 사죄를 드려야 할지…."

며칠 전의 자신만만하고 불손한 태도가 사라진 에머리히는 마치 다른 사람처럼 변해 있었다.

"내가 파괴한 거니까 수리비에 대해서는 신경 쓰지 않아도 돼. 그보다 다친 데는 없었어?"

다친 곳은 없어 보였기에 다행이었다.

"그래서 할 이야기는?"

"꽤 나중 단원의 내용입니다만 유전병에 대한 상담을 해도 괜찮겠습니까?"

에머리히는 교과서를 꺼냈다.

"질문이 아니라 상담인 건가. 좋아, 이야기를 들어보지."

팔마와 에머리히는 어두워지기 시작한 강당 좌석에 다시 앉았다.

에머리히의 교과서는 너무 많이 읽은 탓인지 이미 너덜너덜해져 있었다.

“열심히 읽은 모양이네.”

“사실 이건 두 권째입니다. 첫 권째는 메모를 너무 많이 해버려서.”

노력의 흔적에는 그의 피가 묻어 있는 듯했다.

“교수님의 교과서를 구석구석까지 다 읽었습니다. 아직 모르는 것투성이입니다만 이 교과서는 정말 훌륭하더군요. 진찰에 도움이 되기도 했고 시험해본 치료법도 있습니다.”

“그건 다행이지만 상당히 많이 읽은 것 같네…. 아직 발매된 지 반 년 정도밖에 되지 않았는데.”

“솔직히 말씀드리면 저희 집안은 유전병을 가지고 있다고 생각하고 있습니다…. 일족 사람들은 일족에 걸린 벗어날 수 없는 저주라고 말하고 있습니다만 이 교과서를 만나고부터는 유전병으로밖에 생각되지 않더군요.”

“그렇게 신술에 능한 것을 보면 나도 저주는 아닐 거라고 생각해.”

‘저주’가 아니라는 확신이 있다면 이야기는 빠르다. 팔마는 에머리히의 의견에 전면적으로 동의했다.

“교수님께서 그렇게 말씀하시니 저도 마음이 가벼워지는군요. 지금까지 얼마나 많은 편견에 시달려왔는지….”

어지간히 힘들었는지 에머리히의 눈꼬리에 눈물이 맺혔다.

“저는, 제 일족을 이 병에서 해방시키고 싶습니다.”

“그렇군. 나도 도울게. 가족력을 자세히 들을 수 있을까? 거기서부터 시작하기로 해.”

팔마는 브루노에게 들어서 알고 있던 가족력과 대조해가며 에머리히가 밝힌 새로운, 그리고 자세한 정보와 통합해갔다. 팔마의 노트가 정보로 새까매진다.

"다음은 환자로 생각되는 사람에게 공통되는 증상을 가르쳐줘."

"예."

에머리히가 말하길, 일족 사람들은 중년을 지날 무렵 '저주'에 걸려 몸이 달아오르기 시작한다. 그후 맥박이 빨라지고 동공이 수축되며 몸이 말을 듣지 않게 되어 혼자 걷기도 힘들어질 뿐 아니라 밤에든 낮에든 한숨도 잘 수 없게 된다고 한다. 수면을 빼앗긴 그들은 극심한 쇠약증에 걸리는데, 아무리 눈을 감고 있어도, 수면제나 신술 등을 써도 전혀 잠들 수 없다.

그리고 1년도 지나기 전에 몸은 완전히 소모되어 절망 속에서 죽는다고 한다.

'그거로군….'

이야기를 듣고 나서 팔마에게는 짚이는 병이 하나 있었다.

감염성을 가진 단백질의 일종인 프리온에 기인하는 유전병. 팔마가 쓴 교과서에도 극히 드문 상염색체 우성 유전 질환으로 기재되어 있는 병이었다.

이 병에 걸린 환자는 정상 프리온을 설계하는 유전자에 이상이 생겨서 이상 프리온을 만들어낸다. 이상 프리온이 뇌내 시상에 축적되면 그것이 신경세포를 파괴하기에 뇌가 신경세포를 통해 수면 명령을 몸에 내릴 수 없게 되어 불면증에 걸린다.

"교수님은 이 증상을 보고 무슨 병으로 추측하십니까?"

"네 이야기만을 근거로 판단한다면 치명적 가족성 불면증이 의심되는군."

“역시 교수님도 그렇게 생각하십니까…. 교과서에는 불치병으로 쓰여 있는데요.”

사형선고라도 받은 것처럼 에머리히의 핏기가 싸악 가셨다.

“아니, 아직 단정 지을 단계는 아니야. 그리고 이 병이라면 상염 색체 우성 유전인데 그런 것치고는 발병율이 너무 높지 않아?”

상염색체 우성 유전이란 쌍으로 되어 있는 아버지와 어머니의 유전자들중 어느 하나에 변이가 있으면 반드시 발생하는 유전 방식으로, 남녀를 가리지 않고 50%의 확률로 발생하게 된다.

그럼에도 가계도를 보면 어느 세대에서든 대부분의 사람에게 발병하고 있는 것이다.

“혹시 여기 안 쓰여 있을 뿐 가계도에 실려 있지 않은 자손이 좀 더 있지 않아?”

그들까지 합치면 50%에 좀더 가까운 확률이 될 거라고 팔마는 생각했다.

에머리히는 어떻게 알았느냐며 눈을 크게 부릅뜨면서 고개를 끄덕였다.

“예. 신맥이 열리지 않았다는 이유 등으로 쫓겨난 사람도 있다고 들은 적 있습니다.”

대귀족에게 신맥이 열리지 않는 아이가 태어난다는 것은 불명예 스러운 일이기에 판명되는 대로 쫓아내고 제적하는 경우가 많다. 나쁜 풍습이라고 팔마는 생각하고 있다.

“그 자손들과 연락할 수 없을까? 신맥이 열리지 않은 사람에게도 발병했는지 그 여부를 알고 싶은데.”

에머리히의 일족이 치명적 가족성 불면증이라고 하면 제적되지 않은 사람들의 발병율을 보건데 신맥이 열리지 않은 사람은 발병하지 않았을 가능성이 크다고 팔마는 생각했다.

"어느 양호원에 맡겼는지 기록의 일부는 남아 있기에 양호원 쪽 기록을 찾아본다면…."

양호원의 기록을 찾아보면 쫓겨난 자손을 만나는 것은 불가능하지 않다고 에머리히는 말했다.

"너는 지금 발병하지 않았으니 확정 진단은 어렵군. 현재 발병해 있는 일족은 있어?"

"지금 일족 중에 발병한 사람은 없습니다. 가장 가까운 사례로는 3년 전에 돌아가신 아버지로군요."

에머리히는 아버지의 마지막 날까지 기록한 카르테를 팔마에게 건넸다.

팔마는 에머리히가 기록한 카르테를 확인해 보았다. 그것은 투병이라고 하기에는 너무도 일방적인, 한 사람이 황폐해지고 절망 속에서 죽어가는 잔혹하고 처절한 기록이었다.

"약사였던 아버지는 한숨도 잘 수 없어 피폐해진 상태에서도 끝까지 살려고 하셨습니다. 저도 자신이 가지고 있는 모든 지식을 동원해서 부작용을 생각하지 않고 무슨 약이든 아버지에게 투여했고, 금술도 시험해봤습니다. 하지만 소용 없었지요."

에머리히의 처방 기록을 보니 거의 자포자기 상태에서 어림짐작으로 처방한 것들이었다. 그는 매일 온갖 종류의 포션과 허브, 그리고 중금속의 조합을 시험해보고 있었다. 흡사 인체실험이라도 한 것 같았다. 하지만 하루 몇 시간도 그의 아버지를 숙면시키는 것은 불가능했다.

"당신을 좀더 일찍 만났으면 좋았을 텐데."

에머리히의 가족이 병으로 신음하고 있었을 때 아직 팔마는 이 세계에 없었다.

"교수님, 가르쳐 주십시오. 다음은 저와 제 동생들 차례입니다."

에머리히는 한 마디 한 마디 곱씹듯 팔마에게 물었다.

"이 병을 치료할 수 있는 약이 있습니까?"

팔마는 에머리히의 시선을 똑바로 받으며 보다 강한 시선을 되돌렸다.

"지금 내가 처방해줄 수 있는 약은 없어."

팔마는 너무도 무자비하게, 한 톨의 망설임도 없이 사실 그대로를 전했다.

"아아…."

에머리히는 교과서를 껴안은 채 바닥 위로 무너져내렸다.

그를 기다리고 있는 운명에 의해 그와 그의 동생들이 사로잡혀 나락으로 떨어져 버린 것을 깨달은 것이리라. 그의 손에서 힘없이 떨어진 카르테가 파사삭 무참하게 강당 바닥에 흩어진다. 그는 고개를 떨구면서 팔마에게 유언과도 같은 말을 남겼다.

"부탁이 있습니다. 만약 저에게 발병한다면 증상이 진행되기 전에 자살하겠습니다. 그러니까 교수님은 기탄없이 저를 해부하고 난도질해서 이 병에 대해 조사해 주십시오."

"그러기엔 아직 일러."

팔마는 에머리히의 비통한 호소를 들으면서 한 장씩 카르테를 주워갔다.

"그렇군요…. 증상이 어느 정도 진행된 후에 해부하는 편이 병의 해석을 위해선 좋겠지요."

"그런 의미가 아니야."

에머리히의 오해를 살 만한 표현을 써버린 팔마는 완곡하게 부정했다.

"치료법과 치료약이 지금은 없다고 말한 것뿐이라고."

팔마는 주워든 카르테를 가지런히 모은 후 소중하게 에머리히에게 건넸다. 교과서를 이렇게 너덜너덜해질 때까지 읽은 에머리히에게 팔마는 오히려 질문을 해보았다.

"현시점에서는 치료할 수 없는 이 병에 대해 어떤 약을 만들면 들을 거라 생각해?"

"모르겠습니다. 어떻게 해야 할지 모르겠어요. 다만 이 병이 이상 프리온의 축적에 의해 신경세포에 장애를 일으켜 발생한다고 하면… 우선 증상 발현을 지연시키는 게 우선이겠죠. 발병 후엔 프리온을 분해, 혹은 신경세포의 장애를 저해하는 약을 만들면 되지 않을까요?"

팔마의 교과서를 문자 그대로 닳을 만큼 읽은 에머리히의 발상과 감각은 현대 지구 약학자의 그것에 가까워져 있었다.

실제로 그런 접근 방식으로도 이 질환의 임상연구는 진행되고 있다.

"좋은 발상이야. 방법은 몇 가지 있어. 증상 발현을 늦추는 약을 찾는 것. 이상 프리온을 파괴하거나 기능하지 못하게 하는 것. 그리고 증상이 발현되기 전에 유전자 변이를 고쳐버리는 것."

"유전자 개변이라고요? 생명의 설계도, 37조개나 되는 세포의 정보를 교수님은 대체 어떻게 바꾸실 생각입니까?"

에머리히의 질문에는 한층 열기가 깃들기 시작했다. 과거에는 60조개로 알려졌던 세포 숫자. 최근 연구로 37조개로 수정된 그 터무니 없는 숫자의 체세포 안에 있는 유전자 이상을 모두 개변하는 것이 가능할 리 없다.

쉽게 해낼 수 없기에 현대 의학의 진수를 총동원해도 아직 치료법이 없는 것이다.

프리온 병의 해명과 치료약의 개발에 관해서는 팔마도 생전부터 다루고 있던 어려운 과제 중 하나였다. 그렇다. 유전자에 변이가 있으면 그곳을 고치지 않는 이상 어떠한 치료도 대증 요법에 지나지 않는다.

"고치고 싶은 병이 있음에도 치료약이 없다는 그 안타까움을 잊지 마. 너는 말 그대로 창약의 출발점에 서 있는 거야."

눈물로 얼굴이 엉망이 된 에머리히를 격려하듯 팔마는 온화한 어조로 말했다.

생전에 그가 아직 야쿠타니 칸지였을 무렵.

그는 어린 여동생을 불치의 병으로 잃은 견디기 힘든 경험을 했다.

무엇과 바꾸더라도 고치고 싶은 병이 있음에도 치료약은 존재하지 않았다.

살 수 있는 시간이 줄어들면서 몸의 자유와 함께 동생의 미소는 사라져갔다. 생명의 불꽃이 조금씩 꺼져가는 동안에도 쭉 곁에 있었던 그는 쾌유와 기적을 기원하면서 공허한 미래에 대한 희망과 불가능한 약속으로 그녀를 격려할 수밖에 없었다.

그때의 절망과 무력감이 그의 원체험이 되었고, 지울 수 없는 원죄로써 그의 존재에 새겨졌다. 그렇게 약학의 길로 들어선 그는 누군가를 치료하고 싶다는 마음을 자신의 육체가 활동을 멈출 때까지 관철했다.

에머리히는 과거의 야쿠타니 칸지가 했던 체험을 하려 하고 있다. 자신이 죽은 후에도 생각하는 것은 그의 소중한 동생들일 것이다.

팔마는 에머리히 안에서 과거의 자신을 발견하고 있었다.

"함께 시작하자. 창약을."

어안이 벙벙해진 에머리히는 곧바로 대답하지 못했다.

"그러니까 아직 포기하지 마."

팔마는 위로로도 받아들일 수 있는 말로 그를 격려했지만 결코 위로로 끝낼 생각은 없었다.

제로부터 시작할 수밖에 없다.

에머리히는 비로소 고개를 끄덕이고 아직 보이지 않는 빛을 찾아 실의 속에서 일어서려 하고 있었다.

"그럼 일단 네 유전자에 이상이 있는지부터 조사해보기로 할까. 네 동생들과는 연락이 가능해?"

"예. 가능합니다. 근처로 이사해왔지요. 급한 일인가요?"

"모두 연구실로 데려오도록 해. 세포에서 DNA를 채집해서 그것을 분석하고 싶으니까. 우선 우리들의 가설이 맞는지, 정말로 치명적 가족성 불면증의 유전자 변이가 일어나고 있는지 확인해보자."

이계의 연구실에 있는 최첨단 기기를 쓴다면, 고작 1시간 정도밖에 체류할 수 없지만 현세와 이계를 왕복하면서 유전자 변이의 유무를 조사할 수 있을지도 모른다. 이계에 체류하는 것은 현세에서의 실재를 위태롭게 하지만 제자의 문제 해결을 위해서는 어쩔 수 없다.

"교수님은 불치병에 대한 약을 포기하지 않으셨군요."

"아아, 물론이야."

에머리히는 자신을 죽음에 이르게 할 수 있는 병에 겁먹지 않고 맞서 싸우기로 한 듯하다. 시간은 시시각각 사라져 간다. 언제 발병할지 알 수 없고 발병하면 반드시 죽는다.

그때까지 에머리히와 그 가족의 목숨을 담보로 아직 이 세상 어디에도 없는 약을 만들어야 하는 것이다.

"저기, 그러고보니 교수님과 아까 함께 식사를 했던 여자아이는 친구인가요?"

에머리히는 문득 무언가를 떠올린 듯 팔마에게 물었다.

"로테 말야? 드 메디시스가의 하녀 겸 약국 직원이고, 견습 궁정 화가이기도 한데 그게 왜?"

"아뇨…. 저기, 그냥 닮은 것으로는 생각되지 않을 만큼 너무도 제 여동생들과 닮아서."

"여동생과? 헤에, 그냥 닮은 거겠지. 드문 일도 다 있네. 하지만 혈연관계는 아닐 거야. 그 애는 평민이거든. 귀족인 너와 혈연관계가 있을 리 없잖아."

팔마는 별생각 없이 흘려들었지만 에머리히는 아무래도 마음에 걸린 듯하다.

"그녀의 이름을 여쭤봐도 되겠습니까?"

"샤를로트 소렐인데."

에머리히의 질문에 대답하면서 그러고보니 로테는 평민인데 어째서 성을 가지고 있는 건가 싶었다. 제국에서는 평민에게 성이 주어지지 않는다. 동일인물로 혼동되지 않기 위해 지명이나 직업명을 성으로 쓰는 경우는 있다고 하지만 소렐이라는 지명은 제국에 없다.

"소렐…?"

에머리히의 손이 멈추었다. 그리고 그는 미안해하는 표정으로 팔마에게 말했다.

"제 가계와 같은 성이로군요…. 엄밀히는 다릅니다만 저희 일족의 성인 '솔'의 산 플루브 제국어 발음이 '소렐'입니다. 이 제국에서는 아마 드문 성일 겁니다. 저희 일족과 그녀 사이에 혈연이 없으면 좋겠습니다만… 그녀의 가족은 건재한가요?"

그저 닮았을 뿐이라고 단정짓고 있던 팔마도 그녀의 부친이 젊은 나이에 죽었다는 것을 떠올리고 성이 일치한다는 사실에 좌불안석이 되었다.

◆

로테의 아버지가 치명적 가족성 불면증의 가계일 수도 있다는 의심을 품은 채 드 메디시스가 저택으로 돌아온 팔마는 세탁물을 베아트리스의 방으로 운반하는 로테의 어머니 카트리느를 발견했다.

"카트리느 씨, 바쁠 때 미안한데요. 시간이 있으면 잠깐 할 이야기가 있어요."

"예, 팔마 도련님. 상관없어요. 뭐든 말씀하시길."

"실례지만 돌아가신 남편분에 대해 들려주실 수 있는지?"

"어머! 도련님⋯, 어째서 그런 걸 갑자기⋯. 꼭 들어야 하는 이야기인가요?"

별로 떠올리고 싶지 않은 기억인지 카트리느의 얼굴이 굳어졌다.

"예, 맘에 걸리는 게 있어서요. 괴롭겠지만 부디 용서해주시길."

"도련님이 그렇게까지 말씀하신다면."

팔마는 방으로 카트리느를 안내한 뒤 문을 잠갔다. 자칫 로테가 들어와서 이야기를 듣기라도 하면 충격이 클 것이다. 팔마는 메모를 하면서 카트리느의 이야기를 들었다.

"제 남편, 샤를로트의 아버지에 대해 자세히 이야기한 적은 없었군요⋯."

카트리느는 심호흡을 하고 때때로 말문을 흐리면서 오랜 기억을 더듬듯 이야기를 시작했다.

"저와 남편은 산 플루브 변경에서 재단사를 하고 있었습니다. 예, 샤를로트를 임신해서 행복하게 살고 있었지요. 1138년까지 남편은 건재했습니다. 하지만 그해 겨울 무렵부터였을까요? 남편은 차츰차츰 제정신을 잃더니 걷지 못하게 되고 마치 사람이 변한 것처럼 되었습니다. 그 괴로움은 엄청난 것이었지요."

카트리느는 고개를 숙인 채 깊은 슬픔에 잠긴 듯했다.

"일도 할 수 없거니와 몸을 눕혀도 잠들지 못해서 나날이 지쳐갔고, 무슨 생각을 했는지 한 점을 바라보는 일이 많아졌어요⋯. 샤를로트는 당시 어렸기에 남편에 대해 기억하고 있지 않을 거라고 생각합니다. 의사와 유명한 약사 선생님께도 보여봤지만 모른다고 고개를 젓기만 했어요. 남편은 종내에는 의식을 잃고 1139년 6월에 숨을 거두었습니다. 42세였군요."

약해져 가는 남편 곁에 있는 것은 괴롭고 가슴이 찢어지는 경험이었다며 카트리느는 눈물을 흘렸다.

'42세라. 증상을 듣자 하니 아무래도 맞는 것 같네.'

팔마는 괴롭게 이야기하는 카트리느에게 해줄 말이 떠오르지 않았다.

"고마워요. 이야기해주어서. 방금 이야기는 헛되이 하지 않겠습니다."

"남편이 죽은 후 장례식을 위해 신관님을 불렀습니다만 악령에 씌여 죽임을 당했다고 했습니다. 제 잘못이었어요. 좀더 일찍 신관님께 퇴마를 부탁드렸다면…."

"저는 그렇게 생각되지 않는군요. 남편분은 병이었다고 생각해요. 직접 보지 않았기에 단언은 할 수 없지만."

팔마는 카트리느의 죄책감을 불식시키기 위해 위로했지만 그녀는 자책에 사로잡힌 듯했다.

"이 사실을 샤를로트에게는 이야기한 적이 없습니다. 들으면 괴로워할 거라 생각하니까요…."

"예, 그녀에게는 말 안 할게요. 약속하죠. 이야기해줘서 고마워요."

그후 치료와 투약으로 거액의 빚이 생겼기에 카트리느는 가게와 집을 팔아치운 후 아직 어린 로테를 데리고 단신으로 귀족가 저택에서 일할 수밖에 없었다고 한다. 신전이 사인을 저주사로 단정지어버린 탓에 신변 조사를 하면 어느 집이든 재수 없다며 채용해주지 않았다.

그런 와중에 밑져야 본전이라는 생각에 문을 두드린 것이 대귀족

드 메디시스가였다.

브루노는 사정을 안 후에도 꺼려하지 않고, 저주를 받았다면 오히려 저주를 푸는 연구를 할 수 있어서 더 좋다고 했다고 한다. 그리고 카트리느에게 재봉 기술이 있었던 것도 행운이었다. 브루노에게 고용된 카트리느가 로테와 함께 드 메디시스가의 저택에서 일하기 시작한 것은 로테가 네 살이 갓 되었을 때의 일이었다.

"그렇게 해서 일하게 된 거였지요."

"그런 딱한 사정이 있었군요. 남편분의 양친은 역시 일찍 돌아가셨나요?"

팔마가 더 자세한 가족력을 묻자 카트리느는 봉인하고 있던 오랜 기억을 끄집어냈다.

"예, 아버지가 요절했다고 들은 적이 있군요."

"힘드셨겠군요. 당신도, 로테도, 물론 남편분도요."

"도련님! 그런 얼굴 하지 마세요. 주인님이 거둬주시지 않았다면 저와 샤를로트는 모두 길바닥에 나 앉았을 겁니다. 주인님에게는 감사하고 있어요. 덕분에 이렇게 좋은 생활을 하고 있는 겁니다. 하지만 샤를로트에게 무슨 일이라도…?"

카트리느는 팔마가 로테의 성장배경을 캐묻는 것을 미심쩍게 생각하고 있는 듯했다.

"으음, 아무것도 아니에요. 그냥 조금 궁금했을 뿐. 무슨 일이 있으면 말하도록 하죠."

팔마는 크게 고개를 끄덕이고 카트리느와 약속을 나누었다.

다음으로 팔마는 로테와 카트리느가 공동으로 쓰고 있는 방을 찾았다.

"로테, 지금 괜찮아? 방에 들어가도 될까?"

"아, 뭔가요? 팔마 님! 자, 어서 들어오세요!"

로테는 다락방 창문을 활짝 열어둔 채 창가에 놓아둔 과일을 보고 정물화 스케치 연습을 하고 있던 참이었지만 흥겹게 콧노래를 부르고 있었던 게 좀 부끄러운 모양이다.

"그것을 다 그리고 난 후라도 좋으니까 피를 좀 채취해도 될까? 로테의 혈액이 건강한지 어떤지 조사해볼까 해서."

"피를 채취할 때 아픈가요?"

"아프지 않도록 할게. 금방 끝날 거야."

"그럼 꼭 조사해주세요! 저한테까지 신경을 써주셔서 고맙습니다!"

천진난만한 미소를 지으며 로테가 팔을 내밀자 팔마는 얼음을 창조해서 그곳에 문질렀다. 바늘을 찌를 때 통증이 적도록 하기 위함이다. 로테는 긴장했는지 입술을 뾰족 내민 채 어깨를 경직시키고 있었다.

"끝났어. 수고했고, 이 탈지면을 잠시동안 누르고 있도록 해."

팔마는 채혈관을 넘어뜨리고 혈액을 흔들어 응고방지제와 반응시키면서 로테에게 말했다.

"어? 전혀 아프지 않았어요. 하지만 이렇게나 많은 피를 채취하다니, 우와, 오싹하네요."

로테는 피를 보는 게 무서운 듯하다.

"협력해줘서 고마워. 팔이 얼얼하다거나 머리가 멍하다거나 하진 않지?"

"아무렇지도 않아요. 걱정해 주셔서 고마워요."

로테는 팔마 앞으로 와서 허리를 숙이더니 고개를 숙이고 있는 팔마를 밑에서 올려다보았다.

"응? 왜?"

"왠지 팔마 님의 태도가 묘해요. 여느 때와 달라요. 기분 탓인가요?"

현대 의학으로는 치료할 수 없는 치명적 가족성 불면증이 로테에게 유전되었을지도 모른다는 팔마의 우려가 간접적으로 로테에게 전해져버린 듯하다.

그녀는 둔감한 듯 보여도 언제나 팔마를 주의 깊게 관찰하고 있는 것이다.

"아무 일도 아니야."

"그런가요? 그럼 하시는 일 힘내세요."

로테는 느슨해져 있던 팔마의 리본 타이를 풀어서 다시 꽉 매어 주었다.

"고마워, 로테."

◆

"교수님, 가족들을 데려왔습니다. 소개드리죠. 일단 차남인 오이겐부터⋯."

다음날 팔마는 에머리히가 동생들을 데려왔다는 말을 듣고 곧바로 연구실로 모이게 했다. 에머리히를 포함해서 여섯 명. 비서인 조에는 차와 과자를 가져왔고, 엘렌도 연구실에 출근했다.

"고마워. 도움이 됐어. 바우어 일가 여러분, 이렇게 모여주셔서 감사합니다."

팔마는 에머리히의 여동생 두 명을 살펴보았다. 아무리 봐도 로테의 자매다.

"그나저나 여동생분들은 정말로 로테와 닮았네."

여동생들중 두 명은 에머리히의 말대로 확실히 로테와 상당히 닮은 얼굴을 하고 있었다. 천진난만한 얼굴에 붙임성 있을 듯한 분위기. 목소리까지 비슷해서 로테의 친척이라고 해도 납득이 된다.

"정말 닮았지요?! 교수님도 그렇게 말씀하실 줄 알았습니다!"

에머리히는 팔마의 동의를 얻어서 기쁜 듯했다.

"확실히 닮긴 했네. 겉모습으로 알 수 있을 거라고는 생각 못 했지만 이건 정말 혈연관계가 있는 것 아닐까?"

엘렌도 긍정했다. 하지만 팔마에게 있어서는 별로 기쁜 정보가 아니었다.

'단순히 닮은 것뿐일지도 모르지만 이렇게나 비슷하면 정말로 혈연관계일지도 모르겠어….'

"그런데 병이 있는지 어떤지 어떻게 조사한다고 했지? 또 PCR법으로?"

"응, 그거면 돼."

로테와 에머리히의 일족 사이에 혈연관계가 있는지 어떤지를 조사하기 위해서는 전에 팔마가 공작가의 친자 감정을 했던 것처럼 PCR법을 쓰면 된다.

치명적 가족성 불면증이 발현될 가능성이 있는 유전자 변이가 있는지 어떤지 알려면 PCR법을 조금 응용하면 된다. 현대 일본에서는 염기배열을 고속으로 읽어내는 DNA 시퀀서라는 장치로 방대한 DNA 정보와 변이 정보를 쉽게 읽어낼 수 있지만, 전기영동을 쓴 아날로그 수법으로도 검출 못 하는 것은 아니다. 이 연구실에서도 충분히 재현 가능한 방법이다.

"저기, 가족들에게는 어디서부터 이야기하면 되지?"

"대략적인 사정은 설명하고 왔습니다. 저주가 아니라 병이라는 것을요."

"그렇다면 이야기는 빠르겠군. 혈액에서 DNA를 채취하기 위해 채혈을 해도 될까?"

팔마는 에머리히와 동생들 전원의 협력을 얻어 로테와 마찬가지로 채혈 준비를 했다. 해석에 충분한 양의 DNA를 얻으려고 한다면 혈액에서 채취하는 방법이 가장 바람직하다.

"구혈대를 조이고 나서 혈관을 선택하는 거야. 잘 확인해봐. 만져봐서 만져지는 혈관이 좋아. 표면에 색깔이 드러나 보이는 혈관은 별로 좋은 것이 아닐 경우가 많아."

"우웅, 저기 저기 팔마 군, 이런 건 어때?"

혈관을 음미하고 있던 엘렌이 동생의 팔에서 좋은 혈관을 발견하고 팔마에게 확인했다.

"오! 좋은 것을 발견했네."

"저기, 한 번 피를 뽑아봐도 돼? 전부터 해보고 싶다고 생각했거든."

엘렌은 채혈을 해보고 싶은 모양이다. 다른 사람의 팔이라고 그런가 싶어 팔마는 쓰게 웃었다.

"그렇다면 저도 해보고 싶군요."

　1급 약사인 에머리히도 엘렌과 마찬가지로 몸을 앞으로 내밀었다.

　"두 사람 모두 준비 없이 하는 것은 위험해. 처음이잖아. 동생들의 팔이 새파랗게 멍들어 버릴 수도 있다고. 일단 가짜 팔로 연습을 하고 나서 다음에 시도해보도록 해."

　"에이, 조금 아프더라도 참으면 됩니다."

　에머리히의 과격한 발언에 로테와 붕어빵인 여동생들은 팔마 뒤에 숨어 입을 모아 말했다.

　"저희들은 드 메디시스 교수님에게 채혈을 받고 싶어요. 그치?"

　"으, 응. 언니. 팔이 피투성이가 되면 큰일인걸. 졸도해 버리고 말아!"

　"제가 할 테니까 걱정마세요. 실패는 할지도 모르지만 저 사람들보다는 낫겠죠."

　"그렇다면 안심이네요. 오라버니, 오라버니가 나설 차례는 없대요!"

　팔마는 채혈을 하는 김에 엘렌과 에머리히에게 손기술을 전수했다.

　"주삿바늘의 사면을 위로 향한 채 피부를 찔러 혈관까지 가는 거야. 혈관을 뚫는 감각이 느껴지고 나면 거무스름한 정맥혈이 들어올 테니까 약지와 새끼손가락으로 주사기를 잡아당기도록 해. 손이 흔들리지 않도록 조심하면서 말야. 다 잡아당겼으면 구혈대를 풀고 나서 바늘을 뽑아. 구혈대를 먼저 풀지 않으면 피가 분출되니 말이지."

　"듣고 보니 꽤 어려울 것 같네. 에머리히 군, 서로의 팔로 연습해볼래?"

"그렇군요. 본푸아 선생. 나중에 잘 부탁드리겠습니다."

엘렌은 일단 자력으로 채혈하는 건 포기한 것 같고, 에머리히는 잇따라 채혈을 해가는 팔마를 어깨너머로 보며 이미지 트레이닝을 하고 있었다. 탐욕스럽게 배우는 그 자세에 팔마는 감탄했다.

'과연 1급 약사에 수석을 차지할 만큼 열심인 학생이네.'

"채혈은 지금 시켜줄 수 없지만 혈액에서 DNA를 추출하는 것은 시켜줄 수 있는데 해볼래?"

팔마는 엘렌과 에머리히에게 제안했다. 동생들은 채혈이 끝난 후 바로 돌려보냈다.

팔마는 검체를 둘로 나누어 RNA도 추출할 수 있도록 해두었다.

우선 작은 시험관 안에서 세포를 파열시킨 후 세포를 녹이는 효소를 넣고 가열한다. 효소 반응이 끝나기를 기다렸다가 세포가 용해된 것을 확인하면 페놀과 클로로포름을 넣고 잘 섞는다. 그것을 수동 원심분리기로 원심분리한 후 위의 맑은 부분을 채취해서 그것에 다시 알코올을 섞는다. 섞은 순간 시험관 안의 알코올 안에 반투명한 실 같은 것이 둥실둥실 떠오르기 시작했다.

"드 메디시스 교수님, 이것은… 혹시 교과서에 써 있었던 그…."

"그래, DNA야. 네가 추출한 거지."

"뭐랄까 솜처럼 하늘거리네. 금방이라도 끊어져 버릴 것 같아."

엘렌은 별로 고맙지 않은 듯한 얼굴로 지켜보았지만,

"이, 이게… 인체의 설계도로군요. 교과서에서 본 것과 실물은 역시 달라요!"

"실습이 중요하다는 걸 알겠지?"

에머리히의 튜브를 든 손이 떨리고 있다. 그로선 금단의 성역을 답파한 기분일 것이라.

"그럼 이것은 내일 해석해 보기로 하고 오늘은 이것으로 해산. 슬슬 강의 시간이니까 나머지는 내일 하기로 해."

"알었어."

팔마는 에머리히와 함께 강의실로 향했다. 에머리히는 쭉 안절부절못하고 있었다.

◆

'자…, 그럼.'

강의를 마친 팔마는 에머리히의 가족 DNA 전부와 팔마가 미리 추출해둔 로테의 샘플을 얼음으로 냉각해서 샘플백에 담았다. 남은 검체에서 RNA도 추출해 두었다.

'어떻게 될지 모르니까 가고 싶지 않지만 또 갈 수밖에 없으려나?'

성천을 통해 갈 수 있는 이계의 연구실에는 어지간하면 접근하지 않기로 했지만 고도의 해석을 위해서는 연구실의 설비가 필요하다. 저번에 이계에서 돌아온 후로 육체의 투명화가 진행되었다는 것을 생각하면 재방문은 소멸의 리스크를 높일 것이다. 팔마는 살로몬에게서 받은 파계부를 있는 만큼 준비했다.

이계의 연구실에 가는 목적은 해석장치를 이용해서 환자의 정확한 유전정보를 얻는 것과, 연구에 필요한 시약, 서적, 도구를 가져오는 것, 주로 이 두 가지이다. 제자와 로테를 위해 조금이라도 빨리, 좀더 자세한 유전자 검사를 해서 현대 지구에서도 치료할 수 없는 병의 치료법을 확립해야 한다.

"좋아, 가볼까?"

팔마는 약신장을 움켜쥐고 각오를 굳혔다.

"어디로 가는 거야, 팔마 군. 음…? 그 샘플백은."

엘렌이 교수실 옆 연구실에서 얼굴을 내밀고 팔마에게 물었다. 팔마는 엘렌이 돌아간 줄로만 알았는데 그녀는 팔마를 걱정해서 아직 대학에 남아 있었던 모양이다.

"아직 안 가고 있었구나, 엘렌."

"강의 준비를 하고 있었어. 그보다 샘플백을 들고 어디로 가려고 한 거야? …혹시 저번에 말한 성천을 통해 갈 수 있다는 이계?"

팔마의 행동을 엘렌은 완전히 꿰뚫어 보고 있는 모양이다.

"응, 뭐… 그래. 어떻게든 필요한 것이 있어서 그것을 가져오고 싶어."

"에머리히 군의 일족을 위해서?"

"로테를 위한 일이기도 해."

"무슨 뜻이야?"

팔마는 로테가 에머리히의 친척일 가능성을 설명했다.

"나는 할 수 있는 최선을 다 해보지도 않고 후회하고 싶지 않아. 로테같이 가까운 사람이 불치의 유전병을 앓고 있다고 생각하면 한시라도 빨리 어떻게든 하고 싶어."

에머리히는 40대부터 죽음에 이르는 병이 발현된다고 생각하고 있는 모양이지만 꼭 그렇지만은 않다. 어릴 때 발병해서 사망하는 경우도 있다. 몇 살까지 안전하다는 보장은 없는 것이다.

"그리고 나는 보통 사람과 달라서 언제까지 이 세계에 있을 수 있을지 알 수 없어. 내일 바로 소멸할지도 모르지. 그렇다면 어디서 무엇을 하든 똑같아. 그러니까 오늘 가볼 거야."

"팔마 군, 어째서 그렇게 서두르는 거야? 앞으로 1, 2년 정도는 더 기다려도 되잖아?"

"그래선 늦어. 미안해, 엘렌. 그만 가볼게."

"넌 항상 그런 소리만⋯."

팔마는 창문을 열고 뛰쳐나갔다. 말린다 해도 결심은 변하지 않는다. 연구를 지금부터 시작해도 신약은 바로 얻을 수 있는 것이 아니다. 그때까지 누군가가 발병할 가능성이 있는 이상, 서둘러야 했다.

엘렌의 목소리를 멀리서 들으며 약신장에 신력을 불어넣는다. 팔마는 바람이 되어 제도 상공을 질주했다.

◆

안개가 모락모락 피어오르는 성천에 도착했을 무렵에는 해가 완전히 저물어 캄캄해져 있었다.

성천에는 변함없이 맑은 물이 고여 있었다. 팔마는 상의를 벗고 주저없이 샘으로 뛰어들었다. 깊게는 잠수하지 않고 수면 밑에서 신술로 수면에 얼음을 형성하자 이계로 가는 입구가 얼음 속에 비친다.

팔마는 직원증을 꺼내서 연구실 출입문에 있는 전자 인증장치에 그것을 갖다댔다.

‘어? 자기가 약해진 건가?’

다시 갖다대보지만 읽는 반응이 무디어져 있었다.

『…삑.』

세 번째 시도만에 겨우 잠금장치가 풀리며 연구실 문이 반쯤 열렸다.

전과 비교해서 열리는 움직임이 부드럽지 않은 것 같다는 느낌이 든다.

‘…조금 녹이 슬어 있는 건가?’

너무 미묘한 차이라 전에는 어땠는지 생각나지 않는다. 고민할 시간은 없다고 생각해서 전과 마찬가지로 문을 비집고 연구실 안으로 들어가보니 연구실 에어컨 냄새와 냉장고를 비롯한 장치들의 가동음이 팔마를 맞이해주었다. 모든 장치는 정상으로 작동하고 있었다.

벽에 있는 시계를 확인해 본다. 오전 3시 50분. 여기까지는 지난 번과 차이가 없다.

들어온 순간 시계는 이계의 시간을 새기기 시작했다.

이곳은 야쿠타니 준교수가 사망하기 전 1시간을 되풀이하고 있는 것처럼 보였다.

‘다시 말해 남아 있는 체류 가능 시간은 약 1시간인가.’

팔마는 되도록 시야에 넣고 싶지 않았던 존재를 확인했다.

야쿠타니 칸지. 생전의 자기 자신은 소파 위 침낭 속에서 새근새근 잠들어 있었다.

‘나도 예전 그대로인가. 내가 죽기 전에 자력으로 방을 나가고 싶네.’

가능하면 자신의 단말마를 또 듣고 싶지는 않은 것이다.

저번에는 야쿠타니의 심장이 멎은 순간에 팔마도 이 연구실에서 강제로 튕겨 나갔다. 하지만 만약 그가 죽기 전이라면 출구를 통해 평범하게 탈출할 수 있지 않을까? 그가 괴로워하기 시작하면 그를 못 본 체하고 주저없이 연구실 밖으로 나가야 한다. 다른 사람은 치료할 수 있지만 육체에 간섭할 수 없는 야쿠타니는 팔마가 치료할 수 없다…. 안타깝지만 야쿠타니 칸지는 이번에도 죽게 놔두기로 결심했다.

팔마는 맨 먼저 대형 해석장치 옆에 있는 제어 PC로 다가갔다.

'게놈 해석 데이터가… 완성되어 있어! 역시 생각했던 대로야!'

전에 방문했을 때 팔마가 걸어두고 갔던 자신의 게놈 정보 데이터이다.

해석에는 보통 상당한 시간이 걸리지만 시공을 초월한 데이터의 해석은 이미 끝나 있었다. 죽기 전의 1시간을 똑같이 반복하고 있는 것처럼 보였지만 해석장치의 시간은 진행되고 있었다.

'시간축이 뒤죽박죽으로 엉켜있는 것 같아.'

불과 1시간 체류한 것만으로도 육체의 투명화가 진행되는 것이다.

1시간밖에 있을 수 없었기에 망정이지 장시간 체류했다면 어떻게 되었을지 생각하고 싶지도 않다. 반복해서 온다면 육체가 무사하지 못하겠지만 그 대가는 얻을 수 있다.

'이번에 판명되는 셈이야. 이세계인의 유전 정보가 어떻게 되어 있는지. 내가 인간인지 어떤지.'

팔마는 데이터를 해석해 갔다. 인간 게놈의 참조 정보에 따르면 팔마의 게놈 정보는 틀림없이 호모 사피엔스에 가까운 것이었다.

'…이세계인은 역시 호모 사피엔스의 근연종이었나.'

팔마 드 메디시스의 유전정보는 99.9% 이상의 확률로 지구인의 유전정보와 일치했다. 팔마는 흥분된 마음으로 데어터를 세밀하게 조사해 갔다.

팔마의 유전정보는 팔마 소년의 그것이다. 그림자가 없는 등의 초인적인 특성을 가지고 있는 팔마의 몸이지만 그 유전정보는 인간과 별 차이가 없었던 것이다.

'굉장해. 이 데이터는 굉장하다고…! 신맥의 발현을 관장하는 유전자도 분명 있을 거야. 어느 것이지?'

지구인에게는 없는 미지의 유전자도 여럿 검출되어 있었다.

그 숫자는 다섯. 아마 이 안에 신맥을 관장하는 유전자 후보가 있다.

팔마는 데이터를 정밀하게 검사하면서 노트북에 필요한 데이터를 카피해갔다. 이것을 이세계로 가져간 후 전원만 확보하면 더 자세한 해석을 할 수 있을 것이다. 또한 그가 필요하다고 생각한 의학, 약학 정보와 논문도 카피했다. 그후 각종 의학서, 약학서를 비닐 봉지에 넣어 대형 가방에 담았고, PC와 스마트폰도 비닐 봉지에 넣어 배낭처럼 짊어졌다.

'이로써 어느 타이밍에 튕겨나가든 일단 안심이야.'

연구실을 방문한 두 번째 목적은 달성했고, 다음은 첫 번째 목적. 에머리히 일족과 로테의 DNA를 게놈 해석 장치에 장착한다. 간이 해석이라고 해도 데이터가 나올 때까지는 시간이 걸리니 일단 이계에서 나와 다시 데이터를 가지러 와야 할 것이다. 그리고 유전자 발현 해석을 위한 준비도 갖추었다.

연구실을 둘러보다가 팔마는 묘한 위화감을 느꼈다.

'어? 배양실 문이 열려 있고 불도 들어와 있네…?'

연구실 옆 세포 배양실의 문 틈새가 벌어져 있었다. 게다가 불도 켜져 있다.

전에 왔을 때는 아무리 열어보려 해도 꿈쩍도 하지 않은 방이었다.

'이계가 넓어진 건가?'

이계의 연구실에는 간과할 수 없는 변화가 일어나 있었다. 긴장감에 심장이 터질 것 같다. 누군가가 안에 있다고 해도 지금의 팔마에게는 신력도 신술도 없다. 이 공간은 지구에서의 물리법칙을 따르고 있는 것이다.

'출입할 수 있는 연구실 영역이 확대되어 있어. 전에 왔을 때와 같은 상태가 아닌 거야. 이 문은 도어 클로저가 달려 있어서 자동으로 닫히게 되어 있는데 어째서 열려 있는 거지?'

팔마는 문이 닫히지 않도록 조심하면서 배양실 안으로 발을 들여놓아 보았다. 안에 사람이 없다는 것을 확인하고 생전의 습관대로 신발을 신고 들어가면 안 되는 곳에서는 슬리퍼로 갈아신는다.

배양실인 듯한 공간 내부를 하얀색 형광등과 클린벤치에 켜진 UV램프가 파랗게 비추고 있고, 장치의 모터음이 실내에 울려 퍼지고 있다. 소형 냉장고 같은 모양을 한 배양기 문을 열어보니 안에는 각종 세포가 든 샬레가 가지런히 놓여 있었다.

샬레의 날짜를 보니 야쿠타니가 죽은 날에 배양하고 있었던 것들이다.

2년여의 세월을 거쳐 샘플과 재회한 그는 감회조차 느꼈다.

'배양 용품 세트도 필요하겠지? 가지고 돌아가자.'

팔마는 배양을 위한 실험기구와 물질 창조로 합성이 곤란한 특수한 시약들을 가방에 담았다. 또한 주요 배양세포도 냉동고에서 냉동상태로 꺼냈다. 치명적 가족성 불면증 연구를 위해서는 신경 줄기세포의 배양 환경이 필요하다.

'배양실에 들어올 수 있다는 건 그 옆 복도로도 나갈 수 있다는 말인가?'

그의 기억이 맞다면 배양실 저편에는 문이 하나 더 있고, 연구동 복도와 연결되어 있을 터였다.

배양실을 가로질러 복도로 통하는 문을 열어보려 했지만 배양실에서 복도로 통하는 문은 꿈쩍도 하지 않았다. 문이 빡빡해서가 아니라 물리적으로 공간이 닫혀 있는 듯하다. 고개를 갸웃하며 문에 끼워져 있는 유리창을 통해 본래 복도가 있는 공간을 들여다보니 그곳은 암흑 공간이었다.

언뜻 원래 세계로 돌아갈 수 있는 것 아닐까 하는 생각이 머리를 스쳤지만 눈에 힘을 주고 살펴보니 심연의 얼룩이 한 방향을 향해 느릿한 속도로 균질하게 회전하고 있었다. 이 연구실이 무언가 정밀한 기계 장치 안쪽에 있고, 그 내부에서 장치의 심장부를 바라보고 있는 것 같다.

'공간이 회전하고 있는 건가…? 게다가 복도가 없어. 밖으로는 나갈 수 없는 거야. 이 공간은 대체….'

공간이 불안정해져 있다고 생각한 팔마는 탈출할 기력이 송두리째 뽑혀 나갔다.

발길을 돌려 연구실로 돌아간다. 출구는 한 곳뿐인 것이다.

'공간 전체가 변해 있다는 것은, 혹시 나 자신도 변해 있는 건가?'

팔마는 문득 떠올리고 소파에서 고른 숨소리를 내고 있는 야쿠타니에게 다시 한번 다가가 보았다. 무언가 변한 부분은 없는 걸까? 빤히 쳐다보고 있자니 야쿠타니의 눈꺼풀이 파르르 떨렸다.

'전보다 의식이 얕아!'

이봐! 라고 말을 걸어보려 했지만 목소리가 나오지 않는다. 소리가 공기에 전파되지 않는 것이다. 야쿠타니를 만져보려 해도 팔마의 손은 유령이 된 것처럼 야쿠타니의 몸을 그대로 통과했다.

'이 방에 있는 물건들은 만질 수 있지만 야쿠타니 자신의 몸은 만질 수 없어…. 목소리도 이 공간 안에서는 안 나오고 말야.'

일 중독이었던 생전의 자신. 그런 그를 깨울 방법을 생각해본다. 팔마는 연구실 안에 있는 샘플 보관용 초저온 냉장고 문을 활짝 열어젖혔다.

『삑! 삑! 삑!』

냉장고에서 온도 상승 부저가 울린 순간 야쿠타니는 벌떡 깨어났다.

"우와아아아! 냉장고 고장인가?!"

냉장고 고장에 의한 보관 샘플의 전멸. 그것은 약학자에게 있어서 치명적인 사건이라고 할 수 있었다.

'이, 일어났어…. 하하, 역시 나는 나구나.'

쓰게 웃는 팔마 앞을 지나쳐서 냉동고로 달려간 야쿠타니의 눈에 팔마의 모습은 보이지 않는 모양이다. 존재를 무시당했다기보다는 기척조차 느끼지 못하고 있는 듯하다.

"냉동고 문이 활짝 열려 있잖아…? 어째서지?"

냉동고에 이상이 없는 것을 꼼꼼히 확인한 야쿠타니는 방에 걸린 시계로 아직 기상 예정 시간이 되지 않은 것을 확인하고 다시 소파에 있는 침낭 속으로 들어가려 했다. 하지만 그때,

"음…? 뭐지?"

야쿠타니는 여우에 홀린 것 같은 얼굴로 머리를 긁적이며 천천히 연구실을 둘러보았다.

연구실 내부가 변해 있는 것을 눈치챈 모양이라고 팔마는 예상했다. 몇몇 중요한 실험기구가 팔마에 의해 도난당한 것이다. 야쿠타니의 휴대폰조차 사라진 상태다.

그가 꼼꼼히 준비해두었던 시약들까지 송두리째 소멸해 있다.

'이봐, 이거 보여? 내가 훔친 거야.'

팔마는 야쿠타니 곁으로 다가가 손을 흔들어 보였지만 눈길은 마주치지 않았다. 팔마가 들고 있는 물품들도 야쿠타니의 눈에는 안 보이는 모양이다.

'…어떻게 되어가고 있는 거지? 내 모습뿐만 아니라 들고 있는 것도 보이지 않게 되는 건가?'

팔마가 어찌할 바 모르고 있을 때 지난번 팔마가 현실세계로 튕겨나간 계기가 된 타이머의 알람이 울렸다.

'아차! 시간이 다 되었어!'

그것을 신호로 연구실 전체에서 팔마를 연구실 밖으로 배출시키려는 힘이 작용하기 시작했다. 팔마는 튕겨나가는 것을 각오하고 물건들을 꽉 붙잡았다.

◆

눈을 감은 직후 성천으로 방출되어버린 그는, 연구실로 들어가기 전에 수면에 만들었던 얼음 위에 서 있었다. 이계에 있을 때는 사라졌던 신력이 팔마의 온몸에 조금씩 돌아온다.

그는 자신의 몸에 변화가 없는지 확인했다. 지난번에는 연구실을 떠난 후로 신력이 강해지고 몸이 투명해졌지만 이번엔 투명해지지 않았다. 굳이 따지자면 신력이 줄어든 것 같다는 생각이 든다.

"그러고보니 이번엔 녀석이 안 죽었지?! 녀석이랄까 야쿠타니는 나지만. 아무튼 그래서인가?"

저번에 침입했을 때 야쿠타니는 괴로움에 몸부림치다 죽었고, 그 여파로 팔마의 의식은 이계에서 강제로 퇴출되었지만, 이번엔 팔마가 부저를 울리는 등의 술수를 써서 야쿠타니를 깨운 탓에 무언가의 인과관계가 변화해서 야쿠타니에게 심부전은 일어나지 않은 것이다.

그는 죽지 않았다.

"지금 동일 시간축에 야쿠타니가 생존한 루트가 만들어진 건가? 죽지 않고 일상생활에 복귀한 건가?"

팔마는 몸에서 힘이 풀렸지만 그래도 생각에 잠겼다.

'이계에 간섭하면 발생한 사건의 숫자만큼 인과가 원래의 시공과는 괴리되어 가는 것 같아. 그것을 계속해가면 최종적으로 어느 한쪽이 파탄에 이르는 건가…?"

그래서 이계에서 나온 팔마의 몸이 투명해지기도 하고 투명해지지 않기도 하는 걸까?

"하지만 앞으로 한 번 더 그곳에 가야 돼."

로테와 에머리히 일족의 유전자 해석을 걸어두고 온 이상, 결과를 확인하러 갈 필요가 있다. 겁먹고 있을 때가 아니다. 팔마는 연구실로 다시 돌입하기로 했다. 시간의 경과에 따라 팔마에게 무언가 영향이 생길지도 모른다.

물가에 물건들을 내려놓고 나서 통산 세 번째의 침입을 시도한다.

카드키 인증 시스템에 비보화된 직원증을 갖다댔지만 문이 열릴 때까지 상당한 시간이 필요했다. 문의 가동 영역도 서서히 좁아져서 이제는 완전하게 열리지 않게 되었다. 불길한 예감이 들었지만 문을 억지로 열고 들어가보니 야쿠타니는 역시 소파 위 침낭 속에서 잠들어 있었다. 팔마는 거기서 방에 걸린 시계를 보았다.

'아닛?!'

오전 3시 50분… 이 아니라 4시 10분.

'……! 지나 있어! 20분이나!'

팔마가 연구실로 들어온 순간부터 시간은 흘러가기 시작한다. 이번에는 체류할 수 있는 시간이 40분 밖에 없는 것이다. 이 이상 이계를 변용시키는 위험은 감수하고 싶지 않다.

야쿠타니는 깨우지 않고 그대로 놔두기로 했다.

'제기랄, 40분 안에 데이터 해석을 어떻게 하라는 거야?! 무리라고. 밖에서 해석할 수밖에 없겠어.'

아까 걸어두고 간 유전자 해석은 다시 침입한 지금 이미 끝나 있었다. 팔마가 연구실을 나간 지 고작 10분도 되지 않았지만 그 사이에 1주일 정도는 계속 가동하지 않으면 끝나지 않는 유전자 해석이 끝나 있다.

시공의 왜곡이 일어나고 있다고밖에 생각되지 않았다. 곧바로 해석 결과를 대용량 저장장치에 카피해서 가지고 나가려 했다.

'늦어! 그야 그렇겠지…. 데이터가 워낙 크니 말야.'

데이터를 카피하고 있는 대화 상자의 진척 상황은 지지부진했다.

'40분 안에 카피가 끝날 수 있으려나?'

경험상 1시간 이상은 걸린다. 아무튼 해석 결과라는 것은 대용량 데이터인 것이다.

"우선순위를 매겨서 필요한 부분부터 카피하는 게 좋겠어."

카피를 진행하는 와중에도 데이터를 해석 소프트웨어에 넣어 최대한 데이터 사이즈를 압축한다. 정보를 모두 취득할 순 없었지만 필요한 부분만은 카피하는 것에 성공했다.

그리고 제한시간을 넘겨 강제로 퇴출당하는 것을 막기 위해 야쿠타니가 괴로워하기 시작한 시점에 곧바로 연구실 문을 통해 자력으로 탈출했다. 출입문은 반 정도로 밖에열리지 않게 되어 있었다. 이계의 문을 닫자 팔마의 신력은 원래대로 돌아왔다.

"후우… 귀환했다. 음? 신력이…? 아니 아니, 그만 됐어! 너무 많이 돌아왔다고!"

이쪽 세계로 돌아온 순간 봇물이 터지듯 체내로 신력이 흘러들기 시작했다.

"큭…. 역시 이렇게 되는 건가!"

폭력적일 정도로 증폭된 신력량.

구역질과 현기증이 나며 의식이 아득해지기 시작했다. 신력의 유입은 멈출 기미를 보이지 않았다.

‘이런, 위험해!’

허용량 이상의 신력을 억지로 압축해서 충전하는 듯한 감각은 최악을 넘어 죽고 싶어질 정도였다. 피부의 투명화가 진행되어 간다. 신력의 폭발적 유입에 의한 소멸 위기를 느낀 팔마는 가방을 뒤졌다.

‘이런 때를 대비해서…!’

살로몬의 파계부를 닥치는 대로 온몸에 붙여 신력을 봉인하고, 줄리아나에게서 빌려온 보검을 허벅지에 찌른 다음, 직원증과 약신장에 신력을 불어넣는다. 그러고나서야 겨우 평소 상태로 되돌릴 수 있었다.

“후우… 겨우… 인간으로 돌아올 수 있었, 나…?”

팔마는 새삼 자신이 괴물이라는 것을, 이 세상 존재가 아니라는 것을 깨달았다.

틀림없이 팔마는 방금 소멸의 위기를 체험했다. 이 세계에서의 소멸은 이런 식으로 일어난다고 명확하게 인식할 수 있었다.

“약신 관련 물품뿐 아니라 비보도 모으지 않으면 안 되겠어.”

저장할 수 있는 양은 미미하지만 비보에라면 일시적으로 신력을 저장해둘 수 있다.

“대체 그 장소는 뭐지? 그곳에서 돌아올 때마다 신력이 높아지고 있어.”

팔마는 배양실 창밖에서 기분 나쁘게 소용돌이치고 있던 아득히 깊은 어둠을 떠올렸다.

이 세계의 취약성을 엿본 듯한 기분이었다. 죽기 직전의 자신이 같은 시간을 무한히 반복하면서, 시공을 표류하는 이계에 갇힌 채

인과가 계속 변화하고 있다고 하면….

"내가 죽는 세계와 죽지 않는 세계가 겹쳐져 있는 거야."

자조적으로 중얼거리며 물 밖으로 나가 연구실에서 훔쳐온 물건들을 집어들었다.

"다음에 들어갔을 때 시간이 좀더 지나 있다면 언젠가는 들어갈 수 없게 되려나?"

이름도 모르는 이세계의 하늘을 올려다보며 팔마는 사태를 우려했다.

이 세계의 하늘은 어느 우주와 이어져 있는 걸까?

밀려오는 의문을 억누르며 그는 물건들을 끌어안았다. 약신장을 크게 한 번 휘두르자 중력을 역행해서 산 플루브의 하늘로 날아오른다.

◆

팔마는 드 메디시스가 저택으로 돌아가지 않고 제국 의약대에 있는 자신의 연구실로 돌아왔다.

심야를 지난 시간이라 아무도 없을 거라 생각했지만 연구실의 열쇠는 열려 있었고 안에서 사람의 기척도 났다. 엘렌이 아직 연구실에 남아 책상 위에 엎드린 채 잠들어 있었다.

'여기서 기다리고 있었던 건가? 이곳으로 돌아올지 어떨지도 알 수 없었는데….'

팔마는 엘렌이 깨지 않도록 조용히 이계에서 가져온 짐을 풀기 시작했다. 시약과 기구들을 엄중하게 보관한 후 노트북 PC를 기동

한다. 내장 배터리가 아직 남아 있을 때 해석 작업을 끝마치려는 것이다. 배터리가 다해도 충전할 방법이 없는 것은 아니지만 연구실에서 가져온 비상 전원을 개조해서 수제 배터리를 만들려면 시간과 노력이 필요하다.

추정 잔여 시간은 대략 10시간. 단숨에 해치운다. 두 가계의 유전자 배열을 각각의 유전자 해석 결과 파일에서 불러내서 기존 유전 정보와 대조해본다. 이 치명적 가족성 불면증은… 진행성 불면증에 의해 쇠약사한다. 현대 의학으로도 치료할 수 없는 것으로 알려진 이 프리온 병이 과연 에머리히의 가족들과 로테에게 유전되고 있을까.

팔마는 디지털화된 유전 정보를 바탕으로 담담하게 해석을 진행해갔다.

환생으로 공백이 있었음에도 커맨드 조작에는 문제가 없었다. 부족한 정보는 코드를 적어간다.

결과가 보이기 시작했다. 이 병에 관련된 프리온 유전자는 178번. 코돈이라 불리는 이 세 개의 염기배열에 문제가 있으면 치명적 가족성 불면증의 보인자(保因者)라고 할 수 있다.

에머리히는 유감스럽게도 보인자가 틀림없었다. 차남, 삼남, 사남, 장녀, 그리고 차녀까지도.

"전원에게… 유전되고 있는 건가…."

게다가 유전자 발현 해석도 함께 해본 결과 차남인 오이겐에 이르러선 이미 이상 프리온이 축적되기 시작하고 있었다. 오이겐이 몇 년 이내에 목숨을 잃을 가능성은 매우 높았다.

팔마가 생각하고 있었던 것보다 사태는 심각했다. 이 병의 유전

확률은 통상 50%지만 신력을 가지고 있는 것이 영향을 미치고 있는 건지, 아니면 고귀한 가계인 탓에 근친혼 등이 이루어진 결과인지, 아무튼 에머리히 세대의 유전자 변이 보인율은 100%였다. 전원에게 이 병이 발병하게 된다.

"그럼 로테는⋯."

팔마는 마음을 진정시키고 마지막으로 미뤄두었던 데이터를 열었다. 그들과 로테의 차이는 여럿 있다. 같은 조상을 가지고 있지만 한쪽은 귀족이고 한쪽은 평민이다. 에머리히의 가계와 로테가 혈연관계일 거라는 것도 유전자를 보니 알 수 있었다. 로테는 어머니 쪽에 평민의 피가 들어가서인지 신술에 관련된 것으로 생각되는 유전자 몇 개가 결여되어 있었고, 그래서 신술을 쓸 수 없게 되어 있었다. 그래서 지금 로테는 평민인 것이다.

그리고 운명이 걸린 해석 결과, 치명적 가족성 불면증은⋯.

"로테에게는 유전되지 않았어!"

안도하면서도 에머리히 일족을 생각하면 해석을 쉬고 있을 틈은 없었다. 진단이 거의 확정된 후에도 팔마는 자신을 몰아붙이듯 철야로 코드를 계속 읽어나갔다. 다른 유전자 정보에서 이 병의 치료법을 찾기 위해서이다. 전원이 끊길 때까지 최대한 정보를 이끌어 내고 싶다.

해뜰녘의 빛이 창문으로 새어들어 왔을 때 팔마는 데스크톱의 전원 옵션을 보고 고개를 갸웃했다.

'음? PC의 배터리가 전혀 안 줄었잖아?'

이계에서 이쪽 세계로 가져온 것은 비보화된다. 직원증도 그랬고 다른 시약류도 그랬다. PC도 예외가 아니었는지 이것도 비보화되어 있었다.

배터리 인디케이터가 이상해진 게 아니라 정말 무한으로 쓸 수 있게 된 것이다.

"그렇군…. 줄어들지 않는 건가? 그럼 이만 자도 되겠어."

팔마는 소파에 털썩 앉아 피곤함에 몸을 맡기고 그대로 잠들어 버렸다.

다음날부터 이 병에 대한 치료법을 바로 모색해야 한다.

병마는 그들 일족에게 벗어날 수 없는 저주를 새기고 있었으니까.

 ## 12화 게놈 편집 기술과 약신이 내준 숙제

혼탁한 의식 속에서 새들의 지저귐 소리가 들리고 따뜻한 햇살이 피부에 느껴진다.

팔마의 팔에 부드러운 것이 닿아 있었다. 눈을 떠보니 엘렌이 팔마의 팔을 안고 팔마에게 몸을 기댄 채 잠들어 있었다. 팔마가 일어나자 엘렌도 함께 깨어난다.

"잘 잤어? 팔마 군."

엘렌은 복잡한 감정을 내비치며 팔마에게 미소지었다. 팔마는 손을 흔들어 보였다.

"엘렌, 내 모습이 보여?"

"보여. 네가 여기에 있다는 것도."

엘렌의 말에 팔마는 겨우 한숨 돌렸다. 엘렌은 팔마를 덥석 끌어안았다. 풍만한 가슴이 팔마의 얼굴을 압박해서 숨을 쉬기 힘들어진다.

"저기, 엘렌? 답답해, 답답하다고!"

팔마는 갑작스런 상황에 경직되고 말았다. 엘렌은 이런 짓을 하는 성격이 아닌 것이다.

"먼 곳에 갔다 왔구나…. 돌아와줘서 정말 다행이야. 네가 그대로 사라져버렸다고 생각하면…."

울먹거리고 있는지 엘렌은 귓전에서 말문을 흐렸다.

"게다가 돌아온 네 몸이 빛을 내고 있는 게 보였어. 무리를 하고 온 것 아냐? 몸은 괜찮아?"

"응, 뭐…. 미안해."

엘렌의 마음을 아프게 한 것을 깨달은 팔마는 얌전하게 야단맞기로 하고 그녀에게 몸을 기댔다. 엘렌과 팔마가 그렇게 정을 나누고 있자니 하필 그 타이밍에 교수실 문이 열렸다.

"안녕하세요…? 아, 실례했습니다. 전 아무것도 안 봤어요!"

조에는 너무 놀랐는지 얼굴을 붉히며 서류를 떨구었다.

"저기, 조에 씨…?!"

예상 밖의 타이밍에 현장을 들킨 두 사람은 사사삭 거리를 벌렸다. 두 사람 모두 부끄러울 만한 일은 하지 않았지만 조에가 묘한 오해를 하고 있는 것 같아서 팔마는 머리가 아파졌다.

"어머, 좋은 아침이야, 조에. 오늘은 좀 일찍 왔네. 어젯밤에는 좀 바빠서 여기서 묵게 됐어. 잠을 제대로 못 자서 목욕을 좀 해야 할 것 같아."

"잠을 제대로 못 자긴 했지만 데이터 해석 때문이었다고!"

팔마는 오해를 풀기 위해 끼어들었다.

본인에게는 자각이 없는 것 같지만 엘렌은 아무렇지도 않게 오해를 살 만한 발언을 하고 있다.

"시, 실례했습니다!"

팔마와 엘렌을 배려한 것인지 조에는 그후 30분 정도 모습을 감추고 돌아오지 않았다. 팔마는 조에를 찾아 학교 안을 뛰어다녀야 했고, 어색한 분위기 속에서 근무를 시작해야 했다.

◆

조에의 오해를 겨우 풀고, 그녀가 비서실로 돌아간 것을 확인한 팔마는 문득 교수실 시계를 보고 허둥대기 시작했다.

"이런, 벌써 약국 영업이 시작될 시간이잖아. 엘렌은 오늘 강의가 있었던가?"

"아, 나는 오전에 신술 실습 수업이 있어서 약국까지 왕복할 시간이 없어. 오전 중엔 약국을 비워야 하는데 어떡하지? 아르바이트 약사들로만 가게를 열 수 있으려나?"

엘렌은 1주일에 한 번꼴로 오전에 신술 실습 강의를 하고 있고, 그것을 기대하고 있기도 했다.

종래대로 귀족을 대상으로 한 수업으로, 지구에서의 체육에 해당되는 수업이다. 첫 수업에서는 전원을 상대로 신술 시합을 했다고 하는데, 이 실습은 사무 작업이 늘어나서 운동 부족을 느끼고 있는 엘렌에게는 좋은 기분 전환이 되고 있는 것 같다. 참고로 평민 출신은 신술을 쓸 수 없기에 다른 메뉴의 운동을 하게 된다.

"나도 진행 중인 실험이 있어서 자리를 비울 수가 없네. 오늘은 형이 한가하니까 도움을 부탁해야겠어.”

해결책을 떠올린 팔마는 대학 전서구를 빌려 드 메디시스가 저택으로 편지를 날렸다. 대학 강의와 준비 등으로 바쁠 때는 팔레가 약국의 진료를 도와주고 있다.

“팔레 군한테 그렇게 거리낌없이 부탁해도 괜찮겠어? 나중에 혼나지 않아?”

“진료 실적을 쌓을 수 있는 일거리를 달라 하고 있으니 괜찮을 거야.”

팔레는 1급 약사이기에 왕후 귀족을 왕진하는 게 보통이지만 약국에서 진료하는 것에도 메리트가 있다. 1급 약사에게는 매년 진료를 몇 번 이상 보아야 한다는 진료 할당량이 있는데, 그 할당량을 크게 밑돌면 경험부족으로 간주해서 2급 약사로 강등되는 경우가 있다. 팔레는 백혈병을 앓고 있는 동안 진료를 할 수 없었기에 한꺼번에 진료 실적을 쌓을 수 있는 이세계 약국에서의 아르바이트를 유용하게 이용하고 있었다.

“아, 그러고보니 나도 약국에서 일하기 시작하면서 진료 실적은 걱정한 적 없었네. 매일 백 명 이상 오니 실무 경험을 잔뜩 쌓을 수 있었어.”

엘렌도 평소부터 감사하고 있는 부분이었다.

얼마 후 저택 전서구를 통해 팔레가 오늘 하루 진료를 맡아준다는 답장이 왔다. 엘렌도 2교시에 있는 실습 준비를 시작했다.

“그런데 팔마 군, 성천은 어땠어? 위험한 일은 없었던 거야?”

엘렌이 장부를 넘기면서 팔마에게 어젯밤의 경위를 물었다. 성천에 무엇이 있고, 무엇을 하는 장소인지는 엘렌도 모른다. 다만 수호신의 비밀에 관련된 중요한 성역이라는 것만은 그녀도 들은 적 있었다.

"그것보다 생각지도 못한 일들이 이것저것 있었어."

이계의 연구실에 대한 것은 되도록 감추면서 에머리히 일족의 유전자 해석 결과를 엘렌에게 전하자 그녀는 대혼란에 빠졌다.

"에머리히 일족의 모든 게놈 정보를 읽고 왔다고?!"

"응. PCR법으로도 가능하지만 좀더 대규모로 유전정보를 읽는 방법이 있거든."

팔마는 이계에서 가져온 PC로 유전자 해석을 하면서 엘렌과 이야기를 나누었다. 타닥타닥 키보드를 치는 감각이 향수를 자극한다. 오랜만에 PC 화면을 보면서 작업을 하는 터라 눈의 피로가 심하지만 지금까지의 아날로그 작업을 생각하면 작업 능률은 비교도 되지 않는다. 팔마로서는 문명의 이기에 접근할 수 있는 것에 감사할 따름이었다.

엘렌은 교과서를 다시 읽어보면서 믿기지 않는다는 듯 몸을 반쯤 일으켰다.

"인간의 게놈 정보는 염기쌍이 30억 개나 된다고 하지 않았어? 그것을 전부 다 읽었다는 말이야? 어떻게?"

안경이 미끄러져 바닥에 떨어지고 말았지만 교수실에는 카펫이 깔려 있어서 무사했다.

"안경 조심해."

"어머 미안. 아무튼 성천에 그런 일이 가능한 비보가 있는 거야?"

"뭐, 그런 셈이지."

대규모 해석이 가능한 유전자 해석 장치에 대한 설명은 얼버무려

둔다.

엘렌은 비보라는 말에 납득했는지 경악에서 절망의 표정으로 바뀌었다.

"그래, 에머리히 군의 가족에게는 전원 유전된 거구나…. 로테에게는 유전되지 않아서 다행이지만 앞으로 어떻게 되는지 경과를 알고 있는 만큼 더 괴롭겠지. 에머리히 군은 발병하기 전에 자살한다고도 했는데 이 결과를 어떻게 전해야 할까."

로테에게 유전되지 않은 것은 불행 중 다행이지만 엘렌도 제자가 죽을병으로 고통받는 것은 안타까운 모양이다.

"그래…. 그리고 오이겐 씨의 경우 아직 증상은 없지만 이미 발병해 있는 모양이야."

노트북 PC의 모니터를 응시하고 있는 팔마의 시선을 깨닫고 엘렌도 눈에 힘을 주었다.

"그런데 지금 팔마 군이 보고 있는 이 희미한 빛은 뭐야?"

"어? 엘렌은 이게 보여?"

"보여. 반투명한 사각판이 빛을 내고 있잖아. 성천에서 가져 온 거야?"

엘렌은 작동 중인 노트북 PC를 팔마의 뒤에서 들여다보았다. 엘렌의 말에 따르면 신기하게도 액정 화면만은 보이고 있는 듯하다.

"성천에서 가져온 것 맞아. 비보화되는 바람에 모니터가 조금 투명해져서 보기가 좀 불편해졌지만 말야. 그럼, 이렇게 해도 보여?"

팔마는 노트북 PC의 디스플레이 부분을 쿵 하고 닫아보았다.

"어? 안 보여. 어디다 숨긴 거야? 신기하네~."

엘렌은 두리번대고 있었지만 팔마에게는 물론 보이고 있다. 액정 디스플레이 외엔 다른 사람에게 보이지 않고 만질 수도 없는 듯하다. 도난 방지에는 안성맞춤이었다.

안심한 팔마는 다시 디스플레이를 열었다. 누구에게나 보이면 곤란하다.

"실제로는 이런 모양을 하고 있어."

팔마는 종이에 노트북 PC의 모습을 그렸다. 엘렌은 그것을 비보라고 생각하고 있기에 자세한 구조 등은 물어보지 않았다. 그것이 팔마에게는 오히려 고마웠다.

"처음 보는 문자가 허공에 떠 있어…. 팔마 군은 지금 뭘 하고 있는 거지?"

"계산하고 있는 거야. 유전 정보를 해석하고 있어."

"팔마 군은 대체 어떤 고도문명의 지식을 가지고 있는 거야? 정말 뭐든 다 알고 있구나."

"모르는 게 더 많고 과대평가야. 이번 병에 대해서도 그렇고."

"그래서 치료방법은 떠올랐어? 나도 이것저것 생각해봤는데… 좀 봐줄래?"

엘렌은 철야로 생각한 듯한 아이디어 노트를 팔마에게 보여주었다. 여러 가지 아이디어들이 몇십 페이지에 걸쳐 잔뜩 실려 있었지만 채용할 수 있을 만한 것은 없었다. 현대 지구에서도 치료법은 아직 발견되지 않았기에 엘렌이 벽에 부딪힌 것도 당연하다고 할 수 있다.

"어때? 쓸만한 게 있어?"

무언가 힌트가 되지 않느냐고 천진난만하게 물어온다. 엘렌은 이 세계 약사 중에선 엘리트치만 팔마에 대해서만은 학생 모드가 된다.

"아~, 응. 고마워. 참고가 됐어."

팔마의 반응이 미적지근했기에 엘렌은 부끄러운 듯 아이디어 노트를 다시 빼앗아 갔다.

"저기, 미안해. 힘이 되어주지 못해서."

엘렌은 풀이 죽어 양손으로 얼굴을 가렸다. 낙제점을 받은 학생처럼 실의에 빠져 있었다.

"아니, 아까운 것도 있었어. 도움이 됐다고!"

팔마는 엘렌을 격려했지만 딱 부러지게 말하진 못했다. 엘렌은 한숨을 한 번 내쉬고 마음을 다잡았다.

"그럼 드 메디시스 교수의 대답을 들어보기로 할게. 팔마 군, 에 머리히 군한테 발병 전에 유전자 변이를 치료해버리면 된다고 한 적 있잖아. 그건 어떻게 할 거야?"

유전자가 생체 설계도의 원본이라고 하면 유전자 변이는 정보가 잘못되어 있는 원본이다. 그 원본에서 병원성 프리온을 만들어내는 부분을 고쳐야 한다는 것은 엘렌도 이해하고 있는 듯했다.

"아, 그건 말이지. 교과서에는 쓰여 있지 않지만… 임의로 게놈 DNA를 삭제, 치환, 삽입할 수 있는 'CRISPR/Cas9'이라는 기술을 써야 돼."

그것을 실행할 때 필요한 시약들은 이미 연구실에서 가져와 팔마의 수중에 있다.

지구에서 이 신기술이 개발된 것은 2010년대에 들어선 이후로, 게놈 편집 기술로써 급격히 보급이 진행된 탓에 생전의 팔마도 그 기술에 깊이 관여하고 있었다.

"병의 원인이 되는 유전자 변이를 고치고 치료할 수 있는 방법이 있다는 거야?"

"응. 그 시스템을 탑재한 바이러스를 환자의 전신 세포에 감염시키는 거지. 이게 그 준비 단계야."

"바이러스를 온몸에 감염시키면 감염증으로 죽어버리지 않아?!"

"아데노 수반 바이러스라는 바이러스가 있는데 이건 거의 병원성이 없어서 그것을 써."

"바이러스에는 독성이 없는 것도 있었구나."

엘렌은 바이러스에 따라 병원성에 차이가 있다는 것을 떠올린 듯했다.

물론 팔마도 바이러스의 위험성을 전혀 걱정하지 않는 것은 아니지만, 만에 하나 바이러스 감염이 중증화될 것 같다고 해도 바이러스에 표식을 해둔 후 그 물질에 소거 능력을 쓰면 바이러스째 없앨 수 있기에 일단 안전책은 준비할 수 있다.

"바이러스를 배양하는 작업 같은 건 다른 사람이 대신 해줘야 하지만 말야."

"어? 나? 자신 없는데?"

안경을 험하게 다루는 것을 보고 있으면 확실히 걱정스럽기도 한 팔마였다.

"신중하게 부탁할게. 바이러스든 세균이든 내가 옆에 있으면 성역 때문에 죽어버리니까 배양은 물론이고 취급도 불가능해. 아쉽게도."

팔마가 가지고 있는 성역은 바이러스나 세균의 성질을 이용해서 유전자 조작을 하는 연구에는 치명적이라 더 이상 관여할 수 있을 것 같지 않다고 털어놓았다.

"왠지 팔마 군도 불쌍하네."

"어쩔 수 없어. 게놈 편집의 원리는 이 끈을 써서 설명해줄게."

팔마는 엘렌에게 설명하기 위해 주위에 떨어져 있던 짐 묶는 끈을 두 겹으로 겹쳐서 집어들었다.

끈 한복판에 표시를 하고 그것을 에머리히 일족이 가진 유전자 변이 부분으로 가정한다.

"바이러스가 온몸에 감염되면 유전자 변이를 검출하도록 디자인해둔 가이드 RNA라는 핵산배열이 게놈과 결합하는데, 그것을 표식으로 효소가 유전자 변이 부분을 절단하게 돼."

팔마는 엘렌에게 끈을 보여주면서 유전자 변이 부분에 해당되는 부분을 싹둑 잘랐다.

"얼레? 이 끈은 절단된 채로 두어도 괜찮은 거야? DNA가 끊기는 것도 큰 문제잖아."

"생체 시스템은 위대해서 유전자 복구 시스템이 알아서 복구해줘. 바꾸고 싶은 배열을 미리 섞어두면 DNA를 복구할 때 그것도 포함해주고 말야."

잘려나간 유전자 변이 부분에 팔마는 짧은 리본을 갖다대고 결여된 정보를 보완하듯 끈과 끈 사이에 정상 유전자 영역으로 가정한 리본을 묶었다.

"복구를 하는 와중에 게놈에 끼워넣는 이 리본은 어디서 나온 거야?"

"이것도 바이러스에 탑재해 두었던 거야. 아무튼 이것으로 게놈은 올바른 배열로 복구되어 정상적인 프리온 유전자가 되었어. 나쁜 부분은 이제 어디에도 없지.”

“쉽게 말해 나쁜 부분을 잘라내고 정상적인 것으로 바꿔친 거구나?”

“그래.”

“치료된 거네?!”

엘렌은 눈을 크게 떴다.

“그것으로 완치야.”

“더 이상 환자가 아니게 된다는 거지?”

엘렌은 꼼꼼하게 한 구절 한 구절 확인했다. 팔마는 엘렌의 눈을 바라보면서 크게 고개를 끄덕였다.

“그래. 이것으로 본인과 그 자손들은 저주에서 해방되는 거야.”

엘렌은 팔마가 잘라 붙인 끈을 받아들고 팽팽하게 잡아당겨 확인했다.

“정말, 팔마 군도 참. 이렇게 유전자 치료법을 알고 있었으면서.”

엘렌은 안도한 표정으로 팔마를 야유했지만,

“그렇게 되면 좋겠어, 정말로…. 그렇게 생각대로 된다면 말야.”

팔마는 심각한 얼굴로 작게 중얼거리고 고민이 있다는 얼굴로 턱을 괴었다. 낙관할 수 없는 이유가 있었다.

“실제로는 그렇게 쉽지 않을 거야.”

“내 귀에는 완벽하게 들리는데 어디에 구멍이 숨어 있었던 거지?”

“뇌와 척수, 각 장기에는 바이러스를 배제하는 생체 방어 시스템이 있어. 그리고 바이러스가 모든 장기와 조직에 빠짐없이 감염되는 것도 아니니까 유전자 개변 확률은 100%와는 거리가 멀게 돼.

즉, 놓치는 세포가 생기는 거야.”

“유전자 치료가 되지 않은 세포가 남으면 거기서 이상 프리온이 계속 만들어진다는 거구나.”

덧붙이자면 표적과 비슷한 정상적인 유전자 배열까지 치환해버릴 리스크도 있지만 팔마는 생전에 종래보다 에러가 적은 개량형 효소를 작성한 바 있기에 그 리스크는 경감될 것이다.

“그러니까 세포 전부에 그 게놈 편집용 효소가 도달하면 된다는 거지? 그렇다면 굳이 바이러스를 쓸 필요는 없잖아. 그냥 혈관에 투여하지 그래?”

“혈관내 투여는 체내에 확산되면서 농도가 옅어지고 말아.”

“아, 그렇구나.”

“바이러스의 감염 시스템을 쓰지 않으면 온몸의 세포에 그것을 운반하는 것은 매우 어려운 일이야.”

약제와 치료 인자를 온몸에 퍼뜨리는 것이 유전자 치료의 어려운 점인 것이다.

“그것 말고도 방법이 있잖아.”

엘렌은 팔마가 앉아 있는 책상으로 다가와 정면에서 그를 들여다보았다. 너무도 빤히 팔마를 쳐다보기에 팔마는 얼굴을 찡그렸다.

엘렌은 의미심장한 얼굴로 팔마의 손을 붙잡더니 자신의 쇄골 언저리로 그의 손을 가져갔다.

“엇? 뭐 하는 거야?”

팔마는 손에 닿는 그녀의 피부 감촉에 당황했다. 엘렌은 쑥스러운 표정을 지으며 그의 손으로 자신의 몸을 강하게 눌렀다.

“아….”

팔마의 손이 투명해지며 엘렌의 몸 안으로 쑥 들어갔다.

"치료약을 쥔 손을 환자의 몸 안에 쑤셔넣고 섞으면 온몸의 세포에 물리적으로 약이 퍼지지 않겠어? 그래도 유전자 개변 효율이 안 좋다면 여러 번 반복해서 100%에 가까워지게끔 하면 돼."

그 굉장한 발상에 팔마는 압도당했다.

머릿속에서 딱딱하게 굳어 있던 유전자 치료에 대한 상식이 뒤집히는 순간이었다.

"확실히 일리가 있어."

치트를 쓰면 효과는 절대적이다. 현대 의학으로 불가능했던 것을 해결할 수 있을지 모른다.

"다행이야. 아이디어 하나가 채용되었네. 조금 치사한 방법 같지만."

엘렌은 기쁜 듯했다.

"오이겐 씨는 이미 이상 프리온이 축적되기 시작하고 있으니까 만들어진 이상 프리온도 어떻게 하지 않으면 안 되겠지."

이상 프리온은 정상 프리온도 이상 프리온으로 바꾸어 버리기에 모두 제거해야 한다. 이상 프리온의 제거에 관해서는 엘렌의 아이디어로 극복할 수 있을 것 같았다.

일단 환자의 몸에 손을 쑤셔넣고 이상 프리온과 결합하는 항체를 온몸에 확산시킨다. 인체에는 없는 특수한 물질을 그 항체에 표식으로 발라두고 그 물질을 대상으로 소거 능력을 쓰면 항체와 결합한 이상 프리온도 함께 제거할 수 있는 것이다. 오이겐은 이 방법으로 치료할 수 있을 것 같았다.

잘 하면 이것으로 에머리히 일족을 모두 구할 수 있게 된다.

생식 세포까지 모두 치료되므로 그들의 자손들 역시 발병의 공포
에 시달리지 않게 된다.

'리스크를 상당히 가볍게 봤을 때의 이야기지만 말야…. 그래도
신에게 기도하는 것보다는 낫겠지.'

전례가 없는 투여 방법인 탓에 실패하면 무슨 일이 벌어질지 상
상도 되지 않는다.

"그래도 안 하는 것보다는 분명 나을 거야."

인간을 대상으로 한 전신 유전자 치료는 아직 성공한 적 없다. 오
이겐에 관해서는 하는 것 외에 다른 선택지가 없고, 최악의 경우 게
놈 편집의 효율이 기대보다 안 좋더라도 이상 프리온을 팔마가 계
속 제거해간다면 증상의 진행을 거의 일반인과 차이가 없을 만큼
늦출 수는 있다.

◆

팔마는 유전자 해석 결과를 정리한 후 에머리히를 교수실로 호출
해서 치료 방침과 함께 설명했다. 엘렌도 동석해주었다.

에머리히는 일족 전원에게 죽음의 유전병이 유전되었다는 것을
알자 충격을 감추지 못하는 모습이었지만 팔마가 제시한 치료법에
서 희망의 빛을 발견한 듯했다.

"교수님의 신술과 유전자를 개변하는 기술을 조합하면 완치가 가
능할지도 모른다고요?!"

에머리히는 어지간히 기뻤는지 의자에서 벌떡 일어나 온몸으로
기쁨을 표현했다.

"그럴 수도 있다는 이야기야."

팔마는 헛기쁨이 되지 않도록 신중한 자세를 관철했다.

"그 신술을 부디 저에게도 가르쳐 주십시오!"

"그건 불가능해. 내 신술을 다른 약사는 쓸 수 없거든."

팔마는 자신이 특수한 속성의 신술사라고 설명했다.

"다시 말해 드 메디시스 교수님의 속성은 무속성에 가깝다는 말인가요…? 흠, 교수님과 시합을 했을 때 신술의 속성을 잘 알 수 없었던 이유가 그것이었군요."

에머리히는 감복했다.

"하지만 그럼 교수님 외에는 아무도 치료를 할 수 없다는….”

에머리히 일족에 관해서는 치료를 할 수 있을지 모른다. 하지만 한 사람의 약사로서 그것으로는 안 된다고 에머리히가 느껴주길 팔마는 바랐다.

"그런 셈이지. 다시 말해 이 병의 치료법은 아직 확립되지 않은 거나 마찬가지야."

한 개인의 능력에 의존하는 치료법으로는 후세의 환자를 구할 수 없다.

치료법은 과학적 근거가 있고, 임상 시험으로 평가되어야 하며, 다른 약사들도 다룰 수 있어야 한다. 누구나 쓸 수 있는 기술이 아니라면 치료법을 확립한 게 아니라고 팔마는 설명했다.

에머리히에게도 팔마의 의도는 전해진 듯했다.

"나는 이 방법이 실현 가능한지 어떤지 검증해볼게. 예비 시험을 해보고 잘 될 것 같으면 오이겐 씨에게…, 그리고 오이겐 씨가 성공하면 너를 포함한 다른 가족들에게도 시술할 생각이야."

에머리히는 팔마의 계획을 조용히 듣고 있었다. 그러다 멍하니 천장을 바라보았다.

"에머리히 군…? 왜 그래? 이야기는 이해했어?"

엘렌이 언뜻 멍해 있는 것처럼 보이는 에머리히의 어깨를 툭툭 쳤다. 이야기를 이해하지 못한 거냐고 물었지만 그렇지는 않다고 한다.

"그럼 이 방침으로 진행해도 괜찮겠지?"

팔마가 확인했다. 에머리히의 가족들에게도 일일이 설명해서 동의를 받을 생각이다.

"고맙습니다. 교수님의 신술과 최신 기술로 동생들을 구해주십시오. 잘 부탁드립니다."

에머리히는 크게 심호흡을 하고 팔마의 말을 곱씹듯 눈을 감았다.

'음? 동생들이라고 했나? 자신은?'

팔마는 에머리히의 말투가 맘에 걸렸다.

"'드 메디시스 교수님, 저는 결심했습니다. 제 유전자는 치료하지 말아 주십시오. 저는 제 손으로 이 저주를 풀고 싶습니다."

치명적 가족성 불면증을 비롯한 프리온 병의 치료법을 연구하겠다고 에머리히는 말했다.

"어째서 제 일족이 병에 걸린 건지 쭉 생각하고 있었습니다. 생각해도 생각해도 수호신인 약신에게 저주를 받은 이유를 알 수 없었죠. 하지만 이제야 겨우 알 것 같습니다. 당신과의 만남을 거쳐 이 병의 치료법을 완성시키는 것이 제 수호신인 약신님이 내주신 숙제라는 것을요."

어딘지 허세로도 보이는 에머리히의 결의는 단단했다. 팔마는 그의 강함에 놀랐지만 믿음직하다는 듯 눈을 가늘게 떴다. 엘렌도 격려하듯 작게 고개를 끄덕였다.

"약신님도 보고 계실 거라고 생각해. 왠지 그런 생각이 들어."

엘렌의 말에 팔마는 어깨를 으쓱해 보이고 어색한 듯 헛기침을 한 후 에머리히를 격려했다.

"알았어. 너에 대한 치료는 안 할게. 직접 치료해보도록 해."

"고맙습니다! 목숨을 걸고 착수하겠습니다!"

팔마는 공포를 떨쳐내고 일어선 에머리히의 용기를 칭송했다.

"오늘부터 이 연구실에 있는 것은 자유롭게 쓰면서 연구하도록 해."

"영광입니다! 부디 지도해주십시오."

뜻을 가지고 연구의 세계에 뛰어든 사람은 강하다고 생각한다. 목숨을 걸고 치료법을 찾으려고 하는 에머리히가 커다란 성과를 올릴 수 있도록 지도하는 입장으로서 지원을 아끼지 않을 생각이다.

그리고 팔마 자신도 약신의 치트 능력에 의존하지 않고 전신 유전자 치료법을 모색해갈 생각이었다.

 **13화 유전자 치료 준비와 엘리자베트의 호출**

바우어가의 차남인 오이겐을 치료하기 전에 유전자 치료 시스템이 동물 개체에서 잘 동작하는지 확인하고 싶었던 팔마는 단계를 밟아 검토를 거듭하고 있었다.

이계의 연구실에서 가져온 배양 세포의 게놈을 편집하는 것에는 성공했다. 식물 하나를 통째로 대상으로 한 실험도 했는데, 노란 장미의 게놈을 치환해서 파란 장미를 만들 수 있었다.

파란 장미 꽃다발을 어떻게 처리할까 고민하던 팔마는 약국에서 로테와 엘렌에게 선물했다.

"어, 이게 뭐야?! 이런 장미 처음 봐."

"팔마 님! 이 장미로 저택의 뜰을 가득 채우지 않으실래요?"

로테가 흥분해서 그런 제안을 해왔지만 팔마는 고개를 가로저었다.

"너희들한테 꽃을 선물한 것은 재배하지 않았으면 해서야."

유전자를 변형한 식물을 팔마는 아직 야생에 풀어놓을 생각이 없었다.

"이렇게 예쁜데. 스러져가는 꽃을 보고 즐기는 게 팔마 군의 미학인가 보네"

"미학이 아니라 야생종을 보호하기 위한 안전 조치야."

엘렌이 아쉬운 듯 투덜거렸기에 팔마는 무정하게 대답을 했다.

그날 오후 대학에 출근한 팔마는 파란 장미를 조에에게도 선물하고, 교수실에서 엘렌에게 앞으로의 실험에 대해 설명했다.

"세포에도 성공했고 식물에도 성공했으니 이제 슬슬 동물 실험을 시작해보기로 할까?"

"동물 실험은 어떻게 할 거야? 필요한 일이라고는 해도 동물이 불쌍하잖아…."

보기와는 달리 동물을 좋아하는 엘렌은 내키지 않는 눈치였다. 동물 실험은 전용 사육 시설에서 균일한 사육 환경에서 사육한 것을 실험에 써야 한다. 하지만 이 세계에는 그런 시설도 없거니와 실험에 쓸 수 있을 만큼 유전적으로 균일한 동물도 없다.

"뭐 그렇긴 해. 그래서 이번엔 처음부터 유전성 질환을 가지고 있는 동물을 치료할 생각이야. 나로선 그런 동물을 조달할 수 없으니 조세핀 씨의 협력을 얻어야겠지."

"아, 그 수의사 말이지? 확실히 물어볼 거면 그 애가 적임이겠네."

"그리고보니 오늘 강의에서 볼 수 있던가?"

조세핀은 팔마의 강의에 꼬박꼬박 출석하고 있었기에 강의가 끝난 후에 조세핀을 붙잡을 수 있었다. 조세핀은 팔마가 말을 걸어오자 기뻐했다. 교내에서 항상 학생들에게 둘러싸여 있는 인기 교수 팔마와 이야기를 하는 것은 제법 어려운 일이었기 때문이다.

조세핀이 담당하고 있는 동물 중에 그런 특징을 가진 동물이 있는지 물어보니,

"예, 그런 동물이라면 있어요, 교수님. 직접 보실래요?"

조세핀은 짚이는 동물이 있다고 대답했다.

◆

약국의 다음 휴업일.

조세핀과 만나기로 한 장소는 궁정의 대마구간이었다. 엘렌과 에머리히는 궁정에 동행할 수 없었기에 궁정에 들어갈 수 있는 로테가 마침 공방에 볼일이 있다며 따라왔다. 대마구간은 아름답고 청결하게 관리되고 있어서 마치 고급 호텔에 있는 방처럼 보였다.

"이 말들은 좋은 곳에 살고 있네요. 사람이 이용하는 여관이라고 해도 모를 것 같아요."

로테는 놀라며 팔마에게 귓속말을 했다. 팔마와 로테는 대마구간을 걷다가 열심히 말을 진찰하고 있는 조세핀의 모습을 발견하고 그대로 그녀가 하는 일을 견학하기로 했다.

"조세핀 씨는 궁정에도 출입하고 있었군요."

"예, 저는 궁정 수의사가 아니라서 전속은 아니지만, 대마구간에 있는 말을 진찰하는 것도 제 일이랍니다."

황실 문장이 들어간 수의사 전용 진료 가운에 깃털 모자를 쓴 조세핀은 말을 사랑스럽게 쓰다듬으며 팔마에게 대답했다. 궁정에서는 300여 마리의 말이 사육되고 있기에 궁정 수의사만으로는 언제나 일손이 부족하다고 했다.

"교수님, 이쪽이에요."

조세핀은 한층 더 훌륭한 마구간으로 안내했다. 황금색 털을 가진 말이 얼굴을 내밀고 있었다.

"훌륭한 말이네요~. 드 메디시스가 저택에 있는 말도 훌륭하지만 이 애는 털이 금색이라 더 굉장해요. 뭐랄까 애지중지 키운 느낌이 들어요!"

로테는 도취된 듯 한숨을 쉬었다. 털의 윤기가 좋아 보이는 것은 꼼꼼한 브러싱의 산물이다.

"그렇겠죠. 황제 폐하의 말이거든요."

로테와 팔마는 당황해서 손을 뒤로 뺐다. 자칫 다치게라도 하면 큰일이다. 조세핀은 여제가 타는 말의 혈통을 두 사람에게 설명해 주었다.

"엘리자베트 황제 폐하의 말은 고대 프룰라가 원산으로, 오래전에 소실된 폴리노 혈통의 마종과 교배시킨 것에 의해 탄생했습니다. 잘생기고 작은 머리, 긴 귀와 호리호리한 몸, 긴 털은 아름답고 기품이 있으며, 매우 기민하면서도 마체는 튼튼하죠. 다만 한 가지 단점이 있다면 자존심이 너무 세다는 거군요. 오직 한 명의 주인만을 따르는 것으로 알려져 있는데, 그래선지 수의사의 진찰도 좀처럼 받아주지 않습니다."

팔마는 말에 대해 잘 모르지만 황제의 말답게 일반인이 보기에도 수려한 풍체였다. 여제의 말은 낯선 얼굴이 나타나서인지 언짢은 듯 울었다.

"성격이 까다로워서 뒷발에 채일까봐 언제나 조마조마하답니다."

조세핀은 심하게 채였던 기억을 떠올렸는지 목소리가 위축되었다. 수의사 일도 쉽지는 않구나 싶어 팔마는 그녀의 노고를 치하했다.

"수의사도 동물 때문에 다치거나 하는 건가요?"

로테의 질문에 조세핀은 "그야 물론이죠!" 라며 크게 고개를 끄덕였다.

"위험한 동물을 상대할 때는 방어 신술을 쓰고 있습니다만, 그래도 다칠 때는 다쳐요. 물리는 상처가 제일 많군요."

조세핀이 장갑을 벗고 손을 보여줬는데 상처투성이였다.

"와아…, 조세핀 선생님, 존경해요."

로테는 아플 것 같다며 꽁무니를 뒤로 뺐다.

"잘 듣는 연고를 처방해줄까요? 금방 나을 거예요."

팔마가 혹시나 해서 치료를 해줄까 묻자 이 정도는 직접 치료할 수 있다며 조세핀은 부끄러운 듯 웃었다.

"이야기가 다른 데로 샜습니다만… 교수님이 희망하신 말은 이쪽입니다."

조세핀은 여제의 말과 같은 마구간에 있던 순백의 망아지를 팔마에게 보여주었다.

"와아, 새하얗네요!"

로테가 새하얀 털을 보고 그 아름다움에 한숨을 쉬었다. 그 말이 바로 팔마가 찾고 있던 동물이었다.

"「선천성 백피증.」"

'역시. 확실한 알비노로군.'

팔마의 진안은 틀림없이 선천성 백피증, 통칭 알비노라고 판정했다. 그 커다란 빨간 눈은 약시인 듯하다.

"이 말의 시력은 어떤가요? 어디에도 부딪히지 않고 빨리 달릴 수 있나요?"

"이 아이는 시력이 거의 없는 듯해요. 이런 아이의 눈은 수의사로선 고칠 수 없지요."

조세핀도 이 말의 시력에 대해서는 알고 있는 듯했다.

"덧붙이자면 이런 말은 피부암에도 걸리기 쉬워요. 이 말을 대학에서 치료하고 싶은데 밖으로 데려가면 안 될까요?"

"궁정의 말을 밖으로 내보내는 건 안 되겠죠."

"알았어요. 그럼 제가 이곳에 오도록 하겠습니다."

다음날부터 유전자 치료 준비를 시작한 팔마는 일단 체중을 재서

적용량을 결정한 후 궁정 마구간에서 망아지의 전신 유전자 치료에 들어갔다. 부작용을 경계하면서 게놈 편집 치료를 몸 각 부위 별로 한다. 오늘은 앞발, 내일은 뒷발 등으로 상태를 보아가면서 부분적으로 치료해 갔다. 팔마의 손이 생체를 투과하는 것을 이용해서 세포에 유전자 도입을 하는 것이므로 이 치료는 말에 전혀 통증을 주지 않는다.

조세핀은 팔마가 무엇을 하고 있는지 알고 싶어하는 눈치였지만 일단 방해가 되지 않도록 배려해주었다.

◆

모든 처치를 마치고 나서 1주일이 경과되었다. 진안으로 말의 상태를 모니터링해봤지만 특별한 이상은 없었다. 그리고 매일 다닌 덕분에 친해지기도 했다.

궁전에 들어가지 못하는 엘렌과 에머리히에게도 팔마는 매일 치료 경과를 전했다. 특히 에머리히는 세밀하게 메모를 하면서 팔마에게 상태를 묻고 있었다. 조세핀도 대학 강의를 듣는 한편으로 매일 마구간을 찾아와 처치를 마친 망아지의 진찰을 게을리하지 않았다.

얼마 후 조세핀은 붉은 기운이 돌고 있던 말의 눈 색깔이 푸른색으로 변한 것과, 갈색 털이 자라나기 시작한 것을 깨달았다.

"교수님, 어떻게 눈과 체모의 색깔이 바뀌어버린 거죠? 약시도 개선되어 있고 말이죠."

조세핀이 말을 달리게 해보니 전보다 잘 달렸고 장애물이 있어도 부딪히지 않았다고 한다.

팔마는 그 이유를 설명했다.

"이 망아지는 멜라닌이라는 색소를 합성하기 위한 티로시나아제라는 효소가 선천적으로 결핍되어 있었지만, 그 기능을 되돌리는 처치를 했어요. 그래서 눈을 비롯한 온몸의 색소가 만들어지기 시작한 거죠. 털갈이를 하게 되면 흰색이 아니라 본래의 털색으로 바뀔 겁니다."

여기까지 왔음에도 심각한 부작용은 생기지 않았다. 이 치료에서 가장 우려되는 부작용은 발암이지만 팔마와 조세핀이 후속 조치를 하는 것으로 어느 정도 커버할 수 있다.

"드 메디시스 교수님, 대체 이 아이에게 어떤 약을 쓰신 건가요? 이런 일을 할 수 있는 약이 있다니…."

"3학년이 되면 전문 과목 수업에서 가르쳐줄게요. 이 치료도 아직 시험 단계고 말이죠."

"알겠습니다. 아직 확립되지 않은 치료법이라는 말이군요."

조세핀은 납득한 얼굴로 열심히 메모를 적어갔다. 의도치 않게 조세핀의 과외 실습 수업이 된 듯했다.

"팔마 선생, 이곳에 계셨군요. 폐하께서 부르십니다."

조세핀과 그런 이야기를 나누고 있자니 여제의 측근이 숨을 헐떡이면서 팔마를 부르러 왔다. 팔마가 왔다는 말을 듣고 여제가 불러오라고 지시했다고 한다.

팔마가 호출된 곳은 넓은 정원 한 켠에 있는 신술 훈련용 궁정 투기장으로, 격벽 생성용 신술진이 깔린 으리으리한 경기장이었다.

팔마도 시설의 존재는 알고 있었지만 비밀 장소였기에 접근을 허락받은 것은 이번이 처음이다. 이곳은 평소 여제가 일상적인 단련에 쓰고 있는 훈련장이라고 한다. 신술진도 제국 의약대의 그것과는 비교가 되지 않을 만큼 튼튼했다.

'폐하는 신술 훈련 중인가?'

기다리고 있자니 투기장 안에서 가벼운 차림의 여제가 지팡이를 들고 모습을 드러냈다. 화려한 의상을 몸에 걸치는 일이 많기에, 몸에 착 달라붙고 노출이 많은 미니 스커트 차림의 의상은 팔마에게 신선하게 비쳤다.

팔마는 투기장 입구에서 차분하게 인사를 했다.

"폐하, 평안하셨는지요?"

"음, 오랜만이구나, 팔마. 잘 지내고 있었나? 그대가 최근 궁전을 몰래 출입하고 있다는 이야기를 듣고 얼굴을 보이는 것을 기다리고 있었다."

유쾌하게 이야기하는 여제는 기분이 좋아 보였다. 숨이 가빠져 있고 이마에 땀이 맺혀 있는 것을 보건데 투기장에서 가볍게 신술 훈련을 끝마치고 온 듯하다. 몸을 움직이면 기분이 고양되는 모습이 참 알기 쉬운 성격이라고 팔마는 생각했다.

"폐하, 인사가 늦었습니다만 학부에 연구 자금을 원조해주셔서 감사드립니다."

"음, 감사장은 도착했으니 그것에 관해선 됐다. 그보다 이야기해 두고 싶은 게 있군."

"무엇입니까?"

"장소를 바꾸지."

누군가가 들으면 안 되는 이야기인가 싶어 팔마는 얌전히 여제의 명에 따랐다.

"예, 알겠습니다."

여제의 몇 발짝 뒤에서 투기장 안으로 들어가는 그녀를 따라간다.

여제는 긴장감 없는 태도로 생각났다는 듯 화제를 바꾸었다.

"그런데 팔마, 신부 간택은 잘 되어가고 있나?"

"지금은 여러모로 다망한 터라, 시간을 조금 더 주셨으면 합니다."

팔마의 걸음걸이가 어색해지기 시작했다. 신부 이야기는 지금 가장 듣고 싶지 않은 화제 중 하나였다.

"다망, 다망, 다망! 또 다망이냐."

여제는 힐책했다.

"그대는 언제 다망하지 않게 되는 거냐? 응? 죽을 때까지 그렇게 일만 할 생각인가."

당연한 지적에 팔마는 억지웃음을 떠올렸다.

"전에도 말씀드렸다시피 저는 평범한 인간이 아닙니다. 반려가 될 여성에게 악영향을 줄 수도 있기에 당분간은 보류하고 싶군요."

그렇게 변명을 되풀이하고 질타를 당하는 사이에 여제는 투기장의 돌로 된 넓은 무대로 올라가더니 중앙부로 가서 지팡이를 뽑았다. 여제의 신력에 반응한 신술진이 무대에 기하학적인 문양을 떠올린다. 돌로 된 무대를 강화하기 위해 땅 속성 술사가 제작한 신술진의 일종이라고 한다.

"가끔은 이런 것도 괜찮겠지. 내 상대를 맡아라."

정신을 차려보니 방금 전까지만 해도 그녀를 따르고 있던 측근의 모습이 보이지 않는다. 팔마는 억지웃음을 지었다.

"폐하의 상대라고 하시면 신술 시합 말씀이십니까?"

"그래. 지팡이를 뽑아라."

마침내 이런 날이 왔나 싶어 팔마는 당혹스러웠다. 제국 최강의 신술사가 상대인 이상, 결판이 어떻게 날지 상상도 되지 않았다.

여제는 제장이라는 고위 신술사 전용의 지팡이를 뽑아들고 투기장 무대 위에서 팔마를 기다리고 있다.

"한 번 그대와 대련을 해보고 싶었지만 언제나 피하고 있었으니 말이지. 오늘은 놓칠 생각이 없으니 체념하고 상대해라."

"저에게 할 이야기가 있으시면 먼저 그것부터 듣고 싶군요."

어떻게 전투를 회피할 수 없을까 싶어 화제를 돌리려 했지만 여제는 급한 이야기는 아니라며 시치미를 뗐다. 육체 언어로 하는 이야기가 먼저인 듯하다.

'하지만 폐하께 무슨 일이 생기면 목이 날아가는 것 아냐?'

이곳에는 팔마가 황제를 해친 것이 아니라고 증명할 수 있는 사람이 아무도 없는 것이다. 해칠 생각은 없지만 자칫 실수를 할 가능성은 있다. 황제 암살 혐의만은 사양하고 싶다.

"지금은 쓸 수 있는 지팡이가 없습니다."

"허리에 차고 있는 그 지팡이는 장식인가?"

여제는 심술궂게 미소지으며 약신장을 가리켰다. 여제는 약신장이 비보라는 것을 알고 있었다.

"예, 이것은 전투용이 아닙니다만…, 알겠습니다. 상대해드리죠."

팔마는 약신장을 발밑에 내려놓은 후 크게 점프해서 공중제비를 돌았다. 자신의 몸 전체에 부력이 작용하고 있는 것을 확인하면서 사뿐히 무대에 내려선다. 비보인 직원증은 한시도 몸에서 떼지 않고 주머니에 넣어두고 있다.

"흥, 맨손인가? 뭐 좋아."

"잘 부탁드립니다."

황제와 주치 약사, 누가 먼저랄 것도 없이 신술 전투가 시작됐다.

「화신의 가호.」

신력을 구현화한 밝은 불꽃이 제장에서 피어올라 여제의 몸을 감쌌다. 이 신기를 팔마가 보는 것은 처음이지만 그 효과는 알고 있었다. 같은 불 속성인 멜로디 존작에게서 "저는 쓰지 못합니다만 열기를 느끼지 않게 되고 숨을 쉬기 쉬워지는 술법입니다" 라는 말을 들은 적이 있기 때문이다.

강력한 화염 신술 사용자는 부근 일대의 산소를 모두 소비하기에 산소가 결핍되게 된다. 그래서 결계 같은 것으로 산소 돔을 만들어서 자신의 활동을 담보하고 있는 것일지도 모른다는 게 팔마의 상상이다.

다음으로 여제는 흐르는 듯한 궤적으로 지팡이를 불규칙하게 흔들더니 1단계 발동 영창을 날카롭게 외우고 지팡이 끝을 허공에서 빙글 회전시켰다. 팔마의 강화된 시력이 지팡이 끝부분에서 불씨가 될 만한 위험한 징후를 포착했다.

「작열 지옥.」

2단계 영창으로 여제는 가호의 적용 영역을 바꾸고 산소를 방출했다. 다음 순간 팔마가 서 있는 돌 무대가 화염의 바다로 변했다.

'산소를 밑으로 방출했군. 플래시 오버(주13)를 이용한 신기인가?'

신력을 머금은 업화는 맹렬한 화력으로 순식간에 사냥감을 용암의 바다 속에 집어삼킬 듯 폭발적으로 확산되었다. 이것에는 팔마도 견디지 못하고 직원증의 부력으로 얼음판을 공중에 만들어낸 후 그것을 딛고 상공으로 도약해 회피했다.

'우왓 뜨거…. 폐하도 제법이네. 이래선 밑으로 내려갈 수 없겠어.'

술자를 보호하려는 듯 여제의 주위만은 불이 꺼진 채 원형의 안전지대를 구축하고 있다. 여제는 연소 반응을 어떻게 만들어내고 지속시키는지 그 방법을 숙지하고 있는 듯했다. 팔마는 왼손을 뻗어 사정거리를 잰 뒤 차선책을 썼다.

「액체 질소 생성.」

지상의 불꽃을 훑듯이 흰 연기가 피어올랐다. 액체 질소가 무대 부근을 무산소 상태로 만들어서 불꽃을 진화시킬 것처럼 보였지만 여제의 신염은 그것을 견뎌내고 아직 불타고 있었다. 다음으로 팔마는 소거 능력을 썼다.

「목표 범위의 질소를 소거.」

소거해두지 않으면 여제가 산소 결핍으로 혼절하기 때문이다.

여제는 하늘로 도약한 뒤 부자연스러울 만큼 오래 체공해 있는 팔마를 어딘지 가학적인 표정으로 올려다보았다.

"역시 그렇군. 그대는 비상할 수 있는 건가."

팔마는 무대 위에 두꺼운 얼음판을 출현시켜 열기와 불꽃을 신력으로 유린한 뒤 얼음 위에 소리도 없이 착지했다.

"폐하, 이것은 비상이 아니라 도약입니다."

<hr>

주13) 플래시 오버: Flash over. 화재가 발생했을 때 대류와 복사 현상에 의해 열과 가연성 가스가 축적되고 발화 온도에 이르게 되면 한순간에 폭발적으로 전체가 화염에 휩싸이는 현상.

"뻔뻔하군. 짐의 눈은 속일 수 없다."

수평으로 들고 있던 지팡이에 그녀가 힘을 불어넣자 그녀 주위에 수백 개의 불덩어리가 전개되었다. 이공간에서 생성되어 성장한 그것들은 대기를 불태우기 시작했다. 화염 선풍이 여제의 달아오른 뺨을 더욱 붉게 물들이고 아름다운 은발을 흩날리게 했다.

"「무진의 신염.」"

여제는 지팡이를 하늘로 치켜들고 제어하에 있는 화염에 좌표를 하나하나 입력해가듯 똑바로 팔마를 가리켰다.

"가라!"

쏘아진 불덩어리를 팔마는 공중에 생성한 얼음 방벽으로 상쇄했다. 불덩어리들은 검은 연기를 피어올리다 궤도를 벗어나 증발해서 사라졌다. 팔마가 공격을 처리하는 동안에도 끊임없이 다음 공격이 생성되어 날아왔다. 화염 화살, 작열의 회오리, 하늘에서 쏟아지는 불기둥. 말 그대로 현란한 화염의 향연이다. 팔마는 제왕의 신기라 할 수 있는 여제의 예술적인 공격에 압도되었다. 게다가 여제의 신력은 거의 줄어들지 않았다. 여력을 남긴 채 큰 기술을 사용할 빈틈을 노리고 있는 듯하다.

'음? 뭔가 숨기고 있네?'

팔마가 경계를 강화한 순간, 끊임없이 다채로운 공격을 날리고 있던 여제가 조금씩 만들어가던 긴 영창을 완성시켰다. 힘찬 발동 영창이 팔마의 귓전을 때린다.

"「불사조의 강림.」"

여제의 지팡이에서 만들어진 화염이 굉음을 내며 소용돌이치더니 하나의 형상을 이루어 갔다. 여제는 마치 하늘에서 거대한 불사조를 소환한 것처럼 보였다. 이 신기에는 아무리 팔마라도 공포를 느낄 수밖에 없었다.

'이런 화염술은 본 적 없다고….'

양손을 앞으로 뻗은 팔마는 왼손으로 얼음 방벽을 만들고, 오른손으로 산소를 소거해서 화염의 위력을 약화시켰다.

"그대의 진정한 모습을 보여보아라!"

신술에 의해 구현화된 새하얀 화염은 편광으로 번갯불처럼 강하게 번뜩이며 불사조가 되어 팔마를 덮쳤다. 의사를 가지고 움직이는 것 같은 불꽃에 의해 방벽이 벗겨져 돌파되기 직전, 팔마는 주먹을 신력으로 꼼꼼하게 감싼 후 불사조에게 달려들었다.

신력과 신력이 충돌한다. 그에 의해 신력의 출력이 폭발적으로 높아져 투기장을 진동시켰다. 신술진으로도 억누를 수 없는 신력의 덩어리가 대기에 소용돌이치면서 폭풍을 부르고 호우를 내리게 했다. 그것은 마치 세계의 종언을 예감시키듯 용과 같은 검은 구름을 만들어냈다.

여제는 그렇게 강대한 신력 덩어리를 그 눈으로 보고도 전혀 위축되지 않았다. 말 그대로 걸물이었다.

"이것이 신의 힘인가…. 훌륭하군."

여제는 황홀한 표정을 떠올렸다. 여제의 신력이 모두 소진되며 팔마와의 신력 겨루기는 팔마의 승리로 끝났다. 불사조가 형태를 잃고 소멸하면서 카운터로 날린 팔마의 충격파가 술자인 여제에게로 돌아왔다. 여제의 몸은 허공을 날아가서 돌 무대에 강하게 부딪혔다.

"크아악!"

신술진이 반응해서 여제에게 가해진 충격을 다소 완화했지만 팔마의 신력을 다 흡수할 수는 없었다.

“폐하!”

정신을 차린 팔마는 신력을 무산시키고 쓰러진 엘리자베트에게로 달려갔다.

불사조와 대치하면서 힘 조절에 실패한 것이다. 팔마는 양팔의 붕대를 풀었다. 강력한 부적이 약신장에서 솟구친 신염에 의해 불타 떨어진다.

그것을 멍하니 지켜보던 엘리자베트의 입술에서 억누른 듯한 웃음이 흘러나왔다.

“하하……, 그대는 부적으로 신력을 봉인하고 있었던 건가…. 원참.”

“움직이지 마십시오.”

팔마가 여제의 손에 자신의 손을 겹치자 팔의 성문에서 신력이 흘러나와 그녀의 몸을 뒤덮고 안으로 침투해갔다.

이계의 연구실을 왕래한 것에 의해 그의 몸에 강제적으로 충전된 신력은 명백히 그의 능력을 비약적으로 강화시키고 있었다. 처치를 끝마치자 여제는 힘이 완전히 풀린 채 주저앉아 있었다.

“저기, 아직 어딘가 아프신 곳 있습니까? 신력을 나눠드렸기에 통증은 완화되었을 거라고 생각합니다만.”

“어디도 아프지 않아. 과연 대단한 신술이었어. 억지로 상대를 하게 해서 미안했다. 그나저나 목이 마르군.”

여제는 아무렇지도 않게 팔마의 왼손을 잡더니 입가에 갖다대고 앙 하고 입을 벌렸다.

“폐하? 이, 이건….”

“눈치가 없구나. 목이 마르다고 했다.”

‘내 손은 수도꼭지 대신인 건가.’

쓰게 웃으면서 팔마는 불평하지 않고 차가운 생성수를 여제에게 제공했다.

목을 축이고 나서 그녀는 팔마에게 몸을 돌렸다.

“그대의 힘을 시험해보는 듯한 행동을 해서 미안했다. 아무튼 여기서부터가 본론인데…, 팔마, 우리 산 플루브 제국은 신성국의 지배에서 독립하고자 한다.”

“네…?!”

팔마는 신성국과 개전을 불사겠다는 말로도 해석되는 여제의 말에 당황해서 말문이 막혔다.

“대신전 중추부의 횡포를 더 이상 두고 볼 수 없어서 말이지. 그들은 신전의 교의에서 너무 일탈해 있다.”

대신전의 불온한 움직임과 팔마에 대한 습격이 여제에게도 수시로 보고되고 있다는 것은 팔마도 어렴풋이 알고 있었다.

“불손하게도 수호신을 붙잡아서 대신전에 봉인하고 소멸할 때까지 신력을 빼앗으려는 간계를 꾀하고 있다더군. 그대도 몇 번인가 습격을 받았다고 들었다. 아무 일도 없었기에 망정이지 그렇지 않았다면….”

여제가 말하는 습격에는 줄리아나의 그것도 포함되어 있기에 팔마로서는 너무 일을 키우고 싶지 않았다. 줄리아나를 단죄하는 방향으로 이야기가 진행되면 곤란하다.

“저는 개의치 않습니다. 지금은 습격도 어느 정도 진정된 상태고요…."

팔마는 개의치 않는다는 태도를 관철했다. 제국과 신성국이 전면 전쟁 상태로 들어가면 많은 희생이 생긴다. 평화로운 산 플루브 제국이 팔마 때문에 전쟁의 소용돌이에 빠지는 일은 있어선 안 되는 것이다.

"신성국과 싸우면 제국의 신술사들이 신술을 쓸 수 없게 됩니다. 그것은 국익을 크게 해치는 일 아닌가요?"

"그래서 우리 제국에서는 그것을 가능케 하는 새로운 종교를 창시할까 하는데 어떻게 생각하나?"

의표를 찌르는 흐름에 팔마는 눈살을 찌푸렸다. 종교가 엮이면 경계심부터 생겨난다.

'기존의 신전 조직에서 새로운 종교를 분파시킨다는 건가? 어딘가에서 들은 적 있는 흐름이네. 종교 개혁?'

여제는 종교의 교리를 이야기하기 시작했다.

"수호신을 공경하고 수호신과 공존하는 새로운 종교이지. 신맥 개폐 신술은 대신전이 아니라 수호신을 공경하는 살로몬과 줄리아나, 그리고 심신 모두에 적성이 있는 사람으로 하여금 관리하게 할 생각이다. 그런 식으로 대신전의 독점을 무너뜨리는 거지. 그렇게 하면 대신전의 일방적인 지배에서 벗어날 수 있을 거야."

팔마는 여제의 결의가 단단하다는 것을 알았다. 그리고 살로몬 등과도 오랫동안 협의를 해왔으리라는 것 또한.

"하지만 그런 일을 하시면 폐하의 안위가 위태로워지는 것 아닐지."

대신전은 세계 최강의 신술사를 발견해서 황제로 키운 후 황위를 계승시켜 왔다. 그 대신전을 산 플루브 제국이 배신한다면 최악의 경우, 엘리자베트는 황제의 권위와 지위를 잃게 되고, 산 플루브 제국의 제정은 끝나게 된다.

불안정해질 국내 정세. 쿠데타가 일어나지 않을 거란 보장도 없다. 평화로운 제국은 일변한다.

"여러 가지 가능성을 고려하고 결정한 일이다. 그래서 어떻게 생각하나?"

"제 의견을 묻고 계신 겁니까?"

팔마는 자신의 의향을 확인해준 것에 감사하면서 미소지었다.

"당연히 그대의 의견을 무시할 수 없지. 수호신을 숭배하고, 수호신의 은혜로 신력을 얻으며, 그 뜻을 받들어 신술로 사람들을 구제하는 종교이니 말이야. 그대의 기탄없는 의견을 들려주기 바란다."

여제도 우아한 미소를 되돌렸다.

"결단코 찬성하기 힘듭니다."

"후우, 그대는 살로몬의 말대로 수호신으로 받들어질 생각이 전혀 없는 모양이로군. 하지만 짐은 수호신으로서 사람들 앞에서 행동하라고 의뢰할 생각은 없다. 사람들 앞에 모습을 보이지 않고 이름을 감춘 채 군림해도 좋아. 필요한 것은 수호신을 모시는 새로운 종교라는 대의명분이니 말야."

"단순한 약사로는 있을 수 없는 겁니까?"

팔마는 뜻대로 안 되는 현실에 안타까움을 느끼면서 자신의 생각을 전했다.

"어디까지나 인간으로서, 제 눈길이 미치고 있는 곳에 있는 사람들을 구하고 싶다고 생각하고 있습니다. 하지만 그 이상의 역할을 요구하신다면 그것에는 부응해드릴 수 없군요. 폐하의 눈에는 그렇게 안 보이실지도 모르지만 제 마음은 인간이니까요."

팔마는 진심으로 스스로를 인간이라 생각했기에 신앙의 대상이 되고 싶지도 않거니와 그 마음을 받아들일 수도 없었다. 하물며 형식적으로라도 숭배의 대상이 되는 것은 인내의 한계를 뛰어넘는 일이다.

그 한편으로 여제가 팔마의 안전을 보장하고 역대의 수호신들과 미래의 수호신들의 존엄과 자유를 지키기 위해 새로운 종교를 창설하려 하고 있다는 것도 이해는 되었다. 신전의 습격을 받고 부당한 취급을 받는 것을 가엾게 생각하고 있는 것이리라.

여제는 철저히 팔마 편인 것이다. 그것만은 마음속에 간직해두었다.

"배려에는 감사드립니다. 신성국과는 가까운 시일 내에 화해의 길을 모색하기로 하죠."

팔마의 복잡한 마음이 전해졌는지, 여제는 뜻에 맞지 않는 행동을 해서 미안하다며 사과하고 제안을 보류했다. 다만 유사시를 대비해서 신맥을 장악할 수 있고 신뢰할 수 있는 성직자를 육성해 갈 생각이라고 한다. 그것은 팔마의 뜻과는 상관없이 제국의 국방을 위한 것이기에 양보할 수 없는 사항이었다.

◆

팔마와 여제는 투기장을 뒤로하고 궁전으로 돌아왔다.

땀을 흘렸을 거라며 목욕을 권해왔다. 팔마는 남성 손님용 목욕실로 안내되어 안도했지만 무슨 까닭인지 목욕 시중으로 결혼 적령기의 미소녀들이 잔뜩 배정되었기에 여제의 신부 찾아주기 계획이 아직 끝나지 않은 것을 깨달았다.

"팔마 님, 몸을 씻겨드릴게요. 분명 몸이 개운해지실 거랍니다."

"아뇨, 제가 봉사하겠어요. 와, 이 팔에 있는 문양이 성문인가요?"

"아아, 팔마 님, 정말 멋진 분이세요. 저랑 기분 좋은 일 안 하실래요?"

노출도가 높은 의상을 걸친 미소녀들이 경쟁이라도 하듯 팔마에게 봉사를 하려 했지만,

"아뇨, 저기, 앞은 직접 씻을 테니 등 쪽만 부탁드립니다."

그렇게 말하고 앞으로 몸을 숙여 성적인 서비스를 차단했다.

'이런 곳에서 신부를 찾게 하지 말라고요, 폐하.'

정신적으로 피폐해진 팔마가 한 시간의 목욕에서 겨우 해방되자 여제는 줄리아나에게 신술 안마를 받으면서 팔마를 기다리고 있었다. 옆에는 살로몬이 대기하고 있다.

"그 소녀들은 폐하께서 보내신 겁니까?"

명령받아 한 일이겠지만 음란하기 짝이 없었다며 팔마는 분개했다. 이런 식으로 강제로 맞선을 보게 하면 곤란하다.

"그자들은 임무를 잘 달성했나? 그대도 잘 물색했고?"

여제는 완전히 중매쟁이 아줌마로 변해 있었다. 아줌마라고 할 나이는 아니니까 중매쟁이 누나라고 내심 배려하는 팔마였다.

"그런 무방비한 곳에서 좋은 분위기는 기대하기 힘듭니다. 하물며 일대 다수라면요."

여제에 대한 말투가 좀 무례했을지 모르지만 팔마는 화가 나 있었다.

"흠, 아쉬운 일이로군. 차라도 마시도록 해라."

줄리아나의 신술 안마를 마친 여제가 팔마를 다과회 자리로 이끌었다.

"아무튼 그런 것은 곤란하오니 앞으로는….

"하지만 그것에도 반응하지 않다니 그대는 남자가 아니로군! 설마 남자로서의 발육에 문제가 있는 것은 아니겠지? 어디, 짐이 확인을….

여제의 성희롱에 당황하는 팔마의 모습을 보다 못한 살로몬이 헛기침을 하며 화제를 돌렸다.

"그보다 팔마 님은 역시 새 종교의 설립과 수호신으로서의 옹립에 반대하셨겠죠?"

"음. 어림도 없더군. 그대의 말대로 되었다."

여제는 반박할 기력도 없는 듯했다. 투기장에 피어오른 적란운과 거대한 신력 덩어리의 발생을 보고 살로몬은 그 후의 전개가 대충 예상이 되었던 모양이다. 팔마는 무조건 반대만 한 것은 아니라고 덧붙였다.

"폐하의 마음에는 감사드립니다만, 송구스럽게도 사적인 감정을 빼고 생각해도 그 기대에 부응해드릴 수 있을 것 같지는 않습니다. 새로운 종교의 창립은 신성국에 대한 반역과 결별을 의미합니다. 신성국이 주변 국가들에게 반역국으로써 토벌을 명령하면 평화로운 산 플루브 제국은 지금처럼 있을 수 없겠죠. 신성국과 화해의 길을 모색하는 게 바람직합니다."

"폐하, 이것으로 아셨겠지요. 팔마 님은 이런 분입니다. 자신에게 닥친 위험보다 백성들을 더 생각하시는 분이시죠."

살로몬이 팔마의 마음을 대변해서 여제에게 말했다. 줄리아나도 어딘지 안도한 표정으로 팔마를 바라보고 있었다.

"스스로를 수호신이 아니라고 부정하니 나도 어찌 해볼 수 없군. 팔마와는 처음으로 시합을 해보았는데 그 비상식적인 신력에는 끝이 보이지 않았다. 이 몸이 오랜만에 싸움 속에서 공포라는 것을 느꼈을 정도니 말야. 가능하면 그대와 매일 시합을 하고 싶군."

"정중히 거절하겠습니다. 아까도 의도치 않게 폐하를 다치게 하고 말았습니다. 다행히 큰 부상은 아니었지만⋯ 다음은 어떻게 될지 알 수 없으니까요."

성천에서 돌아온 팔마는 힘을 잘 제어할 수 없게 되었다는 자각이 있었기에 언젠가 실수로 치명적인 공격을 날릴 가능성을 배제할 수 없었다. 그리고 그후의 전개는 생각하고 싶지도 않았다. 언제 폭주할지 알 수 없는 폭탄을 안은 채 줄타기하듯 일상생활을 보내고 있는 판국인데 무분별하게 자극하지 말았으면 좋겠다.

"차라리 신성국에 가서 '꺾쇠 톱니바퀴'에 남아도는 신력을 쏟아붓고 올까도 생각 중입니다만."

"팔마 님. 그것은⋯ 안 됩니다."

그 한 마디를 들은 살로몬이 우려하는 기색을 보였다. 여제도 마찬가지다.

"무슨 소리를 하는 거냐. 그래선 신성국의 뜻대로 되는 것 아닌

가. 그리고 ‘세계를 유지하는 꺾쇠 톱니바퀴’라는 장치는 실제로 존재하지 않고 그저 수호신을 유인해서 신력을 빼앗기 위한 명분일지도 모른다.”

그 말을 들은 줄리아나가 머뭇머뭇 끼어들었다.

“제, 제가 알기로 꺾쇠 톱니바퀴라는 장치는 실재합니다. 다만 전에 팔마 님이 신력을 나눠주신 덕분에 톱니바퀴가 앞으로 175년은 버틴다고 하더군요.”

줄리아나는 대신관 피우스의 동향을 아는 전직 추기신관이다.

“줄리아나를 비롯한 다른 추기신관들도 속고 있을지 모르지 않나. 직접 목격한 것은 아니겠지?”

여제는 ‘꺾쇠 톱니바퀴’의 존재조차 곧이곧대로 믿고 있지 않았다.

평소의 저돌적이고 호쾌한 기질만이 그녀의 전부가 아니라는 것을 깨달은 팔마는 여제의 새로운 일면을 발견한 느낌이 들었다.

“확실히 인간의 눈에는 보이지 않는다고 들었습니다만….”

줄리아나는 꺾쇠 톱니바퀴를 직접 볼 수 있는 방법이 없다는 것을 인정하고 목소리를 낮추었다.

그런 그녀를 편들어 주면서 팔마는 여제에게 반박했다.

“신성국이 저를 약취하려 한다는 것은 알고 있습니다만 저는 전보다 신력이 강해져서 지금은 일상생활을 보내는 것도 곤란할 지경입니다. 신력을 대규모로 소비하면 진정될 거라 생각합니다만 그럴 기회가 거의 없어서 몸에 계속 쌓이고 있는 실정이죠.”

솔직히 가능하다면 한 번 싹 발산해버리고 싶을 정도다.

“그래서 신성국 지하에 있다는 꺾쇠 톱니바퀴에 직접 신력을 주입하고 오는 것은 쌍방에게 있어서 이점이 있습니다.”

꺾쇠 톱니바퀴에 신력을 주입해주면 신성국이 팔마를 노릴 이유도 사라지게 된다. 그리고 그것 이외에 상식적인 방법으로는 신력을 줄일 수 있을 것 같지도 않다. 반드시 파괴행위가 수반되고 말 것이다.

평화로운 방법으로 신력을 대량으로 소비할 수 있는 방법으로는 대규모 역멸 성역 연발을 생각할 수 있지만, 역멸 성역 자체가 미생물을 죽이는 환경 파괴 행위의 일종이라 전염병도 발생하지 않았는데 쓸데없이 사용할 순 없다.

‘최종수단은 우주 저편에 대고 신술을 날리는 것이겠지만 그것이야말로 신술의 낭비니 말야.’

그런 이유로 유의미하게 신력을 소비한다고 하면 꺾쇠 톱니바퀴를 이용하는 게 가장 손쉬운 방법이다.

“우선 꺾쇠 톱니바퀴라는 것이 무엇인지 직접 확인해볼까 합니다.”

“그것은 위험한 행동이야. 가령 그 장치인지 뭔지가 밖에서 신력을 주입하는 방식이 아니라 수호신을 집어삼킨 후 흡수하는 방식일 경우에는 어떡할 거냐. 가면 바로 끝인 거다.”

여제가 고개를 저었다. 멀리서 관찰해보고 위험할 것 같으면 접근하지 않을 생각이었지만 여제는 팔마가 혼자서 접근하는 것 자체를 허락해주지 않았다.

“그렇다면 짐도 동행하겠다. 피우스와의 회담도 겸해서 말이지. 일정을 조율하게 하마.”

‘여제와 대신관의 회담이라… 파란이 일어날 것 같군.’

평화롭게 끝날 것 같지 않다고 예측하는 팔마였다.

◆

여제가 신성국에 회담을 제안하고 일정을 조정한 결과 팔마의 신성국행은 다음 달로 결정됐다.

신성국행을 앞에 두고 팔마는 맘에 걸리는 게 있었다.

'신성국에서 무슨 일이 일어날지 모르니 최소한 에머리히 일족의 유전자 치료는 끝내놔야겠어.'

그후로도 유전성 질환을 가지고 있는 동물을 대상으로 한 팔마의 유전자 치료는 여러 차례 성공했다. 그래서 예정을 앞당겨 마침내 사람에 대한 치료로 이행하기로 했다. 일본에서는 임상 시험에 들어가려면 심사위원회 등을 거쳐야 하지만 산 플루브 제국에는 그런 게 없다.

그래서 팔마는 여제와 시의, 궁정 약사들에게 데이터를 보여주고 인가를 얻으려 했다.

엘리자베트가 자리한 제1회 윤리 심사 어전 회의 약속을 받아낸 팔마는 자신 외엔 쓸 수 없는 치료법을 다른 약사와 시의들에게 어떻게 설명해야 할지 몰라 고민했지만 엘렌이 아이디어를 냈다.

"저기, 혹시 비보를 써서 투여하면 되지 않을까? 팔마 군의 손도 그렇지만 비보도 인체를 통과하잖아."

팔마의 치료법은 비보를 쓰면 누구나 가능하다고 엘렌은 말했다.

"인간은 비보를 들지 못할지도 모르지만 다른 물건으로 감싼다든지 들 수 있는 방법을 고안하면 못 들 것도 없어. 그것을 이용하면 인체에 투과시키는 방식으로 온몸 구석구석에 약을 투여할 수 있고, 누구라도 가능하지 않겠어?"

엘렌의 아이디어는 팔마로선 생각지도 못했던 것이었기에 그녀에게 감사했다.

"획기적이야, 엘렌."

"팔마 군처럼 신약은 생각해내지 못하지만 이런 것으로라도 도움이 된다니 기뻐."

엘렌은 기존 신술과 조합한 치료법을 생각하는데 능한 듯했다.

"길이 열린 것 같아."

엘렌의 아이디어를 빌려 어전 회의에서 프레젠테이션을 한 결과 시의와 궁정 약사들이 특별히 의문을 제기하는 일 없이 무사히 통과했다. CRISPR/Cas9 시스템의 설명을 시작했을 무렵에는 그들의 절반 가량이 무슨 내용인지 이해하지 못하게 된 것도 한 요인일지 모른다. 하지만 클로드, 브루노, 제국 의약 대학에서 팔마의 수업을 청강하고 있는 의사, 약사들은 시스템을 이해하자 갈채를 보냈다.

어전 회의가 끝날 무렵 클로드가 팔마에게 질문을 던졌다.

"나도 환자의 치료에 자네 약을 써도 되겠나? 어떻게 약을 조합하면 되지?"

팔마가 의사에게 그런 요청을 받은 것은 처음이었다.

동석한 의사와 약사들 중에도 클로드에게 동조해서 고개를 끄덕이는 사람이 있었다.

궁정 약사인 프랑수와즈 드 사부아도 그중 한 사람이었지만 그녀는 우려를 나타냈다.

"하지만 우리들이 잘 다룰 수 있을까요? 잘 듣는 약은 조합을 잘 못하면 위험한 법입니다."

약학 체계가 다르기에 프랑수와즈는 팔마의 신약을 쉽게 다룰 수 없다고 생각하고 있는 듯하다. 팔마도 시의가 됐건 궁정 약사가 됐건 경험과 지식이 없는 사람에게 고도의 전문성을 요하는 현대 의약품의 조제를 맡길 생각은 없었다. 애초에 팔마가 아직 자력으로 생산할 수 없는 것들도 있었고.

"지금은 제국 의약 대학에서 신약을 취급할 수 있는 전문가를 양성 중입니다. 첫 졸업생이 나올 때까지 몇 년은 걸리겠죠. 하지만 필요할 때는 이렇게 하시면 됩니다."

그렇게 말하고 팔마는 신약을 취급하기 위한 간단한 절차를 가르쳐주었다.

 # 14화 이세계 첫 전신 유전자 치료

어전 회의에서 유전자 치료 허가가 떨어진 며칠 후, 드디어 치료가 시급한 차남 오이겐의 유전자 치료에 착수하게 되었다. 치료는 대학이 아니라 치료실이 있는 약국에서 한다.

"안녕하세요? 오늘은 잘 부탁드립니다."

에머리히는 동생 오이겐을 데리고 팔마가 지정한 시간에 이세계 약국을 찾았다.

"저희들도 응원하러 왔습니다!"

떠들썩한 목소리가 들리더니 로테를 쏙 빼닮은 여동생들도 우르르 함께 들어왔다.

여느 때처럼 접객을 하고 있던 로테는 팔마에게서 그들을 소개받고 당혹스러워했다.

"잠깐만요. 그럼 이분들은 저와 같은 피가 흐르고 있다는 말인가요?"

로테의 입이 멍하니 벌어졌다.

"쉽게 말해 우리들은 친척이래요. 처음 뵙겠어요."

여동생들은 로테와 악수를 하며 만남을 기뻐했다.

"하지만 저는 평민인데요! 어째서 귀족분들과 혈연이?"

"아, 그건 이것저것 사연이 좀 있어."

팔마는 이야기가 꼬이지 않도록 옆에서 사정을 설명했다.

로테는 자신이 신력을 잃고 평민이 된 귀족의 후예라는 것을 알고 놀랐다.

"여러분은 무슨 속성의 신술사인가요? 친척이라고 했는데 혹시 저도 노력하면 신술을 쓸 수 있게 되는 건가요?"

로테의 호기심이 멈추지 않았지만 무언가 착각을 하고 있는 듯했기에 남매들 중 언니가 로테에게 가르쳐 주었다.

"우리 남매의 속성은 전원 물이나 바람이지만, 신력은 선천적인 것이라 신맥이 없다면 무리일 거야. 안됐지만."

로테는 조금 아쉬운 표정을 지었지만 곧 여느 때의 기운을 되찾았다. 회복이 빠른 소녀였다.

"그, 그렇군요. 혈연이 있는데 신술을 쓸 수 없다니 왠지 묘한 기분이에요. 전 샤를로트라고 해요! 여러분의 이름을 여쭤봐도 될까요?"

형제자매가 없는 로테는 갑자기 오빠와 언니가 생긴 것처럼 생각되었는지 기쁜 얼굴로 미소지었다.

"먼 이국땅에서 우리들의 친척을 이렇게 우연히 만나게 되다니 기뻐!"

"저도요! 감동적인 만남이네요!"

'아, 방금 누가 말한 거지? 여성진은 다들 목소리가 비슷하네.'

비슷한 톤의 목소리가 약국 내에 꺅꺅 울려 퍼진다. 로테 성분이 3배가 되어 떠들썩해진 것 같아 팔마도 왠지 흐뭇해졌다. 이야기가 무르익으며 목소리가 한 옥타브 높아지자 이제 누가 말하고 있는지 팔마로선 구분할 수 없게 되었다.

무언가 진지한 이야기를 나누고 있는 듯해서 팔마가 귀를 기울여 보니,

"다음에 함께 맛있는 과자를 먹으러 가요."

"정말 맛있는 쿠글로프 전문점을 제도에서 발견했어요. 정말 맘에 들어서."

"네?! 어디에 있는 가게인가요? 궁금해요! 처음 들어요!"

완전히 디저트 이야기로 의기투합해 있었다.

'역시 이렇게 되는구나, 이 일족은.'

단 걸 좋아하는 것은 일족의 특징일지 모른다고 팔마는 생각하면서 본제로 들어갔다.

"그럼 여러분, 환담하면서 1층에서 기다리세요. 그럼 가시죠, 오이겐 씨."

"교수님, 잘 부탁드립니다."

팔마, 엘렌과 함께 2층 치료실에 온 오이겐은 팔마에게서 간단한

치료 설명을 듣고 동의 서류에 사인했다.

"자, 오이겐 씨, 그 침대 위에 똑바로 누우세요."

"부탁드립니다."

오이겐은 식은땀을 훔치면서 침대에 누웠다. 긴장으로 몸이 굳어져 있는 듯하다. 오이겐은 상당히 빈약한 체격이어서 아직 병이 발병되지 않았음에도 이미 병들어 있는 듯한 분위기였다.

일족을 따라다니는 악신의 저주와 벗어날 수 없는 죽음을 일상생활에서는 의식하지 않는 사람도 있지만, 온종일 신경 쓰며 정신적으로 지쳐버린 사람도 있다. 오이겐은 후자인 듯했다.

'완치되면 병에 대한 스트레스를 떨쳐버리고 건강해지면 좋겠군.'

"그럼 기분을 편안히 하고 있으세요. 신술의 강한 빛이 눈을 손상시킬 수 있으니 안대를 씌우겠습니다."

똑바로 누운 오이겐에게 엘렌이 적당히 얼버무리면서 안대를 채웠다.

"그런데 아직 불면증 증상은 없는 거죠?"

팔마가 치료 전에 증상을 확인했다.

"예, 아직 증상은 없습니다. 잘 잠들고 있어요. 몸이 조금 달아오르는 느낌은 있습니다만… 설마 이게 초기 증상인가요?"

"그럴지도 모르겠군요. 하지만 아니라고 해도 치료를 일찍 시작하는 게 좋습니다. 발병 전에 치료하면 신경세포의 파괴를 최소한으로 줄일 수 있으니까요."

"그렇군요. 역시 오늘 치료받기로 하길 잘했습니다."

오이겐은 각오가 된 듯했다.

"통증은 없을 거라 생각합니다만 위화감을 참을 수 없다면 말씀해 주세요. 바로 중지할 테니까."

손을 씻고 나서 팔마가 오이겐에게 전했다.

"알겠습니다."

팔마는 우선 진안으로 오이겐의 몸을 보았다.

이미 치명적 가족성 불면증이 발병해버린 그의 온몸은 약간 빨갛게 보였다.

붉은빛은 치료가 불가능하다는 것을 의미하고 있었다.

'우와, 벌써 빨갛잖아. 전에는 빛이 보이지 않았는데 진행이 빠르네. 얼른 치료해야겠어.'

내버려두면 앞으로 1년도 지나지 않아 오이겐의 죽음은 피할 수 없게 된다. 그리고 이 이상 진행되어 신경세포가 파괴되어 버린다면 신경세포의 재생이라는 곤란하기 짝이 없는 단계를 한 번 더 밟아야 하게 된다. 아직 오이겐의 신경세포는 일상생활을 보내는데 문제 없을 정도이고 불면증에 걸리지도 않았다. 지금이 아니면 늦을 뻔했던, 말 그대로 아슬아슬한 타이밍이었다.

'하루라도 늦출 수 없겠어. 약은 준비되었으니 오늘 당장 결행하는 거야!'

전인미답의 방법으로 팔마는 불가능을 뛰어넘으려 하고 있었다.

치트 능력과 현대 의학의 상승효과로 전신 유전자 치료가 가능해진 것이다. 팔마는 망설임을 떨쳐내고 오이겐의 옷 위에 천을 덮은 후 천에 격자 모양의 구획을 적어 번지를 마킹하기 시작했다. 몸 어디에 투여를 했는지 정확하게 파악하기 위해서이다.

"꽤 독특한 신술이군요. 조금 간지럽습니다."

마킹을 간지럽게 느꼈는지 오이겐이 약간 몸을 비틀었다.

"아, 시술 전에 마킹을 하고 있는 겁니다. 움직이지 마세요. 금방 끝나니까."

엘렌이 오이겐의 몸을 고정해서인지 오이겐의 심박수가 올라갔다. 팔마 일행이 지금 무엇을 하고 있는지 오이겐은 알아선 안 된다. 그는 '신술'의 자세한 내용을 모르기 때문이다. 본래라면 치료에 대한 설명을 하고 환자의 동의를 받아야 하지만, 팔마의 손이 투과하는 것을 이용하는 치료법이라고 솔직하게 말할 수 있을 리 없기에, 그저 신술을 이용한다는 설명에 그치고 있다.

하지만 이 신술에 의해 발생하는 부작용과 리스크, 후유증의 가능성은 모두 설명했다.

"팔마 군, 약이 준비됐어."

"고마워."

이론적인 투여량을 계산한 뒤 표식 물질을 덧붙인 항 프리온 항체와 CRISPR/Cas9, 그리고 수정용 배열을 비롯한 기타 재료가 들어 있는 혼합 용액을 엘렌에게서 건네받는다. 그의 손이 인체를 투과하는 특성을 이용한 투여 방법, 팔마가 '투과 투여'라 이름 붙인 투여 방법으로 항체와 유전자 치료약을 조용히 투여해 간다.

"순조롭네. 5번 구획은 됐어. 다음은 6번. 투여량도 문제 없어."

엘렌의 철두철미한 안내에 따라 기계적으로 작업을 계속한 끝에 이윽고 전신 투여가 끝났다.

"모든 구획의 투여가 끝났어. 딱히 문제도 없어 보이네."

"알았어. 다음 공정으로 들어갈게."

「5-카르복시플루오레세인을 소거.」

팔마는 곧바로 오이겐에게 오른손을 뻗어 말없이 소거 능력을 발동했다.

5-카르복시플루오레세인은 프리온 단백질과 결합한 항체를 표시하기 위해 발라둔 형광물질로써 인체에는 존재하지 않는 물질이다. 그것을 표적삼아 소거하면 정상, 이상을 막론하고 프리온 단백질과 항체가 결합된 부위는 모두 파괴할 수 있다. 그리고 일부가 파괴된 단백질은 신속하게 분해된다.

"이것으로 프리온 단백질은 모두 파괴되었고, 지금쯤은 유전자 치료가 시작되고 있을 거야."

"동시에 투여한 유전자 치료 시스템이 작동하기 시작했다는 말이지?"

엘렌이 확인했다.

"그래, 지금부터가 중요해."

투여한 약이 오이겐의 체세포 안에 있는 유전자를 정상적인 것으로 치환하고 있을 것이다.

이 처치에 의해 앞으로 오이겐의 세포 안에서 만들어지는 프리온 단백질은 모두 정상이 된다. 생식세포도 치환했기에 유전병이 자손에게 유전될 걱정도 없다.

날짜를 바꿔가며 여러 번 같은 치료를 함으로써 빠진 세포가 존재하지 않게 할 수 있다.

이론적으로는 가능하고, 동물 실험에서도 현재까지 특별한 부작용 없이 성공한 바 있다.

남은 것은 인간 환자에게도 통하느냐 하는 것뿐이다.

"어디, 잘 되었으려나?"

심호흡을 하고 뭉친 어깨를 풀면서 팔마는 진안을 발동했다.

오이겐의 몸을 감싸고 있던 붉은 빛은 허깨비처럼 완전히 사라져 있었다.

'일단은 성공인가?'

치료 불능을 의미하는 붉은 빛을 극복한 것에 팔마는 감동했다.

"어때? 팔마 군."

머뭇머뭇 묻는 엘렌에게 팔마는 손가락으로 동그라미를 만들어 보이고 싱긋 웃었다.

엘렌도 함께 기뻐했다. 기쁨을 함께 나누기 위해 팔마는 오이겐을 깨웠다.

"끝났어요, 오이겐 씨."

"네? 벌써요?!"

잠이 들어 있던 오이겐은 침대에서 벌떡 일어났다.

"졸리고, 기분이 좋아서 잠시 잠들었었네요…. 교수님의 신술에 몸이 따뜻해져서 말이죠."

"천천히 일어나세요. 일어서도 괜찮아요. 가족분들에게 갑시다."

팔마는 약국 1층으로 오이겐을 안내했다. 에머리히가 나선 계단 밑에서 기다리고 있었다.

"오이겐, 어때? 아무렇지도 않아?"

"아무렇지도 않아. 계속 잠들어 있을 만큼 쾌적했어. 지금은 앓던 이가 빠진 것처럼 개운해."

오이겐은 다시 태어난 것처럼 몰라보게 밝은 표정을 짓고 있었다.

"교수님! 동생은 어떻게 되었나요…?"

에머리히는 긴장하며 팔마에게 물었다.

팔마는 가운의 소매를 내려 두 팔의 약신문을 감추면서 고개를 끄덕였다.

"오늘은 일단 성공이라고 생각해. 이제 경과를 지켜봐야지."

"고맙습니다! 고맙습니다! 이 은혜를 어떻게 갚아야 할지!"

에머리히는 동생의 쾌유를 자신의 일처럼 기뻐하며 울먹거렸다.

"이것으로 첫 번째 저주가 풀렸습니다."

이제 오이겐의 몸에는 약신의 저주가 존재하지 않는다.

오랫동안 이어진 고독한 싸움이 끝난 것이었다….

에필로그

다음 날 아침 대학에 출근한 팔마를 교수실에서 기다리고 있었던 것은 여학생 다섯 명이었다. 그 면면들 가운데에는 조세핀의 모습도 있었다. 여학생들에게 둘러싸인 팔마는 젊음의 파워에 압도되면서 응접 소파 맞은편에 앉았다.

"기다리고 있었습니다, 교수님!"

"저기, 예약도 안 한 손님들인데 들여보내면 안 되었을까요?"

조에는 팔마에게 물었다. 실수라도 했나 싶어 걱정하고 있는 모양이다.

"대응해줘서 고마워요, 조에 씨. 스케줄도 비어 있으니까 괜찮아요. 그럼 용건을 들어보기로 할까요?"

팔마는 수첩을 열고 긴장한 기색인 그녀들의 이야기에 귀를 기울였다. 꺼내기 힘든 화제였는지 "사실은…"이라며 그녀들은 머뭇머뭇 이야기를 시작했다.

"음, 그러니까 신입생 친목회를 하는데 약초원 옆 대정원을 쓸 수 있도록 허락해달라는 거죠?"

"예. 학부를 모두 통틀어 백 명도 안 되는 학생들이 서로의 얼굴과 이름도 모르고 있으니 친목을 다질까 해서요."

그녀들은 신입생 친목회 실행위원회 소속이라고 한다.

"총장님께 직접 말씀드리고 왔습니다만 대정원을 관리하는 학부장의 허락을 맡으라고 하셔서…."

"처음부터 총장님에게 담판을 지으러 간 건가요…? 미리 말해주면 좋았을 텐데."

한 눈에도 얼굴이 무섭고 엄격한 브루노에게 먼저 달려가다니 배짱이 있다고 웃으면서 팔마는 조에에게 서류를 준비하도록 했다.

"허락해주시는 건가요?! 아, 그리고 이건 개최 요강이에요. 다음 주 휴일에 개최될 예정입니다."

"알았어요. 대정원을 비워두기로 하죠. 다만 조건이 있습니다. 한밤중까지 떠들지 말 것, 쓰레기는 가지고 돌아갈 것, 화기엄금, 회장은 원상태로 청소할 것 등입니다."

"할게요. 전부 할게요!"

"그렇다면 좋아요. 허락할 테니까 여기에 기입해서 사무처에 제출하시길."

팔마는 시설 사용 허가서에 필요 사항을 기입해서 직접 사인을 한 후 그녀들에게도 개최 요강과 사인을 적게 했다. 친목을 다지고 싶다는 학생들의 자주적인 활동을 무시할 수 없다. 팔마는 프로젝트의 성공을 기원했다.

"학생들끼리 친해지면 좋겠군요. 친목회를 즐기시길."

팔마는 그렇게 말하고 그녀들을 격려했다. 실행위원회 멤버들이 교수실을 나간 후에도 조세핀만은 그 자리에 남았다. 팔마는 아직 무언가 할 이야기가 남았나 싶어 고개를 갸웃했다.

"무슨 일이죠?"

"저기, 교수님도 친목회에 와주실 수 없나요?"

조세핀은 우물쭈물하면서 팔마의 참가를 권유해 왔다.

"제가요? 사양할게요. 학생들끼리만 하는 편이 이야기도 무르익을 겁니다."

에머리히와의 시합 후, 자퇴 신청과 전과 신청을 한 학생들을 일일이 방문해서 설득했던 팔마도 자신이 학생들에게 어떤 인상을 주고 있는지는 잘 알고 있다. 팔마의 신술을 신봉하고 있는 사람이 있는가 하면, 심각한 트라우마를 갖게 된 학생도 있다. 평민 학생은 아직도 이 대학에 입학한 것에 부담감을 느끼고 있을지 모른다.

모처럼 학생들끼리 친해치려 하고 있을 때 팔마가 굳이 그들을 만날 필요는 없는 것이다. 팔마의 가치관과 학문에 대한 생각은 강의 중에 조금씩 전달하는 것으로 충분하다.

'에머리히와 한 판 붙은 후라서 학생들이 어떤 반응을 보일지.'

팔마의 미적지근한 태도에 조세핀은 쓸쓸한 얼굴을 했다.

"에머리히 군과 교수님의 시합을 본 학생들 중에는 솔직히 교수님을 무서워하는 사람도 있습니다. 하지만 그들에게 교수님의 평소 모습을 보여주고 싶어요. 교수님이 에머리히 군을 위해 유전자 치료 방법을 개발하신 것은 알고 있습니다. 그 치료의 일환으로 흰 말을 원래의 털색으로 되돌리고 약시를 개선해주신 것도요. 전에 에머리히 군과도 이야기를 좀 나눠 보았는데 그도 지금은 교수님을 존경하고 있다고 합니다. 교수님의 치료법 덕분에 가족의 인생이 바뀌었다더군요. 에머리히 군은 사람이 변한 것처럼 보였습니다."

"헤에…, 그가 그런 소리를."

자신의 눈이 닿지 않는 곳에서 에머리히가 감사를 했다는 것에 기뻐졌다.

"하지만 에머리히 군은 친구를 사귀지 않고 홀로 행동하는 일이 많기에 그런 사실을 주위에는 이야기하지 않고 있습니다."

"거기에는 나름 깊은 이유가 있어서 말이죠."

그가 홀로 행동하고 있는 것은 친구를 사귀었다가 자신의 출신이나 저주받은 일족에 대한 것이 알려질까 봐 두려워서일 것이다. 그에게는 허심탄회하게 이야기를 나눌 만한 상대가 없었다.

하지만 앞으로는 그런 미신에 얽매이지 않고 그는 그 나름의 방식으로 난치병 치료의 연구에 매진할 것이다. 팔마는 그의 전망에서 밝은 징조를 느끼고 있었다.

"에머리히 군에게 끈질기게 친목회를 권유했더니 와주기로 했어요."

"끈기에 진 거군요."

"그러니까 에머리히 군뿐만 아니라 다른 학생들과도 이야기해보면 이것저것 오해도 풀릴 거라 생각하니 기분이 내키면 와주시길 바래요. 본푸아 선생님과 비서분도 함께 데리고 오시길."

"흠…. 알았어요. 그럼 참가하죠. 당신에겐 감사해야겠군요."

조세핀의 배려는 기쁘게 받아들이기로 했다.

그리고 보름달 밤. 저녁부터 대정원에서 친목회가 개최되었다.

다행히 날씨는 좋아서 많은 신입생들이 모였다. 조세핀의 인사말을 들으니 학생 95명, 교원 12명이 참가했다고 한다.

팔마도 엘렌, 조에와 함께 초대를 받고 참가했다. 엘렌은 파티용 드레스를 차려입고 있었다. 조에도 여느 때의 비서 스타일이 아니라 화사한 복장이다. 다른 초대 교원들도 여기저기서 얼굴을 보였기에 팔마는 일단 그들과 인사를 나누기로 했다. 이런 인사치레는 성가시더라도 해둬야 한다.

"이거 드 메디시스 교수 아니십니까. 여러모로 신세를 지고 있습니다. 아참, 다음에 제 연구에 대한 의견을 들을 수 있겠습니까? 제가 연구하고 있는 약초에 약효가 있긴 한데 독성이 좀 있어서 이것을 어떻게 없앨까 고심 중입니다만….."

연구를 하다 벽에 부딪힌 듯한 약학부의 강사는 절실한 표정으로 팔마에게 요청했다.

"아, 하지만 전통 약학은 전문 분야가 아니셨던가요?"

"아뇨, 약초학과 전통 약학도 다루고 있긴 합니다. 전문이 아닌 것은 신술약과 신술 치료로군요."

"그렇게나 신술에 능하신데 신술약과 신술 치료가 전문이 아니시라니. 게다가 부친이신 총장님은 신술약의 전문가신데 말이죠. 같은 가족인데 신기하군요."

강사는 뜻밖이라는 듯한 반응을 보였다.

"하하…, 아버지와는 전공하고 있는 약학의 계통이 달라서요."

"그보다 저도 그 시합을 보았습니다만, 드 메디시스 교수는 그래서 결국 무슨 속성이셨습니까?"

"저는 물 속성입니다."

에머리히와의 시합과 무대 파괴에 대해서는 언급하지 않아주었으면 하는 팔마였다.

"드 메디시스 교수, 제 영지에서는 최근 서쪽 브레텐 왕국에서 전해진 풋볼이라는 새로운 스포츠가 유행하고 있습니다. 지금은 시민팀을 만들어 연습 중인데, 어떻습니까? 휴일에 함께 해보시는 건."

의학부의 클로드 연구실에 소속된 강사의 권유에 팔마는 가슴이 뛰었다.

'드디어 영국 발상의 축구가 산 플루브 제국에도 전파된 건가?'

"네? 풋볼이라고요? 꼭 해보고 싶군요!"

"음? 아직 제도에 안 들어온 것으로 아는데 풋볼에 대해 알고 계신 모양이군요. 과연 드 메디시스 교수답게 유행에 민감하십니다."

"아, 하하하, 풍문으로 들었을 뿐이에요!"

학생들이 준비해온 술과 음식들로 간단한 파티를 한 후, 작은 그룹으로 나뉘어 대정원에서 숨바꼭질 같은 미니 게임을 하고, 그룹마다 자기소개를 하는 등 학생들과 교원들은 서로 친목을 다졌다.

"드 메디시스 교수님! 저희들과 함께 이야기해요."

학생들이 한꺼번에 몰려들면 누가 누군지 알 수 없게 되어버리는 팔마였지만 조세핀이 기지를 발휘하여 참가자 전원에게 명찰을 하도록 했기에 문제는 없었다.

"헤에, 너는 조국으로 돌아가서 약국을 여는 게 꿈이구나?"

"예, 이 대학에서 약학을 배워 고향에 그 지식을 가지고 돌아가고 싶습니다. 하지만 아직 아버지의 약 가게를 물려받고 독립하기에는 이르다고 해서."

엘렌은 가업이 약사라는 평민 학생과 이야기를 나누고 있었다.

"이르기는 뭘. 팔마 군은 열 살때 약국을 열었는데."

"저도 소문으로 듣긴 했습니다만, 황제 폐하의 칙허는 어떤 공적으로 받으신 겁니까?"

"그게 말이지~, 나도 자세히는 몰라~. 하지만 폐하의 조력이 있어서 창업까지는 아주 분주했지. 후후, 눈 깜짝할 사이였어."

팔마와 엘렌은 많은 학생들과 이야기하는 기회를 가질 수 있었다. 조에는 여학생들의 연애 상담을 해주고 있는 듯 도중부터 학생들과 부둥켜안고 울기 시작했다.

에머리히도 몇몇 사람과 친해져서 친구가 된 듯하다.

"선생님들, 만취해서 쓰러진 학생이 있는데 어떻게 할까요?"

학생들의 행사에는 알코올 사고가 따르기 마련이다. 교원들은 술렁댔다.

"연구실에서 술 깨는 포션을 조합해서 가져오도록 하죠."

그렇게 말하고 연구실로 달려가려는 교원을 팔마는 제지했다.

"제가 신술로 치료할 테니 맡겨주세요."

학생 몇 명이 과음으로 인사불성이 되어 있었기에, 팔마가 물질 소거로 에탄올을 소거하자 그들은 곧바로 술에서 깼다. 그 현장을 목격한 학생들은 감탄했지만, 그들은 팔마가 물질 소거를 썼다는 것은 꿈에도 모른 채 그저 신술로 술을 깨게 한 것으로 받아들인 모양이다.

"신술 치료는 전문이 아니라고 하셨잖아요?!"

아까의 교원이 망연자실한 표정을 짓고 있었다.

이런저런 일들이 있었지만, 마지막에는 학생들끼리 어깨동무를 하고 교가를 부르며 결속을 다졌다. 엘렌이 폐회 인사를 마친 조세핀 등 실행위원회의 노고를 치하했다.

"기획은 대성공이었네. 나도 즐거웠어."

"고맙습니다! 저희들도 개최하길 잘했다고 생각해요."

"불러줘서 고맙습니다. 이런 교류회도 필요하군요."

팔마도 진심으로 그렇게 생각했다.

"팔마 군, 조에, 이만 돌아가자. 아~ 즐거웠다~. 오랜만에 술도 마셨고."

음주 승마는 위험하다고 설득해서 엘렌, 조에와 함께 셋이서 걸어가기로 한다.

"그럼, 저는 여기서 이만."

중간에 조에를 집까지 바래다주자 엘렌과 단둘이 남게 되었다. 산 플루브 강에 걸린 다리를 건너다가 퍼뜩 팔마는 떠올렸다.

"아, 그러고보니 엘렌에게 주고 싶은 게 있었어."

"응? 뭔데?"

"이런 타이밍이라 미안한데 전부터 쭉 준비하고 있었던 거야."

팔마는 가방에서 장식이 된 보석함을 꺼냈다. 멈춰서서 정중하게 양손으로 선물하자 엘렌은 신기한 것을 본 듯한 얼굴로 그것을 조심조심 받아들었다.

"고마워. 여기서 열어봐도 돼?"

"응. 열어봐."

엘렌이 보석함을 열어보니 안경 하나가 들어 있었다.

안경 다리에는 섬세한 파란색 유리 세공이 되어 있고, 렌즈는 한

없이 투명했으며 일그러짐 없이 아름다웠다. 멜로디가 심혈을 기울여 만들어낸 최고의 일품이다.

"멜로디 님에게 발주해서 만든, 렌즈가 안 깨지는 안경이야. 이제 안경이 깨지는 일로 골머리를 썩이지 않아도 돼. 오래전에 발주한 것이지만 유전자 치료의 힌트를 준 거라든지 신술 시합의 뒷처리를 함께 해준 것에 대한 답례를 겸했어."

"고마워. 멜로디 님에게 일부러 발주해준 거야? 정말 예쁘네. 세계에서 오직 하나뿐인 작품이야. 소중히 쓸게."

아무래도 깜짝 선물은 성공인 듯하다.

엘렌이 선물을 손에 들고 황홀하게 보고 있었기에,

"씌워줄게."

팔마는 엘렌에게 안경을 씌워주었다. 그녀는 손거울로 안경을 쓴 자신의 모습을 확인하고 팔마에게 수줍게 미소지었다.

"어울려?"

"예쁜 것 같아. 안경이 잘 안 떨어지도록 귀에 닿는 다리 부분의 각도를 조정할게. 엘렌의 안경은 다리를 구부리는 위치가 다르지만 좀더 귀에 가까운 곳에서 구부리면 귀와 착 달라붙을 거야."

"아, 정말이네."

팔마는 엘렌의 귀에 안경 다리가 맞도록 조정했다. 엘렌의 귀 부분에 손이 닿자 엘렌은 후훗 하고 웃었다.

"왜 웃어?"

"간지러워서."

엘렌의 방심한 얼굴을 보고 팔마는 흐뭇해졌다. 항상 긴장을 늦추지 않고 빈틈을 보이지 않는 그녀가 이렇게 긴장감 없는 표정을 보여주고 있는 것이다.

그녀의 경계심이 풀리자 천진난만한 소녀 같은 아름다움이 돋보인다.

하지만 다음날 엘렌은 예상과 다르게 평소의 안경을 쓰고 약국에 나타났다.

"좋은 아침이야, 엘렌. 어? 그 안경은 안 쓰는 거야?"

"써. 소중히 쓰겠다고 했잖아."

"그게 무슨 의미지?"

"모처럼 만들어준 안경을 잃어버리거나 테를 구부러뜨리면 멜로디 님에게 죄송하기도 하고, 모처럼 네가 준 선물인데 기념으로 간직하고 싶잖아. 그래서 그건 파티용으로 쓰기로 했어."

"뭐?! 평소에 쓰라고 준 건데!"

좋은 것은 쓴다는 게 팔마의 방침인데 반해 아무래도 엘렌은 귀한 것일수록 소중히 간직하는 타입인 듯했다.

"싫어~. 소중히 하기로 했는걸! 망가지면 어떻게 할 거야?"

"안 망가진다니까!"

'이해가 안 되네. 나는 소중한 것일수록 열심히 사용하는데.'

두 사람의 물건에 대한 가치관의 차이가 부각되어 버린 에피소드였다. 그리고 약국에서는 여전히 엘렌의 안경이 깨지는 소리가 울려 퍼지고 있다. 그래도 좋은 건가 탄식하는 팔마였지만 그것 또한 엘렌의 개성일 것이다. 엘렌은 깨진 유리 조각을 치우는 것도 빨라져 있었다.

◆

"팔마 님! 환자분이 이것을 가지고 오셨어요."

어느 날 저녁, 여느 때처럼 접수처 일을 마친 로테가 진료를 마친 팔마에게 봉납인이 된 봉투를 건넸다.

"오늘 진료는 이미 끝났는데 말이지. 알았어. 시간 외 진료지만 확인해 볼게."

팔마는 봉투 안을 확인하고 들뜬 목소리를 냈다.

"오오! 그렇구나, 마침내 도착했어!"

"뭔데?"

엘렌이 집어 들었다. 팔마도 이세계 약국을 창업하고나서 처음 만져보는 것이었다.

쓰여 있는 것은 환자의 성명, 연령, 주소, 발행 날짜, 발행자, 귀족(그 경우는 속성과 수호신) 평민 구분, 병명, 그리고 처방.

"의사가 쓴 처방전이야. 전에 이것을 보내달라고 했거든."

처방한 의사는 클로드 드 숄리아크.

제국 의약대 의학부 교수이자 시의장인 클로드가 원외 조제 약국인 이세계 약국에 처방전을 쓴 것이다.

외상 수술 후의 감염증 예방을 위해 팔마가 취급하는 현대 의약품인 세프카펜피복실 염산염을 처방하고 있었다. 체중을 감안한 용량도 지정되어 있고, 복약 방법도 기재되어 있다.

클로드가 팔마의 약을 취급하고 싶다고 했을 때 팔마는 처방전을 써달라고 대답했다. 양식은 클로드가 생각한 듯하지만 일본의 약국과 공통되는 점은 여럿 있다. 팔마는 대기석에 앉아 기다리고 있었던 백작 환자에게 가서 절차에 따라 처방이 올바른지 확인했다.

"오늘은 어째서 클로드 선생의 진찰을 받으신 겁니까?"

"아, 어제 이곳을 크게 다쳐서 말이지. 사람을 보내지 말고 직접 편지를 가지고 이곳으로 가라고 해서 굳이 온 거야."

백작은 실수로 손가락을 나이프에 깊이 베였기에 주치의인 클로드를 불렀다고 한다. 팔마는 진안을 써보고 치료 후의 상처가 깨끗하고 곪지 않은 것에 놀랐다. 처방전에 첨부된 편지에 의하면 팔마의 교과서와 강의를 듣고 처치 방법을 바꿨다고 한다.

"음? 시의장님께서 약을 직접 지정해주신 거야? 환자분을 보내면 팔마 군이 그냥 여기서 봐줄 텐데 말이지. 팔레 군은 항상 그러고 있잖아."

엘렌이 뜻밖이라는 듯한 얼굴을 했다.

"환자를 그냥 보내는 것과 처방전을 보내는 것은 의미가 달라, 엘렌."

진료와 처방은 의사가 할 일이고, 감사와 조제는 약사가 할 일이다. 팔마는 약사의 진료, 다시 말해 약사가 환자를 진찰해서 독립 처방하는 것은 되도록 피하고 싶다고 생각하고 있었다.

'의사가 진찰한 처방전이 외부에서 오는 게 본래의 조제 약국이라고 생각하는데 말야. 그게 의약 분업의 원칙이고.'

일본에서는 의사가 처방한 약을 약제사가 확인해서 의문이 있으면 이 약이 맞냐고 의사에게 확인한다. 처방에 의문이 없으면 조제하고, 조제한 약제사가 아닌 다른 약제사가 최종적으로 검사한다.

그런 2단계 감사를 거친 의약품이 환자에게 전달되는 것이 조제 약국의 올바른 모습이라고 팔마는 생각한다.

"클로드 선생이 처방한 세프카펜피복실 염산염도 나쁘지 않지만, 이 환자의 경우에는 좀더 효율적으로 인체에 흡수되는 세파클러가 더 나으려나?"

이런 세세한 약제 선택도 클로드가 할 수 있다면 더 좋았을 거라 팔마는 생각했다. 클로드의 처방전은 산 플루브 제도에 현대 의학이 조금씩 자리 잡고 있다는 것을 팔마에게 느끼게 했다. 팔마가 신술을 이용하기 시작한 것처럼 이세계 사람들도 팔마의 약학을 흡수하는 상호작용이 생겨나고 있었다.

"조금씩 변해가고 있는 거야. 이 세계 사람들이나 나나."

"팔마 군도 '이 세계 사람'이잖아."

엘렌은 웃었다.

엘렌은 감회 섞인 표정으로 중얼거리는 팔마에게 자상한 눈길을 보냈다. 치워두었던 비이커와 약포지를 팔마를 위해 꺼내준 후 그대로 열쇠 다발을 들고 나선 계단을 올라 위층 문단속을 시작했다.

로테는 콧노래를 부르면서 부족한 약봉지를 접은 후 등사기로 약봉지에 일러스트를 인쇄하고 있다. 세드릭은 약국의 매상을 계산한 후 금고에 넣었다. 아르바이트 약사들은 영업시간이 끝났기에 수다를 떨면서 카르테 정리와 조제대 청소를 하고 있다.

그리고 팔마는 도착한 처방전을 새로운 파일에 철하면서 큰일을 하나 끝낸 심정으로 오늘 마지막 환자의 약 조제에 착수했다.

산 플루브 제국의 제도 대로 일각에 서 있는 이세계 약국의 상공은 오늘도 평온하게 감청색에서 황금색으로 물들어가고 있었다.

— 다음 권에 계속 —

Special Thanks

【감수 · 고증】

무라쿠모 쿠스리(소야쿠쨩)
(의사, 의학박사)

아오조라 쵸코
(수의사, 작가)

키린
(의학박사)

야마시타 아츠시
(의학 박사)

코지마 유시
(약제사)

오치야 노마
(약제사))

nene
(약제사)

젠
(간호사)

츠다 호코
(의사, 작가)

타마키
(의학 연구직)

모리
(의학부 교원, 의학박사)

나이토 유키
(분자생물학자, 물리학 박사)

So-hapu
(대학 교원)

토크론티누스
(대학 교원)

나카자키 미노루
(의사)

빵가루
(의사)

풍수광
(의사)

※ 경칭 생략, 순서에는 의미 없음

이세계 약국 5

2025년 4월 15일 초판 인쇄
2025년 4월 30일 초판 발행

저자 · 타카야마 리즈
일러스트 · keepout
역자 · 김영종
발행인 · 황민호
전략콘텐츠사업본부장 · 박정훈
책임편집 · 김선림
편집기획 · 신주식 최경민 윤혜림
마케팅 · 조안나 이유진
국제업무 · 이주은 김연
제작 · 최택순 성시원
한국판 디자인 · 디자인 우리
발행처 · 대원씨아이(주)

서울 특별시 용산구 한강로3가 40-456
편집부 : 02-2071-2104 FAX : 02-794-2105
영업부 : 02-2071-2061 FAX : 02-794-7771
1992년 5월 11일 등록 3-563호

http://www.dwci.co.kr/

ISEKAI YAKKYOKU Vol.5
©Takayama Liz 2017
First published in Japan in 2017 by KADOKAWA CORPORATION, Tokyo.
Korean translation rights arranged with KADOKAWA CORPORATION, Tokyo.